10|18
12, avenue d'Italie — Paris XIIIe

Du même auteur
aux Éditions 10/18

L'homme des deux tribus, n° 2226
La mort d'un lac, n° 2227
L'empreinte du diable, n° 2293
La loi de la tribu, n° 2315
Mort d'un trimardeur, n° 2345
Sinistres augures, n° 2388
L'os est pointé, n° 2449
Pas de traces dans le bush, n° 2504
Les sables de Windee, n° 2550
La branche coupée, n° 2569
Le monstre du lac Frome, n° 2601
Du crime au bourreau, n° 2639
Les veuves de Broome, n° 2662
Des ailes au-dessus du Diamantina, n° 2696
Le retour du broussard, n° 2721
Bony et le sauvage blanc, n° 2762
Le meurtre est secondaire, n° 2815
Chausse-trappe, n° 2848
Crime au sommet, n° 2895
Le business de M. Jelly, n° 2933
Un vent du diable, n° 2971

LE MÉANDRE DU FOU

PAR

ARTHUR UPFIELD

Traduit de l'anglais
par Michèle Valencia

10|18

INÉDIT

« Grands détectives »
dirigé par Jean-Claude Zylberstein

Si vous désirez être régulièrement tenu au courant
de nos publications, écrivez-nous :

Éditions 10/18
c/o 01 Consultants (titre n° 3035)
35, rue du Sergent Bauchat
75012 Paris

Titre original :
Madman's Bend

Première publication 1963 par William Heinemann Ltd

ISBN 2-264-02797-5

HACHE ET BALLE

La jeune fille était assise dans un fauteuil à bascule. A côté d'elle, au bout de la table, il y avait une Winchester à répétition, calibre 32. Dans cette vaste salle de séjour, la porte de derrière se trouvait à quatre mètres de là et, comme la porte principale et toutes les fenêtres, elle était verrouillée.

Bâtie sur un contrefort élevé, bien plat, qui venait buter sur la rive du Darling, la maison se blottissait contre un large arc de gommiers rouges. Un vent froid soufflait violemment des lointaines montagnes du Sud et manifestait sa colère contre l'obstacle que constituaient les arbres. Il empêchait la jeune fille d'entendre le bruit qu'elle guettait — l'arrivée d'une camionnette conduite par son beau-père.

Agée d'un peu moins de dix-neuf ans, elle était dotée d'une constitution robuste. Son corps remplissait tellement son chemisier de popeline et son pantalon d'homme que ses vêtements semblaient trop petits. Sous le large front, les yeux sombres cillaient rarement à la lueur de la lampe et la grande bouche conservait son expression de détermination. De temps à autre, la lumière faisait luire ses cheveux bruns et, impitoyable, révélait les effets ravageurs du soleil et du vent sur son teint. Le dur labeur avait rendu ses mains calleuses.

Dans une autre pièce, une femme gémit, puis appela :

— Jill ! Donne-moi un autre comprimé d'aspirine !

Jill Madden augmenta la mèche de la lampe posée sur la commode de la chambre. A côté, il y avait une carafe d'eau, un flacon d'aspirine et des pommades. La malade avait les yeux bandés ; la jeune fille fut obligée de la redresser sur son lit et de glisser doucement les cachets entre ses lèvres fendues.

— Ça fait encore mal, maman chérie ? demanda-t-elle avec compassion.

Dès que sa mère eut bu un peu d'eau, elle ajouta :

— Essaie de dormir.

Pendant que Jill lui reposait la tête sur l'oreiller, sa mère soupira et dit :

— C'est surtout dans les côtes qu'il m'a donné des coups de pied. Et j'ai l'impression d'avoir des fers rouges à la place des yeux et du nez. Mais ne t'en fais pas, Jill. Ça va passer. J'en suis sûre.

— Si tu ne vas pas mieux demain matin, je téléphonerai à la police. Nous sommes toutes les deux à bout, ça suffit, maintenant.

— Non, il ne faut pas, protesta la mère. Demain, je me sentirai mieux et nous parlerons à ton père. Il va falloir qu'il se conduise correctement et qu'il s'arrête de boire. Il ne faut à aucun prix alerter le gendarme Lucas. Nous ne pouvons pas nous permettre un scandale. C'est moi qui ai fait mon lit et je dois m'y coucher.

Mme Lush soupira une nouvelle fois. Après avoir diminué la mèche de la lampe, sa fille se tint un moment près de la commode, puis retourna à son fauteuil à bascule où elle roula habilement une cigarette. Sur le manteau qui surmontait la cuisinière, la pendule américaine ancienne sonna un coup. Il était 23 h 30.

Le « père » de Jill n'allait plus tarder. Il était prudent au volant ; en fait, la boisson le rendait encore plus prudent. Il serait certainement soûl en quittant White Bend pour rentrer à la maison dans le froid et le vent de cette nuit de plein hiver. Il aurait emmagasiné tous les affronts pour les déverser sur sa femme. Oui, c'était un homme prudent, qui se tenait à carreau en société, mais n'avait plus aucune inhibition quand il se trouvait avec ceux qu'il dominait.

Durant l'après-midi, Jill Madden était sortie pour rassembler des moutons dans un enclos situé loin du fleuve qui, pensait-on, serait en crue dans moins d'une semaine. En revenant à la maison vers 17 heures, elle avait trouvé sa mère sur le sol de la salle à manger, sérieusement blessée, en état de choc. Sans perdre de temps à chercher les causes de cette situation, elle avait porté sa mère dans la chambre, l'avait déshabillée et avait soigné ses multiples lésions avec les remèdes de fortune dont elle disposait. Une fois la victime de cette brutale agression apaisée, la jeune fille avait appris que son beau-père avait réclamé un chèque à sa femme et était devenu fou furieux quand elle le lui avait refusé.

L'histoire de cette petite ferme d'élevage n'était pas originale. Ses seize mille hectares avaient été prélevés sur une grande propriété et cédés à Edward Madden par l'administration des terres de l'Ouest, en vertu d'une loi sur le rapprochement des colons. Madden avait lui-même construit sa maison sur un contrefort, à l'ouest du Darling, et c'est là que Jill était née. Madden était mort alors qu'elle avait seize ans. La dernière année de sa vie, il était devenu à moitié infirme et Jill était revenue de pension pour l'aider, remplaçant ainsi un ouvrier agricole. Après son décès, Mme Madden, forcée d'embaucher de la main-d'œuvre, avait engagé William Lush, un gardien de troupeaux itinérant originaire du Queensland. L'année suivante, elle l'épousait. Un mois après le mariage, Lush avait révélé sa vraie nature et, à la propriété de Madden, la vie s'était rapidement détériorée.

Lush avait réclamé à sa femme un chèque de trois cents livres pour régler des dettes contractées dans le petit bourg de White Bend. Quand elle avait refusé, car son compte en banque ne lui permettait pas de débourser cette somme, il s'était mis à la frapper, à la jeter par terre et à lui flanquer des coups de pied. Ensuite, il était parti au bourg, situé à quarante kilomètres, en aval du fleuve.

Cette agression n'avait pas été la seule, mais ce fut la plus terrible. La peur, ajoutée à la répulsion qu'éprouvait sa mère pour le scandale, avait jusqu'ici empêché Jill de se plaindre à la police ou aux éleveurs de Mira, une exploitation située sur l'autre rive ; mais, ce soir, la peur était étouffée par le désespoir et le désespoir engendra la détermination. Il fallait répondre à la violence par la violence. Jill ne pouvait bien entendu pas prévoir à quelle heure son beau-père allait revenir. Elle savait qu'il ne possédait pas beaucoup d'argent liquide. On lui accorderait peut-être un crédit limité au bar de l'hôtel, mais, comme Lush était du genre crâneur, il ne partirait certainement pas avant la fermeture, à 22 heures. Quand il était ivre, il ne conduisait jamais à plus de vingt kilomètres à l'heure sur la piste en terre. Si seulement il pouvait grimper à cent à l'heure et se tuer, pensa Jill Madden.

Infiniment plus fiable que sa réplique moderne, la pendule américaine centenaire ronfla et sonna minuit. Les vibrations s'éteignirent et, de nouveau, les éléments se déchaînèrent autour de la maison. La jeune fille attrapa la carabine et, une fois de plus, vérifia la culasse et le magasin. Elle était froidement résolue à défendre sa mère et à se défendre elle-même.

L'un des deux chiens attachés aux niches construites en tôle de récupération aboya et Jill songea aux agneaux et à leurs ennemis, les renards, puis à la tonte qu'il faudrait payer le mois prochain. Elle revit Ray Cosgrove lui demandant de l'épouser, puis pensa à la mère de Ray, qui possédait l'exploitation de Mira. Mme Cosgrove s'opposerait certainement à ce mariage et personne ne pouvait le lui reprocher. Elle était riche et voyait en Ray un phare resplendissant à l'horizon. L'idée qu'il puisse épouser la belle-fille de ce Lush pochard et bégayant suffirait à lui donner une crise cardiaque.

Le chien recommença à aboyer. Ce bruit semblait lointain, étouffé par celui du vent qui mugissait à travers les arbres et sur les toits des hangars, disjoints de façon préoccupante. En hiver, il n'était pas exceptionnel que le vent souffle jour et nuit pendant une semaine, sans qu'un nuage vienne masquer le soleil ou voiler les feux de diamant des étoiles.

La poignée fut tournée, puis la porte secouée.

La jeune fille porta la main gauche à sa bouche pour retenir un cri, puis la laissa retomber et attrapa la carabine. La main posée sur la crosse glissa et un doigt se referma sur la détente.

Un bottillon cogna contre la porte et le beau-père de Jill s'écria :

— Allez, ouvre ! Qu'est-ce que c'est que ce bordel ! Laisse-moi entrer, espèce de garce !

— Va dormir dans le hangar à tonte, dit Jill. Ne t'approche pas d'ici.

— Qu'est-ce que t'as dit ? hurla Lush.

Jill répéta.

— Moi, pioncer dans le hangar à tonte ? beugla-t-il. Pioncer...

Un flot d'obscénités se déversa à travers la porte en simples planches. Quand il se tarit, la jeune fille n'entendit plus rien, jusqu'au moment où sa mère gémit, puis demanda :

— Qu'est-ce qu'il y a, Jill ? Qui est là, dehors ? J'ai pas entendu la camionnette.

— Ne t'agite pas, maman. Je m'en occupe.

L'homme devait avoir collé l'oreille au trou de la serrure.

— Ne t'agite pas, qu'elle dit ! Donnez-moi une hache. Je veux une hache.

Lush cogna sur la porte des pieds et des poings. Les chiens aboyèrent furieusement. On entendait répéter la phrase « Donnez-moi une hache » de moins en moins fort, ce qui voulait dire que Lush était parti chercher la hache sur le tas de bois.

— C'était William ? demanda Mme Lush en s'appuyant faiblement à l'encadrement de la porte, sur le seuil de la chambre.

Sa tête bandée lui donnait une apparence grotesque. Elle avait déplacé le bandage pour dégager ses yeux injectés de sang. Elle ajouta :

— Qu'est-ce que tu fais avec cette carabine, ma petite ?

— Je vais l'empêcher d'entrer, une bonne fois pour toutes. Je vais lui faire peur.

— Alors sois prudente, sois prudente ! Oh ! mon Dieu ! Où est-ce que nous en sommes arrivés !

La jeune fille était debout et tenait la carabine braquée sur la porte, à la hauteur de sa hanche.

Lush revint, donna un coup de pied et hurla :

— Bon, là-dedans ! Je vais entrer, tu piges ? Ouvre-moi ou je démolis la porte à coups de hache. Si j'y suis forcé, tu auras la plus belle raclée de ta vie. Et toi aussi, Jill. Je te ferai ton affaire, ça, j't'le jure.

La jeune fille visa le plafond et tira.

— Ne reste pas devant cette porte, s'écria-t-elle.

Va-t'en si tu n'es pas trop soûl pour comprendre. Sinon, je te règle ton compte.

— Tu me règles mon compte ! Quelle rigolade !

La hache attaqua la porte. Le fil de la lame apparut puis disparut. Un autre coup se préparait. La jeune fille manœuvra le levier d'armement de la carabine pour ôter la douille vide et introduire une autre cartouche par la culasse. Au coup suivant, toute la lame traversa le bois au niveau de la serrure. La jeune fille épaula et fit feu.

La hache resta plantée dans la porte. Les deux chiens aboyaient et semblèrent beaucoup plus proches à cause d'une accalmie du vent. La pendule sonna un coup. Le vent revint rosser les gommiers du fleuve et Mme Lush hurla :

— Tu l'as tué, Jill ! Tu l'as tué !

DEUX BAVARDS

White Bend a cessé de s'étendre en 1920. L'hôtel, les bureaux de la poste et de la police, une banque et un magasin desservaient à eux seuls les quelques habitants du bourg et les exploitations voisines, où on pratiquait l'élevage d'ovins et de bovins. Construite sur une hauteur de la rive ouest du Darling, la commune a toutefois conservé des traces de son ancienne prospérité : l'embarcadère pourrissant et le hangar dévasté par le vent.

John Lucas, le gendarme, pensait le plus grand bien de White Bend. C'était son premier poste, sa femme était de la région et il tomba immédiatement amoureux du fleuve. Agé d'un peu plus de trente ans, athlétique, il s'intéressait à tout et à tout le monde, et considérait qu'accompagner l'inspecteur Bonaparte jusqu'à Bourke, en amont du fleuve, était une tâche très agréable. Dans son comportement, il n'y avait ni obséquiosité, ni manifestation de supériorité envers l'inspecteur métis.

Lucas avait entendu parler de Bonaparte en de rares occasions, mais ignorait qu'il se trouvait sur son territoire jusqu'au moment où un directeur d'exploitation avait téléphoné pour lui demander s'il pouvait conduire l'inspecteur à l'aérodrome de Bourke. Ayant donc contacté son supérieur à Bourke, il quitta White

Bend en compagnie de Bonaparte, peu après midi, le 19 juillet.

Le Darling est unique à plus d'un titre. A la différence du Murray, dont il est l'affluent, il possède du caractère et une certaine atmosphère. La région qu'il traverse est plate. Il a beau parcourir moins de mille kilomètres de Walgett à Wentworth, l'endroit où il se jette dans le Murray, il serpente tellement que sa longueur totale atteint près de trois mille kilomètres. Sauf dans les méandres les plus importants, son lit est très encaissé, comme s'il avait été creusé à l'aide de gigantesques engins, et ses rives ont la même inclinaison, la même largeur et la même hauteur de Wentworth à Bourke. Tout au long de son cours, le fleuve est ombragé, protégé du soleil estival et des vents hivernaux par d'énormes gommiers rouges formant une avenue presque ininterrompue. Sur ses rives, certains ont trouvé une étrange paix de l'âme, étrange de par sa qualité et sa durée, et ont entendu des sirènes qui les rappelaient au pays, quand bien même ils s'étaient longtemps absentés ou beaucoup éloignés.

La route qui va de Wilcannia à Bourke longe la rive ouest du Darling. Toutefois, en raison des nombreux méandres, elle ne frôle que les boucles les plus larges, ces dernières étant parfois distantes de quinze ou vingt kilomètres. Dans ces zones, les terres sont plus hautes qu'ailleurs et, dans la mesure où elles ne peuvent pas être inondées mais bénéficient d'une eau permanente accumulée dans l'énorme ravin creusé par les crues, elles sont très convoitées pour y bâtir les maisons d'habitation des exploitations.

— Vous savez, je me suis souvent dit qu'à la retraite, je me ferais bâtir une maison au bord de ce fleuve, fit observer l'homme que beaucoup connaissaient simplement sous le nom de Bony.

— Je m'y déciderai peut-être moi aussi un jour,

déclara le gendarme, ses cheveux blonds fouettés par le fort vent de nord-est, une lueur de vivacité dans ses yeux gris. Y a largement de quoi pêcher et chasser. Pas étonnant que les retraités se construisent des bicoques à un kilomètre de toute commune. Qui pourrait bien avoir envie de vivre en ville, dites-moi un peu ?

— Je serais bien en peine de vous répondre, répondit Bony, le vent lui faisant plisser ses yeux d'un bleu soutenu. Un car arrive, ajouta-t-il.

— C'est sûrement le courrier, dit le gendarme.

Deux minutes plus tard, il fit un signe de tête au chauffeur du gros engin et un jeune homme aux cheveux roux flamboyants agita la main en retour.

— Il part de Bourke à 8 heures et arrive à White Bend à 13 heures. Il roule plus vite que les diligences Cobb & Cie de jadis. Vous vous en souvenez ? Moi, je ne les ai pas connues.

— Non, répondit Bony. Le passage aux véhicules motorisés s'est opéré au moment où j'ouvrais les yeux sur l'Australie.

Quand ils dépassèrent la pointe d'un coude, il put voir, en bas, l'immense trou rempli d'eau et le lit du fleuve, qu'un minuscule filet descendait, sinueux, jusqu'au trou suivant.

— Quand le fleuve a-t-il cessé de couler ?

— Il y a onze mois, répondit Lucas. Mais il va bientôt repartir, et sacrément, d'après toutes les prévisions ! Il va gonfler. Les eaux ont déjà bien dépassé Bourke, hier soir, à 18 heures. Attendez une semaine et cette route sera coupée. C'est marrant !

— Quoi donc ?

— Cinquante centimètres d'eau tombés dans le sud du Queensland en un mois ne suffisent pas à remplir une bouilloire ici. On n'a pas eu de pluie d'automne et rien non plus cet hiver, jusqu'à présent.

Ils passèrent devant une maison d'habitation prospère, construite au bord d'un méandre. L'exploitation s'appelait Murrimundi, précisa Lucas. Comme Mira, en amont, sur l'autre rive, elle avait été privée des trois quarts de sa superficie initiale par l'administration des terres. Treize kilomètres les séparaient du prochain coude et la piste serpentait à travers des plaines grisâtres monotones. Une fois qu'ils l'eurent atteint, ils trouvèrent un pick-up abandonné.

— Il appartient à un certain Lush, fit remarquer Lucas en arrêtant la voiture pour descendre. Il habite à huit cents mètres en amont.

Il se pencha dans la cabine de la camionnette et mit le contact.

— Il est tombé en panne d'essence et a continué à pied. Il est resté en ville hier soir jusqu'à la fermeture du bar. Ensuite, il était trop soûl pour vérifier combien d'essence il lui restait.

— Et il avait trop la gueule de bois pour aller en chercher ce matin, ajouta Bony.

Lucas en convint et se mit à bourrer sa pipe. Bony se tourna vers le fleuve et laissa son regard errer sur la haute falaise qui surmontait le profond trou d'eau, puis le long du lit asséché, rectiligne sur quinze cents mètres avant de s'orienter au sud. Là, au-dessus d'une boucle encaissée dans des falaises similaires, il apercevait les toits de l'exploitation appelée Mira.

— Il y a une belle maison, là-bas, lui dit Lucas. Vous ne pouvez pas la voir parce qu'elle se trouve sur la gauche, derrière les gommiers. Ils ont commencé avec une propriété de quatre cent mille hectares et élevaient quatre-vingt mille moutons, bon an mal an. Maintenant, tout ce qu'il reste, c'est soixante mille hectares et environ vingt mille moutons. Quoique, moi, je les accepterais tout de suite si on me les offrait.

Juchée sur des supports, la boîte aux lettres de Mira se trouvait tout près. Lucas y jeta un coup d'œil décontracté et fit remarquer que quelqu'un avait déjà pris le courrier. Il regarda dans une autre boîte, plus petite, et en sortit un sac portant une étiquette au nom de Madden.

— Bon, autant l'emporter, décida-t-il. Je n'aime pas beaucoup Lush, mais les deux femmes sont gentilles — fichtrement trop gentilles pour lui.

De l'autre côté du coude, la piste formait une fourche. Lucas emprunta la bifurcation de droite, qui suivait le fleuve fuyant jusqu'à un groupe de bâtiments collés à l'avenue bordée de gommiers. La maison était petite, écrasée par le hangar à tonte. Elle avait besoin d'être repeinte et aurait eu meilleure allure si on avait retiré vieilles tôles et autres rebuts.

Le gendarme arrêta sa voiture à quelques mètres de la porte d'entrée. Elle était fermée. Il allait frapper quand une jeune fille accompagnée de deux chiens sortit du hangar à tonte. Elle portait un jean et des bottes d'équitation. Bony remarqua qu'elle marchait comme un homme habitué à monter à cheval. Lucas retourna à sa voiture pour l'attendre.

Un peu hors d'haleine, elle dit :

— Bonjour, monsieur Lucas. Je ne voulais pas que vous frappiez à la porte parce que maman ne se sent pas bien et se repose.

Du sac de courrier que tenait le gendarme, son regard passa à Bony, toujours assis dans la voiture. Elle éloigna alors les chiens.

— Oh ! Je suis désolé d'apprendre que Mme Lush ne va pas bien, Jill, dit Lucas en lui tendant le sac. J'ai pris votre courrier au cas où votre beau-père serait occupé. Nous filons à Bourke et je serai de retour ce soir. Y a-t-il quelque chose que je pourrais vous rapporter pour Mme Lush ?

— Non. Non, je ne crois pas, merci bien. Bill Lush n'est pas là. Je serais allée chercher le courrier un peu plus tard. Merci de l'avoir fait.

— Pas de quoi, Jill.

Le gendarme sourit.

— Bill est encore patraque, je suppose.

— Je l'ignore, dit la jeune fille avec raideur. Je ne l'ai pas vu depuis qu'il est allé au bourg, et je ne tiens pas à le voir.

— En tout cas, il est au moins arrivé jusqu'à la boîte aux lettres. Il est tombé en panne d'essence.

Bony vit que la jeune fille fronçait ses beaux sourcils bruns. Le soleil luisait sur ses cheveux châtain foncé et sur la broche en argent sertie de marcassites, agrafée à sa fruste chemise de travail.

— Il s'est probablement planqué quelque part avec la gnôle qu'il a rapportée, dit-elle avec amertume. Ça ne serait pas la première fois, monsieur Lucas. Vous le connaissez. Il se met dans un tel état qu'il n'arrive plus à se supporter et nous supporte encore moins. Pourquoi est-ce que vous ne le bouclez pas quand il est soûl ? Il est toujours bourré en quittant le bourg.

— C'est un fait, admit le gendarme en ajoutant d'un ton lugubre : N'empêche, je ne peux pas le boucler s'il ne fait rien de mal. Et, comme tout le monde le sait, plus il est ivre, plus il conduit prudemment. Bon, nous devons continuer notre route. Donnez le bonjour de ma part à votre mère, Jill.

— Merci, je n'y manquerai pas.

En se retournant, Bony vit que la jeune fille suivait des yeux la voiture qui regagnait la piste principale.

— Une jolie petite, dit-il une fois la maison des Madden cachée derrière les arbres de la rivière.

— Oui. La mère a fait une bêtise.

— Oh ! Quelque chose de grave ?

— Son mari est mort il y a un peu plus de deux

ans. La veuve a embauché un trimardeur. Il avait l'air d'un type correct, juste un ouvrier qui cherchait du boulot. Au bout d'un an, elle l'a épousé. Il s'est plus ou moins mis à diriger la ferme, du moins, c'est ce qu'il semble. Quant à moi, je ne l'aime pas. Mais officiellement, je n'ai rien à lui reprocher. Il est du genre hypocrite. L'alcool le rend très poli, mais dans ses yeux, on voit bien que c'est pas sa nature.

— La ferme ne paraît pas très bien entretenue, dit Bony. Ils ont beaucoup de moutons ?

— Environ trois mille. Ce n'est pas une grosse propriété une fois qu'on a retiré les mauvaises terres. Madden semblait pourtant bien s'en tirer. Avec lui, l'exploitation était entretenue et la maison en bon état. Mais, comme je le disais, la veuve a fait une bêtise.

La conversation sauta d'un sujet à l'autre, puis ils passèrent devant la célèbre propriété de Dunlop. L'histoire de cet endroit occupa alors Lucas pendant deux kilomètres ; enfin il se tut jusqu'au moment où Bony lui demanda s'il était préoccupé.

— Oui, il y a quelque chose qui me tracasse, inspecteur. Est-ce que vous avez remarqué quoi que ce soit qui clochait chez les Madden ?

— Oui, répondit Bony. La maison a besoin d'être repeinte. Le terrain devrait être nettoyé. Le toit du hangar à tonte va s'envoler faute d'être recloué.

— C'est pas ce que je voulais dire. En fait, je ne sais pas trop ce que je voulais dire.

— C'est quelque chose dans le comportement de la jeune fille ?

— Non. Elle était normale. Elle n'a jamais fait grand cas de son beau-père et ça ne m'étonne pas. Non, c'est la maison qui avait quelque chose de bizarre.

— Ah ! la maison ! Comme je ne l'avais encore

jamais vue, je crains de ne pas pouvoir vous aider. Ça ne pourrait pas être la hache posée par terre, près de la porte d'entrée ? D'après son état, elle aurait dû être reléguée sur le tas de bois.

— Non, ce n'était pas la hache, mais autre chose. Ça me reviendra.

Les faubourgs ouest de Bourke étaient en vue quand le gendarme lâcha une exclamation soudaine :

— J'y suis ! C'est marrant, l'esprit s'arrête et repart comme un feu de signalisation. L'ancienne porte était de nouveau en place. Mais pourquoi ?

— La porte est retournée à la maison, s'empressa de dire Bony. Voilà !

— La maison fait face au fleuve et l'arrière donne à l'ouest, vers la route. Il est soumis aux vents d'ouest et à la poussière. Comme tout le reste, la porte de derrière se fendait par manque d'enduit et de peinture. Je suis venu il y a trois mois pour voir Mme Madden au sujet de la déclaration qu'elle doit faire sur le nombre de têtes qu'elle possède et j'ai trouvé Lush en train de placer une nouvelle porte. L'ancienne, appuyée contre le mur, était lourde, avec des panneaux incrustés. La nouvelle était constituée de simples planches clouées à un cadre. Et aujourd'hui, voilà que l'ancienne porte est replacée. Pourquoi remettre une vieille porte au lieu d'une nouvelle ?

— Se pourrait-il que la porte toute simple, plus adaptée à l'intérieur d'une maison, ait été posée sur un chambranle intérieur, et l'ancienne remise en place, en attendant qu'une nouvelle porte puisse être achetée ? demanda Bony.

— Oui, c'est ça. Ça doit être ça. Voyons voir. La hache ! Oui, que faisait la hache si loin du tas de bois ?

Bony se mit à rire tout bas et dit :

— Vous êtes un gendarme soupçonneux.

— Moi, soupçonneux ?

Lucas s'esclaffa sans retenue, puis dit :

— C'est vous qui avez commencé à parler de la hache.

OÙ EST PASSÉ WILLIAM LUSH ?

Plus que ses tendances naturelles, c'étaient les circonstances qui avaient fait de Mme Cosgrove une femme dure en affaires, et elle pouvait se montrer généreuse. N'ayant pas encore atteint la cinquantaine, elle était veuve et s'intéressait de près à son exploitation d'élevage appelée Mira.

On était jeudi quand le car postal prit le chemin du retour vers Bourke. Il quitta White Bend à 8 heures et ramassa le courrier dans les boîtes de Mira et Madden à 9 heures. Aussitôt après le petit déjeuner, pris ponctuellement à 7 heures, Mme Cosgrove et son directeur d'exploitation avaient achevé le courrier à expédier et l'avaient mis dans un sac bleu scellé qui serait apporté jusqu'à la boîte, au bord de la route.

Ce fut son fils Raymond qui emporta le sac et, naturellement, il remarqua que le pick-up de Lush se trouvait toujours là. Il était venu à pied ce matin-là, en longeant la rive droite du fleuve asséché jusqu'à la boucle serrée, en amont de Mira. Il aperçut le véhicule sur la falaise, au-dessus de l'énorme trou d'eau.

Il contourna le trou d'eau, grimpa sur l'autre rive et fit le tour de la camionnette abandonnée en cherchant des traces qui lui auraient indiqué si Lush était récemment revenu sur les lieux. Le vent avait anéanti les traces laissées par Lucas et Bony et il n'y en avait pas de plus nettes.

La veille, quand il avait attrapé le sac que lui tendait le chauffeur roux, les deux hommes s'étaient dit que Lush devait avoir la gueule de bois ; aujourd'hui, ils pensaient plutôt qu'il avait dû filer avec une réserve de gnôle pour la savourer quelque part.

Raymond Cosgrove était un jeune homme avenant peu enclin à la haine. Il éprouvait toutefois une forte aversion envers William Lush pour des raisons d'ordre tout à fait personnel. Savoir où se trouvait Lush par cette matinée resplendissante ne le préoccupait pas et il retourna chez lui sans se sentir troublé à l'idée qu'il aurait pu tomber de la rive escarpée et se noyer dans le trou d'eau. Il parla à sa mère du véhicule toujours abandonné.

— Je sais, dit Mme Cosgrove. Lucas vient d'appeler à ce sujet. Il l'a vu hier en allant à Bourke et de nouveau hier soir sur le chemin du retour. Il voulait nous demander s'il était toujours là. Passe-lui un coup de fil.

Tandis que son fils se tenait près du téléphone mural, elle ressentit une nouvelle fois quelque fierté en observant son corps mince, musclé, et son beau profil juvénile — une fierté qui chassait toujours la déception que lui causait son refus d'embrasser une autre carrière que l'élevage des moutons.

— Apparemment, c'est toujours son vieux démon, disait Ray. Comment ça va ? Le pick-up ? Oui, il est toujours là, à côté des boîtes aux lettres. Si on a vu Lush ? Non. Non, ni gnôle ni rien. Il a dû se planquer pour picoler en solitaire. Des ennuis ? Ce salaud a toujours des ennuis.

Le mot injurieux fit froncer les sourcils à Mme Cosgrove.

— D'accord, Sherlock. Oui, je vais le faire et je vous recontacterai ensuite.

Après avoir raccroché, il se tourna vers sa mère et

dit que Lucas voulait qu'ils appellent Mme Lush pour demander des nouvelles de son mari.

— Je vais lui parler, Ray.

Pour éviter des dépenses à l'exploitation de Madden, le mari de Mme Cosgrove avait consenti à ce que la ligne téléphonique soit acheminée par-dessus le fleuve jusqu'à son bureau où un standard permettait de contacter le central de White Bend. Une fois que son fils eut établi la communication, Mme Cosgrove entendit la voix de Jill Madden.

— Bonjour, Jill. Est-ce que votre beau-père est à la maison ? Ray revient des boîtes aux lettres et a remarqué que la camionnette était toujours là.

— Nous ne l'avons pas revu depuis qu'il est parti pour le bourg, dit Jill en trahissant une légère agitation. Hier, M. Lucas est passé après avoir remarqué le pick-up. Apparemment, Lush a dû partir boire tout seul quelque part. Il reviendra quand il l'aura décidé. Je serais bien allée récupérer la camionnette, mais maman est malade. Elle ne se sentait pas bien hier, elle s'est levée, elle est tombée et s'est blessée.

— Elle s'est fait très mal, Jill ? demanda brusquement Mme Cosgrove.

— Eh bien, elle s'est blessée au visage en tombant sur un petit tabouret. Elle s'est aussi abîmé les côtes. J'ai fait ce que j'ai pu, madame Cosgrove — des pommades, des bandages, tout ça. Elle dort, pour l'instant.

— Ça m'a l'air grave, reconnut la femme plus âgée. Surtout, téléphonez-nous si votre mère ne se sent pas reposée après avoir dormi. Je ne coupe pas la ligne. Entre-temps, je vais envoyer tous les employés à la recherche de votre beau-père... du moins, tous les hommes disponibles.

Elle raccrocha et se tourna vers son fils.

— Lush n'est pas rentré et sa femme s'est blessée sérieusement en tombant. Avec les hommes disponibles, pars à la recherche de ce pochard. Allez-y vous aussi, Mac. Ça vous fera du bien de monter à cheval. Vous grossissez.

Les cheveux et la moustache blond-roux, grand et vigoureux, Ian MacCurdle grogna mentalement et sortit du bureau derrière le fils Cosgrove. Il était venu à Mira quand Cosgrove était en vie et, maintenant, il faisait partie du décor.

Mme Cosgrove entendit son fils crier des noms et, depuis l'étroite véranda du bâtiment qui servait de bureau et de magasin, elle l'observa ainsi que les quatre autres hommes. Ils longèrent le fleuve jusqu'à l'endroit où on pouvait le traverser plus facilement, après le hangar à tonte ; elle savait qu'ils avaient l'intention de passer au peigne fin le méandre du Fou, une immense zone désertique constituée par des bras morts et des plaines arides, pour arriver jusqu'aux boîtes aux lettres et au pick-up.

Ils n'étaient pas revenus quand la cuisinière de la maison d'habitation sonna le gong du déjeuner. Avant de s'y rendre, Mme Cosgrove téléphona à la ferme de Madden.

— Maman dort toujours, madame Cosgrove, l'informa Jill. Je commence à m'inquiéter. Je pense... je ne sais plus que penser.

N'hésitant jamais quand il s'agissait de prendre une décision, Mme Cosgrove dit qu'elle allait venir tout de suite. Elle appela la domestique, lui demanda de retarder le repas et de rester à côté du téléphone, dans le bureau, jusqu'à son retour ou celui de M. Mac. Elle emprunta le semblant de sentier tracé près du fleuve par son fils et tous ceux qui étaient allés chercher le courrier. Elle entendait des hommes hurler sur l'autre rive du méandre du Fou et, finalement, en aperçut deux près du pick-up. Elle traversa le lit asséché en face de chez les Madden et se présenta à la porte principale. Jill Madden la fit entrer.

— Oh ! merci d'être venue, madame Cosgrove ! s'écria Jill. L'état de maman semble avoir empiré.

La victime de Bill Lush était sans connaissance. Mme Cosgrove ressentit un choc à la vue de son visage, dont certains bandages avaient été ôtés. Après avoir examiné le côté droit et l'abdomen de Mme Lush, elle se reprocha de ne pas être venue plus tôt.

— Il faut appeler le médecin, dit-elle d'une voix tranchante, redoutant de voir la jeune fille perdre son sang-froid. Ça ne serait pas raisonnable d'emmener votre mère à Bourke. Je vais contacter le commissaire Macey. Il s'occupera de faire venir le médecin.

Elle dut indiquer à la domestique restée dans le bureau comment manœuvrer le standard, puis patienta pendant que quelqu'un allait chercher le commissaire. Elle se sentit soulagée en entendant le son de sa voix grave.

— Nous avons des ennuis, Jim, dit-elle. Ma voisine, Mme Lush, a fait une très mauvaise chute et a besoin d'un médecin. Elle est sans connaissance et sa respiration est irrégulière. Bon, vous connaissez comme moi le Dr Leveska, mais il faut qu'il vienne le plus vite possible. Voulez-vous le contacter par radio immédiatement ?

— Oui, bien sûr, Betsy. Du moins, s'il n'est pas parti. Une minute, je vous prie.

Elle perçut une autre voix :

— J'ai entendu mentionner le nom de Lush. Demandez donc si Lush est toujours absent.

Puis Macey reprit :

— Tout va bien, Betsy, nous vous envoyons le médecin. Lush n'est pas là ?

— Mes employés le cherchent.

Elle éleva la voix pour ajouter :
— Vous devriez le mettre sur la liste noire.
— On pourrait essayer, vu ce que le gendarme m'a raconté. Puis-je dire au médecin que vous sortirez l'indicateur de vent sur votre piste d'atterrissage ? Ça permet de gagner du temps, vous savez.
Mme Cosgrove acquiesça, puis demanda à Jill de préparer du thé et quelque chose à manger. Restée seule avec la femme inconsciente, elle fit ce qu'elle jugeait prudent en se disant que ce devait être un drôle d'accident qui avait mis la mère de Jill dans cet état.
— Quand est-ce que ça s'est produit ? demanda-t-elle à Jill au cours du déjeuner.
— Avant-hier soir, madame Cosgrove.
Les yeux sombres de la jeune fille se fixèrent sur les yeux gris de son invitée.
— Maman n'a jamais voulu en parler à cause du scandale, mais il faut maintenant que je le dise. Elle ne se remettra peut-être jamais. Elle pourrait bien mourir, n'est-ce pas ?
— C'est un risque. Comment est-ce arrivé ?
Jill lui relata dans quel état elle avait trouvé sa mère en revenant à la maison, une fois Lush parti pour le bourg, et ce qu'elle lui avait raconté de l'agression. Mme Cosgrove l'écouta avec une colère grandissante. Elle avait envie de réprimander la jeune fille, mais se retint, sachant à quel point les broussards sont indépendants et répugnent à avouer un scandale. Les deux femmes étaient toujours attablées quand le téléphone sonna.
— Ils viennent de partir, annonça le commissaire. Je veux parler du Dr Leveska et de l'inspecteur Bonaparte. L'inspecteur voudrait jeter un coup d'œil dans la région, pêcher et chasser un peu. Ça ne vous ennuie pas ?
— Je vous dirai plus tard si ça me fait plaisir ou

non, répondit Mme Cosgrove. Quand allez-vous venir nous voir avec votre femme ? J'ai bien envie d'échanger des potins.

— Pas avant la crue. Nous pourrions rester bloqués un bon moment. Avez-vous fait placer l'indicateur de vent ?

— Mon Dieu, non ! J'ai oublié. Je vais m'en occuper tout de suite.

S'adressant à la jeune fille, elle poursuivit :

— Le médecin est parti et j'ai promis de sortir l'indicateur.

Elle manipula l'instrument et contacta la domestique.

— Est-ce que les hommes sont revenus, Ethel ?

— Pas encore, madame Cosgrove. Steve vient de passer voir s'il devait mettre leur déjeuner de côté.

— Bien sûr. Courez lui dire de venir au téléphone.

Mme Cosgrove attendit avec impatience d'entendre la voix du palefrenier. Elle lui demanda de prendre le camion gris, de placer l'indicateur de vent sur la piste d'atterrissage et d'attendre le Dr Leveska. Elle était mécontente d'elle car Bourke ne se trouvait qu'à cent soixante kilomètres et le médecin risquait d'arriver avant que l'indicateur soit en place.

C'était un médecin compétent mais il se montrait souvent blessant. Il avait beau être bon aviateur, il refusait de voler quand il était de mauvaise humeur, un état associé, à en croire les gens, à la boisson. C'est pourquoi Mme Cosgrove avait eu recours à son ami, le commissaire responsable de la division de l'Ouest, pour lui demander son aide.

Après avoir regagné son siège, elle considéra Jill Madden. La jeune fille était en train de rouler une cigarette. Après l'avoir allumée, elle demanda :

— Si maman meurt, vous croyez qu'on pendra Lush ?

— Non, on chouchoute les assassins dans cet État. Mais on le bouclera pendant plusieurs années. Ça devrait vous soulager. Est-ce qu'il avait déjà frappé votre mère auparavant ?

Jill le lui confirma d'un signe de tête.

— Si maman ne meurt pas, si elle se rétablit, qu'est-ce qu'on fera à Lush ?

— Rien, je crois, à moins que votre mère dépose une plainte.

— Elle ne le fera jamais. S'il l'attaque une nouvelle fois, je le tue.

Mme Cosgrove secoua lentement la tête en disant :

— Ça ne ferait qu'empirer les choses. Bien sûr, ce serait un homicide justifié si vous le tuiez alors qu'il attaque votre mère ou qu'il est sur le point de vous attaquer, mais je pensais aux suites : témoignages au tribunal, affaire ébruitée et le reste. Il faut convaincre votre mère de porter plainte. Ça pourrait valoir six mois de prison à Lush. Ça pourrait, mais, plus probablement, on le laissera sortir pour bonne conduite après versement d'une caution.

Mme Cosgrove devait se rappeler cette conversation. Elle médita sur la vie gâchée de ces deux femmes tandis qu'elle aidait Jill à faire la vaisselle du déjeuner et à remettre de l'ordre, malgré ses protestations. Elle était retournée jeter un coup d'œil sur la malade sans connaissance quand elle entendit une voiture approcher.

C'était Lucas, le gendarme. Ses yeux noisette étaient sévères mais il se montra gentil avec Jill. Après avoir regardé la femme alitée, il annonça que son commissaire lui avait donné l'ordre de venir.

— Lush est toujours absent, je suppose ?

— Oui, monsieur Lucas, toujours, lui dit Mme Cosgrove. Vous aurez peut-être à le poursuivre pour meurtre. Mon fils et les employés sont partis à sa recherche, comme nous vous l'avons dit.

— Jill, est-ce que ce genre de chose s'est déjà produit ?

La jeune fille le reconnut.

— Alors pourquoi diable ne m'avez-vous pas dit ce qui était arrivé quand je suis passé hier ? Qu'est-ce qui vous a retenue ?

— Ma mère. Elle a toujours eu peur du scandale. Et puis, quand vous êtes venu hier, elle n'était pas dans le même état qu'aujourd'hui.

Ils se trouvaient dans la cuisine-sallc de séjour, donnant sur trois autres pièces. Lucas regarda négligemment autour de lui et remarqua les trois portes. Elles étaient toutes lourdes, du genre traditionnel. Il aperçut la hache dehors, toujours au même endroit, et allait faire le tour de la maison quand il entendit des bruits de voix vers le fleuve et alla prévenir les deux femmes que le médecin était arrivé.

De stature frêle, le Dr Leveska avait les traits anguleux, l'œil vif et le ton acide quand il demanda :

— Qu'est-ce qui se passe, ici ? Comment est-elle tombée ? Elle n'a pas pu se blesser au point de ne pouvoir être transportée à l'hôpital. Alors, où se trouve-t-elle ?

Jill et Mme Cosgrove l'accompagnèrent auprès de Mme Lush. Lucas et Bonaparte restèrent dans la salle de séjour. Dans la chambre, tout était très paisible jusqu'au moment où Jill Madden éclata en sanglots. Le Dr Levcska ressortit. Il dit doucement :

— Elle vient de mourir, Lucas. Et elle n'a pas fait une chute.

BONY PREND LES CHOSES EN MAIN

Après avoir entendu, par téléphone, le rapport du gendarme et appris que le Dr Leveska insistait pour faire pratiquer une autopsie, le commissaire Macey demanda à Lucas de recueillir les dépositions de Jill Madden et de Mme Cosgrove, puis de transporter le corps à Bourke. Le fleuve qui dévalait maintenant de la ville incitait à se presser ; il allait certainement isoler la ferme des Madden et Mira, peut-être pendant plusieurs semaines.

Mme Cosgrove insista pour emmener Jill chez elle. Une fois les deux femmes et le Dr Leveska partis, Bony aida Lucas à mettre de l'essence dans le pick-up de Lush en prévision du trajet jusqu'à Bourke et, ensemble, les deux hommes placèrent le corps sur le plateau du véhicule.

— Je vais rester ici jusqu'à votre retour, dit Bony à Lucas. Entre-temps, je jetterai un coup d'œil aux alentours. Si Lush se pointe, je le retiendrai.

— Je ne vois la fameuse porte toute simple accrochée nulle part à un chambranle intérieur, dit Lucas.

Bony lui dit qu'il la chercherait.

Après le départ du gendarme, il déambula dans la maison et s'assura que la porte n'était ni installée ni mise de côté. Puis il ranima le feu de la cuisinière et prépara du thé qu'il sirota assis à la table. Il commençait à se dire qu'il pouvait y avoir une solution fort logique au mystère de la porte manquante.

Cette dernière, tout comme la hache posée par terre, à côté de la porte donnant sur l'arrière, et l'absence prolongée de Lush l'avaient décidé à annuler le vol sur lequel il devait embarquer à Bourke. Il ressemblait à un beagle qui hume l'air et devait lui aussi remonter une piste jusqu'à sa source. Il avait passé la matinée dans le bureau de Macey à rédiger son rapport sur l'élucidation d'un crime commis bien loin de White Bend. Le résultat de cette enquête avait ravi le commissaire qui, en raison d'une épidémie de grippe, ne disposait pas de son équipe au complet et n'avait donc élevé aucune objection sérieuse en apprenant que Bony annulait son vol pour Sydney prévu dans l'après-midi. Mme Macey leur servait le déjeuner quand le planton était venu dire que Mme Cosgrove appelait de la ferme des Madden. Bony avait accompagné le commissaire dans son bureau. Là, il avait appris que Lush n'était pas rentré chez lui.

— Très bien, Bonaparte, avait dit Macey. Si Leveska est d'accord pour vous emmener, ça nous rendrait service. Mais à vous de vous débrouiller si le directeur régional explose de colère.

— Je m'en sors mieux avec les directeurs qu'avec les gendarmes, avait affablement rétorqué Bony. Cette fille n'a pas dit à Lucas que sa mère était tombée et s'était blessée au point d'être dans le coma ce matin et de donner de sérieuses inquiétudes à Mme Cosgrove. Le changement de porte peut avoir une cause simple, mais vous avouerez qu'en remplacer une neuve par une vieille n'est pas une procédure courante.

La jeune fille était tellement bouleversée qu'il avait été difficile d'obtenir d'elle une déposition sur l'agression à laquelle s'était livré son beau-père, et ni Lucas ni Bony ne l'avait ennuyée avec les portes. A présent, assis à la table, Bony se trouva dans une position privilégiée pour entreprendre une nouvelle enquête qui pourrait peut-être s'avérer intéressante et, dans ce cas, le retiendrait à la ferme des Madden.

Après avoir fumé l'une de ses cigarettes mal roulées, il examina la porte de derrière. Les gonds étaient aussi vieux qu'elle et les ferrures dépassaient de deux bons centimètres, prouvant qu'une succession de panneaux y avaient été fixés. Bony manœuvra celui qui était en place. Il grinça. La peinture était craquelée par le soleil et le vent. Une épaisse couche de poussière s'accumulait sur les bords, tant à l'intérieur qu'à l'extérieur. Il n'y en avait ni sur les rebords intérieurs des fenêtres, ni sur les étagères du buffet, la hotte de la cuisinière et les plinthes. Mme Lush et sa fille étaient donc des ménagères méticuleuses et l'ancienne porte poussiéreuse venait d'être remise en place.

Il se rappela avoir remarqué une Winchester à répétition appuyée dans un coin, à un bout du buffet, et, d'un seul doigt, l'approcha vers lui. Le canon luisait de graisse, tout comme la crosse. Les empreintes ! Il y en avait probablement, mais ce n'était pas l'important pour l'instant. Pas plus qu'il ne s'agissait de trouver curieux le fait qu'elle ait été astiquée.

En revanche, le trou rond dans le plafond avait peut-être une signification. Bony alla chercher une échelle dans la buanderie. Il estima que le trou se rapprochait de la taille d'une balle de calibre 32. Il déplaça l'échelle et, après y avoir regrimpé, souleva la trappe. Il se retrouva couvert de sable et de poussière. Au-dessus du trou, il en apercevait un autre dans le toit de tôle. La carabine qu'il avait rapidement examinée était un calibre 32.

Il rangeait l'échelle dans la buanderie quand il vit un cavalier arriver des boîtes aux lettres. Il s'assit sur le banc, à l'extérieur, et attendit, les doigts affairés avec l'habituelle cigarette. Le cavalier mit bientôt pied à terre et, les rênes passées dans un bras, s'approcha du banc. Il était jeune et blond.

— Qui êtes-vous ? demanda-t-il.

— Inspecteur Bonaparte.

— Oh ! Comment va la vieille dame ?

— Elle est morte. Qui êtes-vous ?

— Cosgrove. Vous avez bien dit morte ?

— Oui. Vous ne le saviez pas ?

— Non. J'ai passé toute la matinée dehors avec les hommes pour essayer de retrouver Lush. Juste avant d'y aller, j'ai appris que Mme Madden s'était blessée en tombant. Que se passe-t-il ? Jill n'est pas dans le coin ?

Bony répondit qu'elle était partie avec Mme Cosgrove, qui l'avait invitée à Mira. Quand le jeune Cosgrove fit une remarque sur la présence de la jeep de Lucas et apprit pourquoi elle se trouvait là, il attacha les rênes à un poteau de la véranda et s'assit sur le banc.

— Vous êtes inspecteur de quoi ? De la protection contre les lapins ?

— Non. De police.

— Mince alors ! Vous devez donc vouloir mettre la main sur Lush ?

— Bien sûr.

— Et aussi le pied, pour lui donner un bon coup où je pense.

Ray Cosgrove était en train de rouler une cigarette, les mains entre ses genoux écartés, et le bord de son stetson paraissait orienté vers le sol.

— Vous savez, traiter Lush de peau de vache, c'est une insulte aux bovins. C'est un pur salaud, poli, à la gueule enfarinée, carrément mauvais. Personne ne sait ce que sa femme et Jill ont dû supporter. J'espère le retrouver avant vous, sinon il finira dans une belle prison confortable où il ne restera qu'un an ou deux.

— Et si vous découvrez le premier ?

— Ça, c'est mon petit secret, inspecteur.

Cosgrove se redressa, puis s'adossa au mur de la maison.

— Vous avez un intérêt personnel là-dedans ?

— Naturellement, vu que les Madden sont nos voisins depuis 1901. Le père de Jill était un brave type. Lui et mon père étaient amis. Quand il est mort, cette ferme était florissante. Et maintenant, regardez : des détritus partout, les hangars à l'abandon, les clôtures renforcées au lieu d'être réellement réparées. Pourquoi est-ce que Lush a battu sa femme, cette fois, vous le savez ?

— Elle a refusé de lui donner un chèque de trois cents livres.

— Trois cents livres ! s'exclama Cosgrove. Ça fait un beau paquet. Il a dû sacrément s'endetter à White Bend. Il y a là-bas un tripot où on joue au poker. Ce sont deux frères dénommés Robert qui le tiennent. Si vous ne payez pas, ça barde pour vous. Ils ont dû lui lâcher un peu la bride.

— Il boit, n'est-ce pas ? demanda Bony.

— Et comment ! Mais pas plus que la plupart d'entre nous quand nous allons au bourg. Et je n'ai pas entendu dire que l'hôtel lui avait coupé tout crédit. D'ailleurs, comme la plupart d'entre nous également, il aurait dû revenir avec un ou deux cartons de bière. Mais quand j'ai apporté le courrier à la boîte hier matin, le lendemain du soir où il a quitté le bourg, il n'y avait pas une seule bouteille dans son pick-up, et encore moins une réserve raisonnable.

— Donc, vous croyez qu'il avait désespérément

besoin de trois cents livres pour régler une dette de jeu ?

— Il en aurait eu tout aussi désespérément besoin s'il s'était agi de cinquante livres, répondit Cosgrove. On connaît les Robert, comme je vous le disais. Vous savez, si ce salopard aux yeux en amande n'avait pas pu avoir cinq shillings, il aurait tabassé sa femme de la même manière. D'après Jill, la battre était devenu pour lui un passe-temps agréable.

— Avez-vous une idée de ce qui est arrivé une fois qu'il a abandonné sa camionnette ?

— Pas vraiment, mais, connaissant ce salaud, je me dis que puisqu'il n'est pas revenu chez lui, il a pu basculer de la falaise dans le trou d'eau et se noyer, ou bien se planquer quelque part avec une caisse d'alcool pour toute compagnie. Est-ce que vous avez fouillé les lieux ?

— Pas encore, répondit Bony.

— J'en avais l'intention. C'est pour ça que je suis venu. On s'y met maintenant ?

Bony acquiesça et, après avoir enfermé le cheval dans le parc, ils commencèrent leur tournée d'inspection. Dans le garage ouvert sur le devant, il y avait une charrue usée et des accessoires accrochés au mur. Cosgrove dit que Lush s'était occupé d'un trotteur, mais n'avait jamais gagné une course avec lui et avait donc gaspillé encore plus d'argent. Ils pénétrèrent dans une cabane prévue pour deux employés, équipée seulement d'une table et de deux lits en fer. La porte était gauchie et la fenêtre couverte de toiles d'araignée. Le petit hangar à tonte n'offrait aucun indice et, après l'avoir quitté, ils se séparèrent. Le fils Cosgrove s'écarta du fleuve et Bony longea la rive pour regagner la maison. Il y avait un trou naturel, en amont du hangar, et l'eau y était pompée jusqu'à des réservoirs qui desservaient à la fois le hangar et la maison.

Enfin, Bony arriva à un petit enclos pourvu d'une potence, où les moutons destinés à la consommation étaient gardés et tués. Jetées sur une barrière, plusieurs peaux étaient sèches depuis longtemps, bien assez pour être rentrées. Bony risqua un coup d'œil dans le hangar et ne vit aucun signe qu'il eût été occupé. Non loin de la potence, on avait grossièrement construit un foyer avec de grosses pierres en demi-cercle pour fournir un coupe-vent. Là, on avait brûlé des détritus tels que os à chien et ordures ménagères. Un sentier bien distinct menait jusqu'à la maison.

D'après l'aspect des cendres du dessus, le dernier feu était très récent et son étendue indiquait que beaucoup de choses s'étaient consumées. Les deux gonds, noircis par la chaleur, étaient séparés par la même distance qu'au moment où ils étaient montés sur une porte ; la serrure et les poignées étaient également là.

Bony chercha Cosgrove, le vit s'approcher de la maison et emprunta le sentier pour aller le rejoindre.

— Je n'ai pas pu retrouver ses traces, dit Cosgrove. Bon, vous voyez le genre de fainéant qu'est ce salaud. Il n'entretient pas la ferme. Le pauvre vieux Madden doit souvent se retourner dans sa tombe. Qu'avez-vous décidé ? Que faut-il faire des chiens et des poules ?

— Finalement, il a été convenu que je resterais ici pour accueillir M. Lush. J'habiterai cette maison jusqu'à ce qu'une autre décision soit prise, répondit Bony. Il y a du grain pour les poules dans le garage et un quart de mouton dans la réserve à viande. Je n'aperçois que deux chiens, nous ne devrions donc pas mourir de faim. Mme Cosgrove va me faire envoyer ma valise de chez vous.

Cosgrove sourit pour la première fois depuis son arrivée.

— D'accord, inspecteur. Quand le gars viendra vous apporter vos frusques, dites-lui si vous avez besoin de quelque chose. Vous reconnaîtrez Lush en le voyant. Il a le visage plat comme une crêpe. Quant à moi, je resterai dans le coin, près du fleuve. J'entends le vieux Leveska qui décolle.

Il détacha les rênes du poteau, en passa une par-dessus la tête du cheval, les rassembla et parut ensuite soulevé jusqu'à la selle par un jet-stream. Ses derniers mots furent :

— Je parie que vous trouverez la radio en bon état. Lush voulait sûrement qu'elle marche bien pour écouter les résultats des courses.

Il s'éloigna sur sa monture et traversa le lit du fleuve en amont du hangar à tonte. Bony détacha les deux chiens qui se mirent à courir en faisant semblant de poursuivre les poules. Les coqs hurlèrent et le remue-ménage amena plusieurs martins-chasseurs à se poser sur une perche grossière et, là, à se lancer dans un chœur de ricanements. La ferme s'était réveillée et Bony en prit possession.

Avec la hache, il coupa et débita assez de bois pour alimenter la cuisinière. Puis il remplit les lampes à pétrole et inspecta le placard à linge de Mme Lush. Il fit son lit dans la troisième chambre, prépara du thé et s'accorda une pause avec plusieurs cigarettes. Revigoré, il découpa le quartier avant du mouton, qui lui procura une épaule à rôtir, des côtelettes à griller et de la viande pour les chiens.

Les martins-chasseurs l'observèrent tandis qu'il transportait la viande dans la maison. Leurs prodigieux yeux perçants semblaient pleins d'espoir. Lorsque Bony entra dans la salle de séjour, l'un marmonna, un autre se lança dans une cascade de ricanements. Bony ressortit pour examiner la perche de plus près et, remarquant des taches sur le bois, sut à quoi elle servait et comprit pourquoi les oiseaux ne tentaient pas de fuir à son approche. Eux aussi réclamaient leur dîner, et ils étaient huit.

Le poulailler se trouvait à l'intérieur d'un enclos à haut grillage pour protéger les volailles des renards. Quand Bony revint avec une bassine de blé et s'avança vers l'enclos en faisant claquer sa langue pour attirer les poules, elles l'ignorèrent. Il n'était qu'un étranger, après tout ! A l'intérieur du grillage, il claqua la langue encore plus fort et les deux chiens entrèrent en action. Ils rassemblèrent les poules vers la porte du poulailler comme ils auraient rassemblé des moutons pour les faire entrer dans un parc.

Bony les avait récompensés avec leur repas. Il décida de ne pas les attacher pour la nuit et son attention fut de nouveau attirée par les martins-chasseurs qui attendaient et émettaient de doux ululements et de bas gloussements entrecoupés. Avec plaisir, il découpa de la viande en petits morceaux et l'apporta jusqu'à la perche. Les oiseaux ne prirent pas la peine de se pousser pour lui faire de la place et, s'ils glougloutèrent et se chamaillèrent, ce n'était pas parce qu'ils étaient mal élevés.

— On peut apprendre beaucoup de choses sur des gens en observant le comportement de leurs animaux, leur dit-il. La jeune fille a dû vous apprivoiser, mes amis sauvages. L'homme a probablement dressé les chiens et son épouse sans doute élevé les poules et fait la poussière tous les jours de sa vie — mais pas sur l'ancienne porte de derrière.

Bony était en train de dîner quand un homme apparut soudain dans l'encadrement de la vieille porte. Ce n'était pas William Lush car son visage allongé ne faisait pas penser à une crêpe. Les deux chiens, qui agitaient maintenant la queue pour lui souhaiter la bienvenue, n'avaient pas aboyé pour annoncer son arrivée. Bony l'invita à entrer. Il apportait la valise et une lettre.

— Je vous ai apporté votre valise, inspecteur, dit-il. Et aussi une lettre de Mme Cosgrove. Elle m'a demandé d'attendre la réponse, s'il y en a une.

— Merci. Voulez-vous une tasse de thé ?

— Je viens de dîner.

Bony lut le message suivant :

Jill Madden vous prie de faire comme chez vous. Les draps et les couvertures se trouvent dans le placard à linge et la viande dans la réserve. S'il vous plaît, donnez un os aux chiens et enfermez les poules. Et donnez aussi à manger aux martins-chasseurs, je vous prie. Ils attendront sur la perche. Mon fils passera en début de matinée demain.

C'était signé « Betsy Cosgrove ».

Bony leva les yeux sur l'homme qui patientait.

— Il n'y a pas de réponse. Comment vous appelez-vous ?

— Vickory. Vic Vickory. Je suis le régisseur de Mira.

— Dites-moi, monsieur Vickory, pourquoi Mme Cosgrove a-t-elle pris la peine d'écrire ce mot au lieu de téléphoner ?

— Oh ! Elle a dit qu'elle n'arrivait pas à vous joindre et a pensé que vous étiez parti à la recherche de Lush.

Bony se leva et manipula le téléphone mural. Il n'y avait pas de ligne.

Il haussa les épaules et dit :

— La ligne est coupée quelque part. A présent, il y a un message pour Mme Cosgrove. Demandez-lui, je vous prie, de faire réparer la ligne dès demain matin.

— Entendu, inspecteur. Bonsoir.

UNE NUIT ET UNE MATINÉE GLACIALES

Bony était assis sur le banc, près de la porte de derrière, et contemplait le coucher du soleil dans un ciel dégagé, dépourvu de poussière. Les rayons avaient une nuance froide, jaune citron. Le kelpie[1] était couché sous le banc et l'autre chien, un berger écossais, allongé par terre à environ un mètre de l'inspecteur. Les martins-chasseurs s'étaient juchés dans leur gommier préféré et joignaient leur voix à un chœur vespéral dont les cris aigus exprimaient une immense joie et les ricanements graves une humeur sinistre. Une fois que les poules eurent cessé de se quereller pour savoir qui devait percher avec qui, le silence paisible du soir constitua lui-même une sorte de berceuse.

Il faisait très sombre quand Bony entendit une voiture qui descendait la piste de la rive. Il se demanda qui ça pouvait bien être. A son avis, il ne s'agissait sûrement pas de Lucas. Par ailleurs, la circulation, dans le coin, se signalait par sa rareté : pas un seul véhicule n'était passé depuis le départ du gendarme. Les chiens se redressèrent, tendirent l'oreille, et le kelpie grogna. Puis une lueur blanche apparut sur la droite, augmenta pour ressembler à un projecteur, et

1. Chien de troupeau australien. *(N.d.T.)*

continua sur la route, à plus de quinze cents mètres à l'ouest de la maison.

Quand la seconde voiture annonça aux bêtes son arrivée, il était 21 heures passées. Elle bifurqua au croisement et braqua ses phares sur la maison. Les deux chiens se levèrent et le plus petit se colla à la jambe de Bony. L'inspecteur le caressa et lui ordonna de se tenir tranquille. La voiture s'arrêta, les phares s'éteignirent et Lucas s'écria gaiement :

— J'espère que la bouilloire est sur le feu. Pourquoi restez-vous dans le noir ?

— Nous étions en train de communier avec les étoiles, répondit Bony.

Il entra le premier pour allumer les lampes, puis ajouta du bois dans la cuisinière. Les chiens restèrent dehors, selon l'usage en cours dans les maisons d'habitation.

— Le trajet était rude ? demanda Bony.

— Comme ci comme ça, répondit Lucas. Un pneu éclaté m'a retardé et le commissaire exigeait des tas de détails. Qu'est-ce que vous avez fait de beau ?

— J'ai traîné dans le coin, je suis devenu ami avec les chiens et j'ai eu la visite du régisseur de Mira, qui m'a apporté ma valise. Et puis, j'ai donné à manger aux bêtes, sans oublier huit martins-chasseurs. J'ai une demi-douzaine de belles côtelettes que je vais vous faire griller. Vous restez un moment ?

— Pour les côtelettes, oui. Et puis, c'est sur mon chemin. J'ai dit au commissaire que la porte avait été remplacée et il a paru impressionné. Est-ce que vous avez retrouvé la nouvelle ?

— Qu'est-ce qu'il en a pensé ? demanda l'inspecteur.

La table était couverte d'une nappe. Après avoir préparé du thé, Bony mit le couvert du gendarme. Le visage de Lucas se fendit d'un grand sourire mais ses yeux restèrent sérieux.

— Il a dit que vous passiez pour un sacré limier, inspecteur. Il a dit que vous pouviez flairer un crime avant qu'il soit commis et que, puisque vous n'étiez pas revenu avec le médecin, vous en aviez certainement repéré un. Et puis, vous savez pas ? Il m'a donné l'ordre de regagner mon poste et d'obéir à toutes vos instructions. Oh ! et il y a encore autre chose. Je dois vous avertir qu'il a télégraphié pour demander l'autorisation de vous confier le boulot, et que ladite autorisation est arrivée à 18 h 30.

— C'est gentil de sa part, mais ce n'était pas nécessaire. Je me suis déjà moi-même accordé cette autorisation.

Bony sourit et ses yeux d'un bleu lumineux rayonnèrent. S'arrachant à leur magnétisme, Lucas remarqua de nouveau le visage foncé, les traits nordiques, et, pendant un instant, il tomba sous le charme que cet homme à la double origine pouvait exercer. L'odeur des côtelettes d'agneau en train de griller lui aiguisa l'appétit et, portant sa tasse de thé à sa bouche, il posa à nouveau sa question sur la porte manquante. La légère incongruité de la situation — un inspecteur qui faisait griller des côtelettes à l'intention d'un gendarme de première classe — ne lui apparut pas, mais il est vrai que l'inspecteur ne portait pas son uniforme d'apparat.

— La nouvelle porte a été brûlée hier, dit Bony avant d'attraper une brindille dans la cuisinière pour allumer sa cigarette.

— Ah bon ? Où ça ?

— L'endroit importe peu. C'est le fait qui est intéressant. L'ancienne a été remise en place après les mauvais traitements infligés à Mme Lush.

— Quelque chose a donc dû arriver à la nouvelle.

— Oui, quelque chose qui ne pouvait pas être réparé et camouflé par de la peinture.

— C'est bizarre. Vous vous y retrouvez, dans tout ça ?

— Pas beaucoup. Les femmes ont pu interdire l'accès de la maison à Lush avant qu'il aille au bourg ou quand il est revenu à pied depuis les boîtes aux lettres. Je me le représente furieux de se voir refuser de l'argent. Il va dans le hangar pour sortir son pick-up, le conduit devant la maison et fait un nouvel effort pour extorquer un chèque à sa femme. Quand il trouve la porte verrouillée, il va chercher la vieille hache sur le tas de bois et il cogne sur la porte. Et il est dans une telle rage qu'il attaque sa femme.

— Les choses ont pu se passer ainsi. Trouver porte close a dû le faire bouillir de colère.

— Ensuite, quand sa fille est rentrée, Mme Lush l'a persuadée de déposer la porte abîmée et de la détruire pour empêcher les commérages en cas de visite.

Lucas admit que ça expliquait sûrement le changement de porte, mais il aurait peut-être été moins convaincu s'il avait eu connaissance du trou dans le plafond, maintenant plongé dans l'ombre jetée par l'abat-jour de la lampe.

— Que savez-vous au sujet des deux Robert ? demanda Bony.

— Ce sont les bouchers. Ils habitent une petite propriété à quinze cents mètres du bourg. Je n'ai jamais eu d'ennuis avec eux, bien que je les soupçonne de s'adonner au jeu. Chez eux, bien sûr. Aux cartes, pas aux dés. Comme ils possèdent leur maison, je ne peux rien faire quand ils invitent des amis à venir faire une partie. Pourquoi ? Ils vous intéressent ?

— Rappelez-vous que, d'après Jill Madden, Lush avait désespérément besoin de trois cents livres. Le fils Cosgrove m'a dit que Lush disposait d'un crédit limité au bar de l'hôtel. Il a ajouté que les Robert n'y allaient pas par quatre chemins quand quelqu'un avait une dette de jeu envers eux. Je voudrais bien savoir pourquoi Lush avait besoin de tout cet argent. Vous pourriez enquêter discrètement. Y a-t-il un notaire à White Bend ?

Lucas lui dit que non. Quand Bony lui demanda s'il savait, par hasard, qui s'occupait des affaires de Mme Lush, il répondit qu'il l'ignorait. Pendant qu'il mangeait, Bony le questionna sur les Cosgrove et leurs employés et, ensuite, le pria de décrire la façon dont Lush marchait et insista même pour qu'il lui fasse une démonstration.

— Il va me falloir essayer de retrouver ses traces, ce qui sera difficile dans la mesure où je ne les ai jamais vues, poursuivit-il. Je commence à me dire que l'hypothèse selon laquelle Lush serait allé se planquer avec une provision d'alcool ne tient plus vraiment. Il était à court d'argent et son crédit à l'hôtel était également épuisé. Vous pourriez vous occuper de cette histoire de crédit. En outre, il n'est pas resté suffisamment longtemps au bourg pour s'octroyer une cuite maison et repartir en frisant le delirium tremens. Je vais vous confier quelque chose qui ajoutera du piment à vos recherches. Dans le plafond, au-dessus de nous, il y a un trou laissé par une balle et, dans le coin, là, la carabine qui a probablement tiré cette balle.

Le gendarme haussa brusquement ses sourcils blonds et cessa de bourrer sa pipe.

— Le plafond a été perforé récemment, Lucas. Il est en plâtre et taché de fumée, mais les bords du trou sont tout blancs. Juste au-dessus, il y a un trou dans le toit en tôle. En outre, la carabine a été nettoyée et graissée. Et je n'ai pas retrouvé une autre arme du même calibre. Il y a un fusil de chasse et une Winchester 44 à un coup, et ni l'un ni l'autre n'ont été entretenus avec autant de soin. Vous feriez mieux de les emporter. On en aura peut-être besoin.

Lucas se remit à bourrer sa pipe et ne dit mot avant d'avoir appliqué une allumette et tiré une bouffée. Il remarqua alors :

— Les choses commencent à s'éclaircir, hein ?

— Pas vraiment. Toutefois, cela jette un doute sur l'histoire de la jeune fille. Comme, une fois à Mira, je ne pourrai peut-être pas téléphoner au commissaire sans que quelqu'un surprenne ma conversation, pourriez-vous lui glisser que je trouve cette affaire extrêmement intéressante ? N'en dites pas plus, ne donnez pas de détails. Savez-vous si le fils Cosgrove est amoureux de Jill Madden ?

— Non, je l'ignore, inspecteur. Nous n'habitons pas White Bend depuis assez longtemps pour être au courant de tous les potins.

— Nous ? Qui cela inclut-il ? Votre femme ?

— Elle connaît tout le monde et, comme un buvard absorbe l'eau, elle absorbe les histoires des autres sans rien raconter sur nous. Ça s'est révélé utile plus d'une fois. Je vais lui demander de se renseigner à ce sujet.

— Faites donc. Passons maintenant à cette crue imminente. A votre avis, quand va-t-elle arriver jusqu'ici ?

— Dans deux jours, si ça se trouve, répondit Lucas. On dit que l'eau dévale rapidement en amont. Je n'ai encore jamais vu de véritable crue dans la région, mais il paraît que le fleuve a déjà débordé sur trente kilomètres et, d'après ce que j'ai entendu dire ce soir, celle qui se prépare va être carabinée. Surtout, observez-la bien.

— Je vais battre en retraite à Mira ou partir avec le pick-up à White Bend avant qu'elle arrive.

— Vous pourriez emprunter la piste qui se trouve au bout de cette propriété. Il y a un puits et une cabane au bord de la route qui mène vers Bourke et passe par White Bend. Mais ne vous attardez pas une fois que l'eau commencera à couler, parce que, entre ici et cette route secondaire, coulent deux ruisseaux qui vont gonfler et vous bloquer. Cette maison résistera à la montée des eaux, mais je suppose qu'il ne reste pas assez de provisions pour que vous teniez un mois.

— Bon, vous devriez repartir, maintenant. S'il y a autre chose, je m'arrangerai pour vous contacter.

Après avoir assisté au départ de Lucas dans sa jeep, Bony appela les chiens dans la maison et fut amusé de voir qu'aucun n'obéissait. Un peu déconcerté par la ligne téléphonique coupée, il avait besoin d'eux pour le prévenir de tout événement, voire du retour de Lush ; il les attrapa donc par leur collier, les tira dans la salle de séjour et referma la porte à clé.

Comme Bony était aux petits soins pour eux, ils oublièrent bien vite ce tabou et le suivirent dans la maison pendant qu'il vérifiait la porte principale et les fenêtres. Il approcha de la cuisinière un vieux fauteuil à bascule et s'y installa pour méditer et envisager ses prochaines activités.

Le jour pointait quand il se réveilla glacé et ankylosé. Il ouvrit la porte et les chiens filèrent dehors. En allant chercher du bois pour faire du feu, il vit deux vaches laitières à côté du hangar à traite. Le gel blanchissait le haut du tas de bois.

Après avoir avalé deux tasses de thé et fumé trois cigarettes, il alla traire les vaches, prit une douche froide de trois secondes, puis prépara un petit déjeuner qu'il avala sans traîner. Il apporta l'échelle. Il avait trouvé des cartouches pour le calibre 32 et, avec l'une d'elles, s'assura que la balle correspondait bien au trou du plafond. Quand il eut remis l'échelle en place et fait un peu de ménage, l'ancienne pendule américaine marquait 7 h 20.

A 7 h 30, il avait rentré le pick-up au garage et empoché la clé de contact ; il ne se sentait plus responsable du véhicule ni des chiens. Il avait trouvé une paire de bottillons appartenant à Lush et s'en servit pour faire des marques sur un sol meuble. Lush chaussait du quarante. Les empreintes lui apprirent très peu de chose ; seules les semelles indiquaient que Lush marchait les orteils légèrement tournés en dedans, comme beaucoup d'hommes qui, depuis longtemps, gagnent leur vie à cheval. A elles seules, les chaussures ne révélaient pas grand-chose du caractère de leur propriétaire.

Après avoir refermé la maison, Bony marcha entre les ornières jumelles creusées par les véhicules. Elles conduisaient à la route et aux boîtes aux lettres. Le soleil, qui venait de se lever, ne parvenait pas à pénétrer dans l'avenue tracée par les gommiers du fleuve et cette rive-ci était froide et encore vert foncé. Les martins-chasseurs continuaient à accueillir la nouvelle journée avec leur rire moqueur et Bony se demanda s'ils viendraient réclamer leur repas. Une pie d'un blanc et noir luisant passa dans un bruissement d'ailes, derrière un corbeau plus lent qui croassa d'irritation, et des cacatoès rosalbins rouge et gris s'élevèrent au-dessus de l'avenue pour parler un langage bien à eux.

Tout semblait aller pour le mieux en ce bas monde. Tout allait bien pour l'inspecteur Bonaparte. Quant à savoir comment se portait William Lush, c'était là matière à pure spéculation.

Si Lush avait marché de son pick-up inutilisable jusqu'à sa maison l'autre soir, il avait dû emprunter cette piste et non celle de la rive, qui, en plusieurs endroits, était coupée par des rigoles assez profondes pour que quelqu'un se blesse en y tombant. Lush n'avait pas dû s'éloigner beaucoup du chemin tracé par son véhicule. Très vite, Bony se rendit compte que le sol, jusqu'ici, n'était pas favorable à un traqueur, puisqu'il se composait de déblai d'argile dure jusqu'au croisement avec la piste principale. En revanche, à partir de là, la surface, bien que plus dure, s'effritait en poussière très blanche sous les roues des véhicules et les sabots des chevaux.

Il était facile de retrouver l'endroit exact où le pick-up avait été abandonné ; des traces d'huile recouvertes de poussière l'indiquaient. Dans un rayon de plusieurs mètres tout autour et près des boîtes aux lettres, à trois mètres du rebord de la falaise qui surplombait le trou d'eau, le sol comportait d'innombrables empreintes d'hommes et de chevaux, à présent à demi effacées et inutilisables.

Bony se rappela que la nuit où Lush avait abandonné sa camionnette, le vent avait presque atteint la force d'une tempête et que, le lendemain, il avait faibli de moitié. Debout, près de l'une des deux boîtes aux lettres, l'inspecteur fuma une cigarette tout en s'imprégnant des lieux, qui n'avaient pas encore pu se graver dans son esprit dans la mesure où il les avait seulement entr'aperçus de la voiture de Lucas.

Après avoir dépassé la maison des Madden, le fleuve formait un de ses coudes les plus serrés au sud-ouest, puis virait à l'est. Quinze cents mètres plus loin, on distinguait les réservoirs d'eau et les toits de la maison de Mira, sur une rive escarpée similaire surplombant un trou d'eau plein dont les réserves étaient utilisées. De part et d'autre, les gommiers rouges massifs formaient une avenue au-dessus du lit à sec. Ici seulement, et au coude de Mira, l'avenue était interrompue et laissait quinze cents mètres de liberté au vent d'est pour attaquer les boîtes aux lettres et au vent d'ouest pour frapper la maison de Mira.

LA DEUXIÈME PARTIE DU RÉCIT DE JILL

Bony dut s'éloigner du coude pour rejoindre la rive. Là, il descendit la pente grise escarpée jusqu'au lit du fleuve. Les gommiers rouges le dominaient de toute leur hauteur. Le lit était jonché de brindilles, de petites branches et de longues lanières d'écorce arrachées par le vent.

Au bord de l'énorme trou d'eau, Bony marqua une pause pour lever les yeux vers la falaise, une vingtaine de mètres plus haut, et aperçut seulement le dessus d'une boîte aux lettres. A l'évidence, si quelqu'un tombait près de ces boîtes, il ne manquerait pas de plonger dans l'eau et, s'il se trouvait quelques mètres sur la droite ou sur la gauche au moment de sa chute, il s'écraserait sur une étroite corniche rocheuse, située entre l'eau et la base de la falaise.

Il n'y avait rien à portée de la main pour vérifier si le trou était profond. Il en avait l'air car, malgré l'eau claire, on n'en apercevait pas le fond. Il contenait sans nul doute des troncs et des branchages arrachés par l'eau et, si Lush y était tombé, son corps pouvait bien être emprisonné et ne jamais remonter à la surface.

Quelqu'un appela sur la rive est et Bony aperçut le fils Cosgrove à côté d'un cheval. Tandis qu'il le rejoignait, le jeune homme aux cheveux blonds lui adressa un grand sourire en guise de salutation, lui annonça que Jill Madden était devant chez elle et lui demanda s'il avait les clés.

— J'ai jugé plus prudent de tout fermer, dit Bony.

— Je l'emmène à Bourke, pour l'enterrement, et elle voudrait se changer et emporter quelques affaires, dit Cosgrove. Et puis, la ligne de téléphone est rétablie, maintenant. C'était une branche qui était tombée dessus.

Ils longèrent la rive est, tandis que Cosgrove tirait sa monture.

— Est-ce que vous allez continuer à rechercher Lush aujourd'hui ? demanda Bony.

— Oui. Les hommes vont une nouvelle fois fouiller le méandre du Fou, puis passer au peigne fin le coude qui se trouve en amont. Je ne crois pas que Lush soit planqué quelque part, sauf dans ce trou que vous regardiez. N'empêche que nous devons nous en assurer.

— J'ai vainement essayé de retrouver ses traces, avoua Bony. Aucune information n'est parvenue de Bourke, ce matin ?

— Le commissaire Macey a téléphoné pour annoncer que l'autopsie de Mme Madden serait pratiquée aujourd'hui et qu'elle pourrait être ensevelie cet après-midi. L'enterrement est prévu à 17 heures.

— Qui d'autre va s'y rendre ?

— Ma mère va venir avec nous. Nous allons rentrer tard car il nous faudra faire deux grands détours. La crue remplit déjà les ruisseaux et les trous d'eau qui se trouvent à trente kilomètres au sud de Bourke. Elle devrait arriver par ici demain soir ou après-demain matin. Il y a des tonnes d'eau en amont de Bourke. A votre place, je quitterais la ferme des Madden avant demain soir. Vous pourriez y rester bloqué pendant des semaines. Jill veut emporter quelques affaires à Mira. Elle devra habiter avec nous.

Cosgrove attacha son cheval en face de la petite maison. Les deux hommes trouvèrent Jill Madden assise sur le banc, à la porte de derrière. Ses yeux sombres s'écarquillèrent quand Bony s'inclina légèrement et lui présenta ses condoléances.

— Je n'arrive pas encore à me rendre compte de la situation, inspecteur. Ma mère et moi étions très proches. Mme Cosgrove a été très gentille et je dois vous remercier de vous être occupé de la maison. Vous avez même trait les vaches, d'après ce que j'ai pu constater.

— Oui, je me suis occupé de tout sauf des chats, dit Bony en considérant les deux qui étaient installés sur le banc. Ils ont dû filer, effrayés par les étrangers. Comment allez-vous vous débrouiller avec la ferme ?

— Mme Cosgrove va faire passer la rivière aux vaches, aux poules, aux chiens et aux chats et je vais emporter ce que je peux. Puis-je vous demander quelque chose ?

Elle était debout, les clés à la main, infiniment plus féminine qu'au moment où Bony l'avait aperçue pour la première fois. Il se dit qu'elle le serait davantage encore si elle se coiffait d'une autre façon. Ses cheveux bruns luisaient et auraient paru plus abondants s'ils n'avaient pas été aussi tirés.

Jill reprit :

— Est-ce que vous avez découvert des traces de mon beau-père ?

— Comme je l'ai dit à M. Cosgrove, mes efforts n'ont pas abouti. Ce n'est sans doute pas le moment, mais j'aimerais vous poser quelques questions. A l'intérieur, peut-être ?

— Oui, bien sûr. Excusez-moi.

— Commencez à préparer vos affaires et nous allons allumer la cuisinière et préparer du thé. Dites-nous ce que nous pouvons faire pour vous aider. Nous bavarderons plus tard.

— D'accord. Ça alors ! vous avez même tout lavé et rangé !

— On m'a parfaitement dressé, mademoiselle Madden, proclama Bony en allumant du papier sous le petit bois qu'il avait fourré dans la cuisinière.

La porte de la petite chambre était ouverte et la jeune fille remarqua :

— Et vous avez fait votre lit !

— Moi, je n'en ai jamais été capable, claironna gaiement Cosgrove pour essayer de détendre l'atmosphère. Jill, si tu veux un coup de main, appelle-moi.

La jeune fille alla dans sa chambre et fourra des vêtements dans une valise. Comme toutes les femmes, elle n'avait, bien entendu, rien à se mettre, mais Bony observa qu'elle remplissait une seconde grande valise et demandait à Cosgrove d'aller chercher deux caisses dans la buanderie. Avec l'aide du jeune homme, elle y rangea les livres de compte et les archives de la ferme, ainsi que plusieurs ouvrages, parmi lesquels une grosse bible familiale. Enfin, elle eut terminé et Bony servit le thé dans les tasses qu'il avait posées sur la table avec un gâteau trouvé dans une boîte en fer.

— Tu crois que tu as tout ce qu'il te faut ? demanda Cosgrove. Tu n'emportes pas l'évier de la cuisine ?

— Je pense que nous allons le laisser en place, Ray, dit-elle en tentant un pâle sourire. Je vais emporter la petite caisse à Bourke. Qu'est-ce que vous allez faire, inspecteur ?

— Avec votre permission, j'aimerais rester ici jusqu'à demain. Votre beau-père pourrait se présenter, vous savez.

— Et vous l'arrêteriez pour ce qu'il a fait à maman ?

— Exactement.
— Restez tant que vous voudrez, ou tant que la crue vous le permettra.

Sa bouche se fit sévère, probablement en raison d'une longue pratique, et ses yeux se durcirent, donnant à son visage une fugace expression de rage.

— Il joue les gentils garçons, mais c'est une brute immonde, dit-elle tout bas. J'espère qu'il résistera quand vous l'arrêterez et que vous serez obligé de l'abattre.

Involontairement, elle regarda dans le coin où la carabine graissée s'était trouvée, puis de là reporta les yeux sur Bony.

— Quelqu'un a pris son arme.
— Je l'ai fait emporter avec les autres, mademoiselle Madden, dit-il.

Elle vit ses yeux s'agrandir et sentit leur emprise irrésistible.

— J'ai pensé que vous ne voudriez pas qu'une autre balle parte dans le plafond, ajouta-t-il.

Cosgrove leva la tête, tout comme Jill, qui feignit l'étonnement sans toutefois parvenir à donner le change. Le jeune homme resta muet et le regard de Jill se perdit au-delà de la porte ouverte. Bony dit :

— Cette vieille porte est intéressante, mademoiselle Madden, parce qu'elle a été récemment posée à la place d'une nouvelle, qui a été brûlée dans l'enclos d'abattage. Pouvez-vous me dire pourquoi ?

Jill Madden continua à fixer le paysage illuminé de soleil, de l'autre côté de la porte. Cosgrove pinça les lèvres et son regard passa de Jill à Bony pour revenir se poser sur la jeune fille.

— Oui, je vais vous le dire, répondit-elle en parlant de nouveau tout doucement. Ça n'a plus d'importance, maintenant que maman est morte. Elle ne risque plus d'avoir peur des commérages, de la honte et de la souffrance. Cette nuit-là, j'ai veillé avec la carabine à portée de la main et j'ai attendu le retour de Lush. Quand il est arrivé, il a trouvé portes et fenêtres fermées. Comme je ne voulais pas le laisser entrer, il est allé chercher la hache et s'est mis à cogner sur la porte. J'ai tiré un coup dans le plafond pour l'avertir. Quand j'ai vu la hache transpercer la porte, j'ai tiré pour lui faire peur.

Sa voix se tut et Bony ajouta :

— Et vous l'avez tué.

— Non. Je suis restée adossée au mur toute la nuit. Après le coup de feu dans la porte, il n'y a plus eu un seul bruit. Je me suis dit que je l'avais peut-être tué. J'ai pensé qu'il pouvait aussi me tendre un piège et essaierait de rentrer par une fenêtre. Je me suis décidée à le tuer s'il y réussissait.

« J'ai passé une nuit terrible. Je tendais l'oreille, je m'attendais à ce qu'il entre à tout moment, pendant que maman gémissait dans sa chambre à cause des blessures qu'il lui avait infligées. Le lendemain, j'étais sûre qu'il était étendu mort devant la porte et, dès qu'il a fait jour, j'ai ouvert. Mais il n'était pas là.

« A ce moment-là, je n'ai plus su quoi faire. Maman a appelé, je suis allée auprès d'elle. Elle voulait savoir si elle avait bien entendu un coup de feu pendant la nuit et je lui ai raconté ce qui s'était passé. Je n'étais pas sûre qu'elle ait bien compris jusqu'au moment où elle m'a dit de retirer la porte et de remettre la vieille en place au cas où quelqu'un viendrait, la verrait et devinerait ce qui était arrivé. J'ai réussi à lui faire boire un peu de thé, je lui ai donné des cachets d'aspirine et ensuite, je suis partie à la recherche de Lush.

« J'ai emporté la carabine. Je suis allée dans la cabane des employés, puis dans les hangars. Je ne l'ai pas vu et pourtant, je criais son nom. Quand je suis revenue, maman dormait, en tout cas c'est ce que je croyais, et j'ai donc remplacé la porte, puis j'ai brûlé celle qui était abîmée, comme vous l'avez remarqué. Voilà, c'est tout, sauf que je me suis assise un instant, que je n'ai pas pu réveiller maman et que Mme Cosgrove a téléphoné.

Pendant qu'elle parlait, Bony roula une cigarette. Il remarqua que Jill avait les yeux rivés dessus et la lui offrit. Elle la prit sans presque la regarder.

— Pourquoi n'avez-vous pas mentionné tout cela quand Lucas a recueilli votre déposition ?

Cosgrove intervint :

— Toujours la même chose, inspecteur. Pour éviter le scandale.

— S'il vous plaît, dit Bony d'un ton réprobateur.

— Ray dit la vérité, reconnut Jill Madden. Je ne voyais Lush nulle part. Il doit avoir fichu le camp, peut-être pour de bon. Alors pourquoi en parler ?

— Vous pourriez bien regretter d'avoir gardé le silence, mademoiselle Madden. Mais, pour l'instant, aucun de vous ne devra dire un mot de cette histoire. Si Lush se manifeste, tout cela n'aura plus d'importance.

— Mais s'il ne se manifeste pas, ça en aura, hein ? demanda Cosgrove.

— Il faudra bien en arriver à certaines conclusions, car si on ne le retrouve pas, mort ou vif, on ne pourra pas avoir la preuve qu'il était encore vivant quand il est sorti ou s'est enfui d'ici. C'est pourquoi je préfère vous demander à tous deux de ne rien dire à personne.

— Mais vous ne croyez pas ce que Jill vous a raconté ?

— Je crains bien que non, même si je me permets d'espérer qu'elle a dit la vérité. Je vais joindre mes efforts à ceux des hommes de Mira pour retrouver Lush. Et maintenant, ne pensez-vous pas que vous feriez mieux de partir à Mira, puis à Bourke ? Ne vous inquiétez pas pour vos affaires ou vos bêtes, mademoiselle Madden. Soyez assurée que je suis de tout cœur avec vous dans ces pénibles circonstances. J'aimerais vous poser à tous les deux une question que vous trouverez peut-être impertinente. Me le permettez-vous ?

Jill Madden regarda Cosgrove et il acquiesça.

— Est-ce que vous vous aimez ?

Tous deux le confirmèrent d'un signe de tête, puis la jeune fille se mit à sangloter. Cosgrove lui prit la main et dit :

— Nous nous en sommes aperçus il y a deux mois, inspecteur. Nous avons dû le garder pour nous parce que ma mère déteste Lush et, de toute façon, elle n'est pas commode dès qu'il s'agit de ce que je... Mince ! vous savez bien ce que je veux dire.

— Peut-être.

Bony les accompagna jusqu'à la rive. Là, il pria Cosgrove d'envoyer quelqu'un prendre les affaires de la jeune fille dans la buanderie, car il se pourrait qu'il s'absente de la maison.

En suivant des yeux les jeunes gens qui traversaient le lit à sec et escaladaient l'autre rive pour s'approcher du cheval, Bony se reprocha de ne pas leur avoir demandé pourquoi Jill était venue de Mira à pied et Cosgrove à cheval ; et, tandis qu'il regagnait la maison, il réfléchit à un autre petit mystère. La jeune fille avait affirmé que Lush l'avait injuriée avant de donner des coups de hache dans la porte. Une fois qu'elle avait tiré sur la porte, il était resté muet. C'était vraiment étrange. Puisqu'on lui tirait dessus, est-ce qu'il n'aurait pas dû réagir en hurlant des insultes, protégé par la distance qui les séparait ?

RIEN DE NEUF

D'après le soleil, il était 11 heures quand Bony regagna la maison. Après avoir emporté les caisses dans la buanderie, il ferma les portes à clé et se dirigea vers les boîtes aux lettres pour interroger le facteur qui devait y passer à midi. Le vent avait recommencé à souffler, froid et mordant, des lointaines Snowy Mountains. Pendant qu'il attendait, Bony alla un peu plus loin pour repérer la piste de White Bend, qui, sinueuse, comme apeurée, s'éloignait des immenses terrains incultes, des bras morts du fleuve et des pentes poussiéreuses qu'on appelait le méandre du Fou.

Il aperçut un cavalier qui débouchait de ce coude et, bientôt, reconnut le régisseur de Mira, l'homme qui lui avait rendu visite la veille. Il avait accroché au pommeau de sa selle le sac de courrier à expédier. Avant de mettre pied à terre, il s'écria :

— Ça s'est rafraîchi, hein ? J'espère que ce vent d'est ne va pas durer.

Ses yeux sombres étaient petits et son long visage avait l'air un peu éprouvé. Son blouson de cuir et son pantalon étroit rentré dans de courtes guêtres semblaient à Bony la tenue la plus adaptée aux circonstances.

— Il peut être assez désagréable, reconnut-il une

fois Vickory descendu de cheval. On le sentirait peut-être moins à l'abri de cet eucalyptus. Le courrier arrive plus souvent en retard qu'en avance, je suppose.

— Le facteur essaie d'être à l'heure, dit Vickory en s'affairant avec une cigarette. Mais, dès après-demain, il devra faire un détour.

— Les hommes recherchent toujours Lush ?

— Oui, certains sont retournés au méandre du Fou, et d'autres fouillent le coude qui se trouve en amont, après l'exploitation de Mira. Sans le soleil, même un bon broussard pourrait se perdre au méandre du Fou. Il couvre plus de deux mille trois cents hectares.

— Mais, depuis la disparition de Lush, il y a eu du soleil tous les jours.

— C'est vrai. Avec le soleil, il n'a pas pu se perdre. Il a dû basculer dans le trou. S'il ne réapparaît pas bientôt, on ne le reverra plus.

Le régisseur tira sur sa cigarette et considéra Bony d'un air pensif.

— Il y a trois pauvres bougres qui campent de ce côté, juste un peu plus bas que notre hangar à tonte. Des trimardeurs. Je leur ai parlé de la crue et ils avaient l'air surpris qu'elle arrive jusqu'ici. Sinon, je n'ai rien vu, sauf deux chevaux errants, qui ont dû vivre de l'odeur des feuilles d'eucalyptus.

— Et ces trois hommes que vous avez trouvés, est-ce qu'ils campent loin d'ici ? demanda Bony.

— A deux kilomètres et demi à vol d'oiseau. Mais Lush n'aurait pas aimé leur genre. Il était trop frimeur pour les fréquenter. Il se prenait pour un éleveur.

— Il se prenait ?

— Oui. Je suis sûr qu'il faut parler de lui au passé. J'ai l'impression que le courrier arrive. Et à l'heure.

Ils apercevaient maintenant le nuage de poussière

blanche soulevé par le car postal et chassé vers l'ouest. Bony reprit :

— Il paraît que Lush ne conduisait jamais à plus de vingt à l'heure quand il était soûl. Il était soûl quand il a quitté l'hôtel de White Bend. Croyez-vous qu'après avoir parcouru une vingtaine de kilomètres à vingt à l'heure, il ait pu être encore assez ivre pour gravir cette falaise ?

— Pas assez ivre... assez furieux, répondit Vickory. C'était un type mielleux. Il parlait doucement, poliment, qu'il soit bourré ou non. Mais au fond, il était puant. Il n'avait pas précisément bu quand il a donné des coups de pelle à une vache laitière parce qu'elle lui balançait sa queue dans la figure. L'un de nos cavaliers l'a vu par hasard. Sa vache était morte qu'il continuait à lui taper dessus. La même chose est arrivée avec un trotteur qu'il a fait courir en ville. Il l'a poussé tant qu'il a pu et le cheval ne s'est même pas placé. Il l'a emmené aux courses sur un bac, mais, au retour, il lui a fait parcourir la longue distance tellement vite que le cheval n'a jamais plus recouvré la forme.

— Quel est le rapport avec sa disparition dans le trou ?

— Voilà où je voulais en venir : Lush arrive ici en pleine nuit, il est en panne d'essence, il perd la tête, se précipite sur les boîtes aux lettres, arrache un de leurs supports et cogne sur sa camionnette. Le pieu se casse, il va en chercher un autre et, dans sa fureur aveugle, il manque la boîte et bascule dans la rivière. C'est quelque chose qui a pu très facilement se produire. La nuit était aussi noire que l'as de pique.

Le car postal qui approchait faisait un peu penser à un scarabée noir chargé.

— C'est là une supposition intéressante, dit Bony d'un ton sérieux. Vous avez de quoi l'étayer ?

— La boîte aux lettres était soutenue par quatre pieux. Il n'en reste que trois. Il y a une marque sur le côté gauche du pare-boue, qu'il aurait pu faire avec ce pieu. Dommage qu'on ne retrouve pas ce bout de bois, entier ou en morceaux, pour le prouver. Mais, quand il s'est cassé, il l'a peut-être jeté au loin dans un accès de colère.

Bony avait envie de complimenter Vickory sur son raisonnement quand le lourd véhicule freina et s'arrêta. Un jeune homme roux quitta le siège du conducteur et demanda :

— Lush est revenu, Vic ?

Il n'avait pas de passagers. Il attrapa le sac de courrier à expédier pendant que le régisseur lui répondait et tendit celui du courrier arrivé. Quand Bony s'approcha, il lui demanda s'il était bien l'inspecteur Bonaparte et ajouta d'un ton désinvolte :

— Vous n'avez retrouvé ni la trace ni la dépouille de Lush, hein ? Il a dû filer après avoir battu sa femme et, maintenant qu'elle est morte, il n'est pas près de revenir.

— Quand vous êtes arrivé ici et que vous avez vu la camionnette, est-ce que quelqu'un vous attendait avec le courrier de Mira ? demanda Bony.

— Oui, Ray Cosgrove.

— Vous avez jeté un coup d'œil dans la camionnette ?

— Et comment ! Ensuite, j'ai cherché Lush.

— Y avait-il quelque chose sur le plateau de la camionnette ou sur la banquette ? Des achats ?

— Seulement un carton de bouteilles de bière, vide, à la place du passager.

— Un carton de douze ?

— Oui. Il y avait un bout de bois sur le garde-boue et, quand j'ai vu une marque, à côté, je me suis demandé si le bout de bois avait quelque chose à voir avec ça.

— Est-ce qu'il ressemblait à un pieu de boîte aux lettres ? demanda Vickory.

— Ça pouvait en être un, Vic. Oui, ça pouvait. Il en manque un ?

— Oui. J'étais en train de dire à l'inspecteur qu'à mon avis, Lush a perdu la tête quand il est tombé en panne d'essence et qu'il s'en est pris à la camionnette avec un pieu arraché à sa propre boîte aux lettres. Qu'est-ce que vous en pensez ?

— Écoutez, quelqu'un m'a dit... j'ai oublié qui. Bref, quelqu'un m'a dit que quand Lush se mettait à escalader un mur, il grimpait trois mètres ou trois mètres cinquante. C'est quand même difficile à croire.

— Le type qui vous a dit ça sait peut-être quelque chose, dit le régisseur, content de ses déductions.

— Ouais, je suppose. Bon, il faut que je reparte. A bientôt ! Mince ! Je ne vous verrai sûrement pas ici ! Ma prochaine tournée passera par la piste qui s'éloigne du fleuve. J'apporterai le courrier à Murrimundi. Vous pouvez descendre à Murrimundi et ils peuvent vous joindre par téléphone, hein ?

— Oui, c'est exact, mais les lignes risquent d'être coupées, d'après ce que j'entends dire sur la montée des eaux.

— Ouais. Vous serez peut-être obligés d'élever ces digues autour de chez vous, Vic. Amusez-vous bien. J'espère qu'il ne va pas pleuvoir pendant ma tournée.

— Vous voulez bien remettre cette lettre à Lucas ou à sa femme ? demanda Bony en lui tendant une enveloppe.

Le conducteur fit un grand sourire.

— Et comment, inspecteur ! acquiesça-t-il. Toujours être aimable avec la police, c'est ma devise depuis des années. Je vais m'arranger pour lui remettre ça.

Le moteur rugit, les roues patinèrent et le rouquin repartit avec l'entrain désinvolte de la jeunesse.

— Des digues ? s'enquit Bony.

Le régisseur l'informa que pendant la grande inondation de 1925, Mira avait dû construire une digue autour de toute la propriété.

— L'eau montait tellement qu'elle avait presque atteint la maison des Madden, ajouta-t-il. Cette fois, elle pourrait y arriver et ne pas se retirer avant une semaine. Bon, j'y vais. Il faut que je retrouve toute la troupe pour déjeuner. Nous viendrons chercher les vaches demain matin. Ne laissez pas sortir les poules parce qu'il faudra qu'on les attrape, tout comme les chiens. Et vous, qu'allez-vous faire ?

— Je partirai à ce moment-là, répondit Bony.

Sur ces mots, ils se séparèrent et Bony retourna dans la maison pour déjeuner.

Vers 15 heures, il avait vérifié que le pieu de la boîte aux lettres, entier ou en morceaux, ne flottait pas à la surface du grand trou, ce qui aurait étayé l'hypothèse de Vickory, selon laquelle Lush aurait basculé et se serait noyé. Vingt minutes plus tard, il se tenait sur la rive, en face de la maison de Mira.

Il apercevait maintenant son bâtiment spacieux, écrasé par les dattiers et entouré d'une haute clôture en bois, avec les bureaux et les ateliers sur la droite. Juste en face, il y avait le logement des employés, les réservoirs d'eau juchés sur les hautes plates-formes habituelles et la chaudière à bois, sur des roues bien calées, pour actionner les pompes. C'était une belle maison d'habitation, bien conçue par rapport au bail d'origine et, maintenant, trop importante pour la superficie fortement réduite des terres. En aval du fleuve, on apercevait les hangars à tonte et à laine et, près d'un feu, devant le hangar à tonte, deux hommes étaient assis et fumaient. Toute cette zone surplombait la rive sur laquelle marchait Bony.

De temps à autre, il devait faire un détour pour franchir une rigole qui charriait de l'eau jusqu'aux bras morts du fleuve, au milieu des eucalyptus à grain serré et des débris végétaux qui recouvraient cet immense méandre. Un fort vent d'est gémissait dans les branches des majestueux gommiers rouges. Des cacatoès noirs et des Major Mitchell jacassaient en le voyant passer et, une seule fois, un martin-chasseur ricana. Il était 16 heures et le soleil filait vers l'ouest quand l'inspecteur arriva au camp des trois hommes dont lui avait parlé le régisseur. Il était déserté.

Comme on pouvait s'y attendre de la part de ces vagabonds qui travaillent le moins possible et quémandent de quoi manger aux cuisiniers des exploitations, le camp était jonché de journaux, d'os de mouton et de boîtes de conserve fourrées dans un trou. Les cendres accumulées révélaient la durée de leur séjour et leur température prouvait qu'ils étaient partis ce jour-là, manifestement convaincus par l'avertissement du régisseur.

Bony passa une heure à fouiller les vieux papiers avec un bâton, mais ne découvrit rien d'intéressant. Il remua les cendres, n'y trouva rien non plus et reprit sa route pour traverser ce méandre du Fou.

Il était impossible de marcher droit devant soi à cause des rigoles profondément encaissées, des trous détrempés et des énormes tas de débris végétaux accumulés contre les obstacles par les crues précédentes. Il croisa la piste de chevaux, probablement ceux des cavaliers partis à la recherche de Lush. Il distingua les pas de deux hommes, mais fut dans l'incapacité de préciser s'ils se dirigeaient vers les boîtes aux lettres ou en revenaient. Il aperçut un bout de papier emporté par le vent et le cueillit sur un buisson.

C'était un morceau déchiré de papier de soie et, en le lissant, Bony vit les lettres *el* près du bord droit déchiqueté. Le papier n'était pas abîmé par les intempéries et Bony passa un petit moment à en chercher l'autre partie. Il se disait qu'un vent capricieux, capable de pousser un fardeau aussi léger par-dessus les arbres et de le déposer dans ce lieu sauvage, l'avait peut-être apporté de Mira.

Installé sur une souche, il se confectionna une cigarette. Il se souvint qu'en quittant le camp déserté, il avait eu une mauvaise impression en voyant cette vaste zone entourée par la rivière sur trois côtés. Le régisseur avait dit qu'elle couvrait plus de deux mille trois cents hectares.

Bony scruta alors ce qu'il pouvait en voir : eucalyptus à grain serré, gris et rouge, déformés, qui penchaient selon des angles grotesques, leurs branches hideuses et tordues, leurs feuilles sèches gris-vert ; restes raides, cassants de buissons morts depuis longtemps ; sol couvert d'épines desséchées, paraissant redoutables. L'endroit n'avait rien d'attirant. Ce n'était ni un désert ni une jungle, ni une plaine ni une colline ; il n'était ni verdoyant ni aride, ni lumineux ni obscur.

La lumière ! Voilà ! Il se rappelait qu'en quittant le camp de la rive, sous les majestueux gommiers rouges, la lumière avait paru moins forte. Il avait levé les yeux, s'attendant à voir un nuage masquer le soleil. Il n'y en avait pas et le soleil, à mi-course entre le zénith et l'horizon, dardait ses rayons obliques sur lui. Pourtant, ce monde poussiéreux de mort et de pourriture, auxquelles se mêlait une vie torturée, avait commencé à troubler cet homme à la double origine avant même qu'il en ait pris conscience. Il avait éprouvé une nette répugnance, s'était brusquement relevé et empressé de poursuivre son chemin.

Le sol était constitué de blocs d'argile dure, exceptionnellement défavorable pour y chercher des traces, même de sabots. Il en croisa très peu et avait hâte de découvrir un indice intéressant, même infime. Il sentait des yeux qui l'observaient et comprit que le vieil ennemi qui rôdait dans son subconscient menaçait une nouvelle fois de se cramponner à lui.

Le vent gémissait, haut dans les arbres éparpillés, mais, autour de lui, l'air était paisible et froid. En été, l'atmosphère devait être stagnante et desséchante ; un homme pouvait alors basculer vers l'irrationnel, être gagné par la panique et se perdre à jamais.

Les spectres du peuple de sa mère veillaient sur lui. Ils lui conseillaient de s'enfuir. Il résista à l'envie de regarder par-dessus son épaule, résista à l'ordre de fuir. Il scruta le sol avec détermination devant ses pieds pour chercher des empreintes de pas. Il arriva bientôt à un eucalyptus grand et élancé, à l'écorce tachetée, et s'aperçut que la couleur du sol passait imperceptiblement d'un gris cendré à un chaud blanc cassé.

Il y avait là un eucalyptus à grain serré et à écorce rouge, un jujubier vert et, plus loin, l'avenue dessinée par les arbres de la rivière. Le soleil était devant lui, un soleil à la luminosité accrue. Bony se retrouva alors en plein jour et, du coup, abandonna derrière lui les fantômes de ses ancêtres aborigènes.

Le vent d'est suivait le lit à sec pour piquer l'oreille et la joue droite de l'inspecteur tandis qu'il passait devant les boîtes aux lettres. Il jouait avec la surface poudreuse, gris clair, qui couvrait la piste et le pourtour des boîtes. S'il avait soufflé aussi fort la nuit où Lush avait disparu, il ne fallait pas s'étonner de ne pas retrouver sa trace.

Les chiens accueillirent Bony avec de sonores aboiements, impatients d'être libérés. Les coqs gloussèrent et, quand il passa devant la perche aux oiseaux en allant couper du bois pour la cuisinière, le premier martin-chasseur géant s'y jucha pour attendre son repas.

UN ENTRETIEN AGRÉABLE

Bony et les chiens étaient installés dans la salle de séjour, bien au chaud, et tout allait pour le mieux dans leur petit monde. Dehors, les étoiles brillaient avec un éclat dur. Le vent ne cessait de taquiner les gommiers rouges impassibles, mais le sable des plaines orientales demeurait froid et immobile, tandis qu'en été, le chaud vent d'ouest déchaînait des tempêtes de sable.

Durant une accalmie, les deux chiens se levèrent et grondèrent. Quand le vent reprit, il étouffa l'approche d'un véhicule qui sembla de ce fait être arrivé à toute allure. Bony ouvrit la porte, les chiens se précipitèrent dehors et Lucas, le gendarme, s'écria :

— J'espère que la cuisinière est brûlante !

Il portait sa capote d'uniforme sur des vêtements civils et frappa du pied le linoléum. Il avait l'air d'avoir froid et adressa un grand sourire à Bony quand il le vit près de la cuisinière. Les chiens n'eurent besoin d'aucun encouragement pour le suivre avant qu'il ait le temps de refermer la porte.

— Vous avez dîné avant de partir ? demanda Bony.

— Oui, comme vous me l'avez recommandé. Je suis parti à la nuit tombée. J'ai apporté du pain et une ou deux livres de jambon cuit.

— Formidable ! Je n'ai plus de pain et il me reste

bien peu de viande. Nous pourrons manger un morceau quand nous en aurons envie. J'avais l'impression qu'un entretien s'imposait, outre que j'avais besoin d'être ravitaillé.

Bony déposa devant le gendarme une cafetière et un pot de lait chaud.

— Je suis arrivé à la conclusion que Lush n'est pas affalé ivre mort quelque part avec une ou deux bouteilles et, comme la crue arrive, il va falloir que j'imagine un plan.

Lucas ouvrit un paquet et un petit gâteau appétissant apparut. Il annonça que c'était de la part de sa femme. Bony alla chercher un couteau pour le couper.

— N'oubliez surtout pas de remercier Mme Lucas. Vous avez reçu des nouvelles de Bourke ?

— Oui. Après le rapport d'autopsie, un mandat d'arrêt a été délivré contre William Lush. Le coroner a procédé à une enquête et a remis ses conclusions à plus tard. Mme Lush a été enterrée à 17 heures et sa fille est partie avec les Cosgrove peu après 18 heures. Et j'ai téléphoné à Roger's Crossing, qui se trouve à cent kilomètres au sud de Bourke. On m'a dit que la crue avait commencé là-bas à 14 heures. Elle sera ici demain soir.

— Qu'est-ce que vous avez appris sur Lush ?

Lucas sortit un carnet plat et en feuilleta les pages avant de répondre.

— Je me suis fait une assez bonne idée du personnage, grâce au mandat d'arrêt délivré contre lui, inspecteur. Les gens aimaient bien les Madden et n'ont pas hésité à me donner des informations. Je me suis attaqué aux deux Robert. Je leur ai conseillé de parler et je leur ai demandé si Lush leur devait de l'argent. Ils ont répondu qu'il avait une dette de jeu d'une soixantaine de livres et qu'il n'avait toujours pas réglé cent quatre-vingt-cinq livres sur le trotteur qu'il leur avait acheté l'année dernière. Apparemment, ils ont appris que Lush avait crevé le cheval en le ramenant chez lui et lui avait ôté toute valeur. Ils l'ont menacé de poursuites si ces deux dettes n'étaient pas payées dans la semaine. Ça se passait il y a dix jours et, quand Lush a avoué qu'il ne pouvait pas s'exécuter, ils ont entrepris de déposer une plainte.

« La note due au magasin se monte à quelque deux cents livres, mais elle est toujours réglée à la vente de la laine et c'est une dépense de la ferme. La note du bar, elle, est d'ordre privé. Lush doit quinze livres quelque chose, et l'hôtelier n'était pas particulièrement inquiet parce que Lush lui a déjà dû des sommes plus importantes dans le passé.

— Trois cents livres ne lui auraient donc pas fait de mal pour régler ses dettes, fit observer Bony.

— Je me suis ensuite renseigné sur ce qu'avait acheté Lush ce jour-là, dans la mesure où le facteur m'avait dit qu'il n'avait vu qu'un carton de bières vide dans la camionnette. Au magasin, on m'a répondu qu'il n'avait rien acheté. D'après l'hôtelier, il est reparti à l'heure de la fermeture avec trois bouteilles de whisky et un carton contenant six bières. Le boulanger dit qu'il a pris six pains alors qu'il livrait le pain à Mme Lush depuis la mort de son premier mari.

— Lush aurait donc pu vivre de pain et de gnôle pendant trois jours, remarqua Bony.

Lucas pinça les lèvres et dit :

— C'est possible, mais je doute qu'il ait fait autant durer ses réserves.

— Moi aussi. Avez-vous questionné le facteur sur les points que j'ai mentionnés dans ma lettre ?

— Oui. Il n'y avait pas de sac de courrier à expédier dans la boîte des Madden et, rappelez-vous, nous avons pris celui qu'il a déposé. Il m'a dit que vous lui aviez posé quelques questions et a ajouté qu'il avait repensé à la marque sur le garde-boue avant. Il croit se souvenir qu'elle ne date pas d'un siècle. Le morceau de bois trouvé dessus pouvait fort bien provenir de la boîte aux lettres. Il dit qu'il n'a pas vérifié. Il est sûr qu'il n'y avait pas de pain dans la voiture et que le carton de bières était vide.

— Voilà un jeune homme décontracté, dit Bony. Vous avez pris sa déposition ?

— J'ai noté là-dedans presque tout ce qu'on m'a déclaré. Oui, il a fait une déposition. Il y a un autre point que vous m'avez demandé d'éclaircir : vous vouliez savoir qui allait attendre le courrier, et tous les combien. Voilà comment ça marche dans ces coins isolés : les gens déposent leur sac de lettres à expédier dans leur boîte, même s'il est vide. Le facteur emporte les sacs à la poste de Bourke ou de White Bend, les rapporte et les remet dans les boîtes, qu'ils contiennent ou non du courrier. Quand il arrive, il y a toujours quelqu'un de Mira qui lui remet le sac et attend le courrier — en tout cas, presque toujours. Comme la ferme des Madden est beaucoup plus proche, le plus souvent, personne de chez eux n'attend le facteur, parce qu'ils peuvent apporter les lettres à envoyer avant son passage et prendre le sac de courrier arrivé à n'importe quel moment.

— L'important, dans cette routine postale, c'est donc de penser à déposer les sacs dans les boîtes pour que le facteur les emporte jusqu'à l'une ou l'autre poste.

— Exactement, confirma Lucas.

— Et, le matin où le facteur a découvert le pick-up abandonné, il n'y avait pas de sac dans la boîte des Madden.

— Nous savons maintenant pourquoi.

— Nous croyons le savoir, rectifia Bony avant de

se confectionner une nouvelle cigarette. Ce matin, c'est le régisseur de Mira qui a apporté le courrier à expédier. Il a émis une hypothèse intéressante pour expliquer le garde-boue abîmé.

— Le facteur m'en a touché deux mots, dit Lucas avant de poursuivre lentement : Moi, je ne serais pas aussi catégorique.

— Je commence à me dire que la camionnette a son importance dans ce qui est arrivé à Lush, déclara Bony en regardant le gendarme de ses yeux plissés. J'ai demandé son avis au jeune Cosgrove et il a répondu qu'après être tombé en panne d'essence, Lush était descendu de voiture dans l'obscurité et avait basculé par-dessus la falaise. Les phares n'étaient pas allumés à l'arrivée du facteur, ce qui peut signifier qu'en s'apercevant qu'il était en rade, Lush les a éteints, puis est descendu et, dans le noir, s'est trompé de direction et s'est dirigé vers la falaise.

« Vickory, le régisseur, va même un peu plus loin. Il s'imagine Lush en train de descendre, furieux, et de se précipiter sur une boîte aux lettres pour arracher l'un des supports et taper sur la camionnette. Lush n'y va pas de main morte, le pieu se casse, il le jette au loin, retourne à la boîte, la manque dans l'obscurité et bascule par-dessus la falaise. Bon, est-ce que vous pouvez vous représenter Lush en train d'éteindre ses phares avant d'aller arracher un bout de bois à une boîte ?

— C'est peu plausible, reconnut Lucas.

— Les phares étaient éteints, selon Cosgrove. Si, après avoir arraché le premier support, Lush est retourné à la boîte chercher le second, s'il a ensuite basculé dans le trou tandis que les phares étaient toujours allumés, qui les a éteints ?

Lucas haussa les épaules.

— En outre, le facteur se rappelle avoir vu un morceau de bois à côté du garde-boue esquinté, ce qui étaie l'hypothèse de Vickory et, en partie, celle de Cosgrove. Il y a donc quelques petites choses qui concordent dans les affirmations de ces trois hommes.

« Dans la déposition qu'elle vous a faite, Jill Madden affirme qu'en revenant chez elle, elle a trouvé sa mère gravement blessée, son beau-père absent, et qu'elle ne l'a pas revu depuis. Voilà qui rejoint l'hypothèse selon laquelle il serait tombé ou aurait basculé par-dessus la falaise et se serait noyé. Quand j'ai insisté sur la porte et le trou du plafond, elle en a dit bien plus que ce qu'elle vous a déclaré. Elle a avoué qu'elle avait attendu le retour de Lush, qu'elle avait verrouillé portes et fenêtres et que, au cas où il aurait réussi à entrer, elle était décidée à tirer sur lui pour se protéger ainsi que sa mère.

— Vous pourriez bien arriver quelque part à force de tourner en rond, inspecteur.

— C'est possible, et, je vous en prie, laissez tomber l'inspecteur quand nous sommes seuls. Mes amis m'appellent Bony. J'ai sondé cette deuxième version des faits. D'après Jill, Lush s'est présenté à la porte fermée à clé. Elle ne l'a pas laissé entrer et il s'est mis à hurler des injures. Se voyant toujours refuser l'entrée, il est allé chercher la hache sur le tas de bois et a commencé à cogner sur la porte. Jill a tiré une balle dans le plafond pour le menacer et, comme ça ne l'a pas arrêté, elle a visé la lame de la hache, qui fendait la porte. Après ce second coup de feu, elle n'a plus entendu un seul bruit de la part de Lush et s'attendait à le retrouver mort en ouvrant la porte, le lendemain matin. Il n'y était pas, et n'était pas endormi dans les dépendances.

« Même si nous admettons que Lush n'a pas été tué, pouvons-nous nous imaginer qu'il ait pu être réduit au silence par une balle tirée à travers la porte et cesser aussitôt ses provocations et ses injures ? La réaction la plus naturelle aurait été de reculer le plus vite possible et de hurler des fanfaronnades. Et, si Lush avait perdu son sang-froid et s'en était pris à sa camionnette, il n'aurait pas filé mais aurait continué à gueuler et à cogner sur la porte — ou sur une fenêtre.

« Il y a également un autre point, poursuivit Bony. Je n'arrive pas à imaginer Lush en train d'abandonner la porte pour retourner à la camionnette inutilisable, en admettant qu'il y soit retourné, sans avoir emporté un bidon d'essence pour la ramener chez lui. Et vous ?

— Une fois devant chez lui, la panne ne l'énervait plus autant, mais il s'est remis en colère quand Jill a tiré à travers la porte. A ce moment-là, il a pu oublier d'emporter de l'essence, soutint Lucas.

— Vous proposez une solution qui épaissit encore le mystère autour de cette affaire, dit Bony. C'est en effet une possibilité, même si, après réflexion, je n'y crois pas trop. Mais nous l'étudierons. Admettons que, dans sa fureur, il ait oublié d'emporter de l'essence. En arrivant devant le pick-up, il s'en est aperçu, il a eu un nouvel accès de rage et s'est précipité sur un support de boîte aux lettres. Comme il avait éteint les phares, il n'a pas pensé à les rallumer pour voir sur quelle partie du véhicule il cognait.

Le gendarme fixa la lampe posée sur la table, puis reprit la parole.

— Est-ce que Jill Madden vous a dit pourquoi elle n'avait pas parlé de la porte quand elle a fait sa déposition ?

— Oui. Sa mère était en vie le lendemain matin et l'a suppliée de brûler la porte pour que personne ne la voie et que le scandale n'éclate pas. Quand vous avez pris sa déposition, elle était trop chamboulée par la mort de sa mère pour penser à la porte. J'étais présent, vous vous rappelez, et je suis sûr qu'elle était réellement bouleversée, à juste titre.

— Le mystère plane vraiment sur la ferme des Madden, on dirait ?

— A tel point que j'envisage de la quitter pour Mira, d'où je continuerai ma tâche.

Bony se leva, apporta le café posé sur la cuisinière et le servit. Il sourit au gendarme. Ses yeux bleus paraissaient très foncés à la lueur de la lampe et des paillettes jaunes y brillaient.

— Cette affaire me ravit, Lucas. Ce qui, à première vue, semblait superficiel est maintenant aussi profond et obscur que le fond de ce trou d'eau du coude.

Lucas passa les doigts dans ses cheveux blonds et, en souriant à son tour à Bony, parut plus jeune que ses trente et quelques années.

— Vickory m'a dit que trois vagabonds campaient sur la rive, plus bas que le hangar à tonte. Savez-vous quoi que ce soit à leur sujet ?

— Non, inspecteur.

Bony fronça les sourcils et Lucas se mit à rire tout bas.

— Va pour Bony. Vous n'avez pas plus l'air d'un inspecteur que moi d'un empereur romain. Mais le commissaire m'a parlé de vos succès et c'est rudement gentil à vous de ne pas porter le chapeau à galon de votre uniforme.

— Oh ! ça m'arrive de le porter quand j'en ai envie, dit Bony en riant. Ma carrière a été couronnée de tant de succès que je dois pratiquer l'humilité pour garder un bon équilibre mental. Cassons la croûte avec ce jambon. Ranimez un peu le feu.

Après avoir mis la table, Bony coupait du pain quand il demanda :

— Quelqu'un de Mira vous a-t-il déjà créé des ennuis ?

— Rien de bien grave. La plupart des hommes sont un peu turbulents quand ils viennent en ville. Il a même fallu boucler le jeune Cosgrove pour le calmer. Mais il n'y a pas eu de plainte déposée contre lui. Le lendemain, quand on l'a relâché, il était tout penaud. C'est marrant la façon dont la boisson affecte les gens. M. MacCurdle est assommé. Le jeune Cosgrove chante à pleins poumons. Un certain Gorgan a envie de se bagarrer alors qu'il ne pourrait même pas s'en sortir face à un sac en papier, et tout le monde le sait, y compris lui-même. Ils ne sont pas méchants, tous autant qu'ils sont.

— Comment trouvez-vous Mme Cosgrove ?

— C'est la patronne, et personne ne peut l'ignorer, répondit Lucas. MacCurdle est censé diriger l'exploitation, mais elle le mène à la baguette. Vickory est censé s'occuper des employés, et il le fait. Mais, d'après ce qu'on raconte, c'est Mme Cosgrove qui embauche et vire les gens. Elle a la réputation de bien nourrir les employés, de leur accorder des jours de repos quand ils ont accompli des tâches supplémentaires, mais il faut qu'ils bossent quand elle l'a décidé.

— Quelle relation entretient-elle avec son fils ?

Lucas se mit à rire.

— D'après ma femme, Mme Cosgrove le considère comme la dernière merveille du monde. Elle croit qu'aucune fille ne sera assez bien pour l'épouser et, par conséquent, n'a pas l'intention qu'il se marie. Elle ne lui donne presque pas d'argent, si on pense à tout ce qu'elle a investi dans Mira et à ce que son mari avait gagné de son vivant.

— Beaucoup d'argent ?

— Plus qu'en a la reine, répondit Lucas sans la moindre trace d'irrévérence.

DES PERSONNALITÉS PEU COMMUNES

Bony prenait son petit déjeuner quand Mme Cosgrove téléphona.

— Bonjour, inspecteur Bonaparte. Comment allez-vous ?

— Très bien, merci, madame Cosgrove. Votre voyage à Bourke s'est bien passé ?

— Nous n'avons pas eu de problème sur la route, mais c'était un trajet fatigant. Mon fils a dû beaucoup s'éloigner du fleuve, à l'aller et au retour. J'ai téléphoné à des voisins situés au nord pour savoir où en était la crue et ils estimaient qu'elle allait arriver ici avant 6 heures, ce soir. Est-ce que vous avez des projets ?

— Oui, j'aimerais beaucoup que vous m'invitiez à passer quelques jours à Mira. J'essaierai de ne pas trop vous gêner.

Bony s'imagina que Mme Cosgrove avait hésité avant de répondre :

— Bien sûr, inspecteur. Nous en serons ravis. Je vous envoie des hommes pour récupérer les affaires de Jill Madden, les vaches, les chiens et les poules. Ils pourraient également prendre votre valise. Qu'avez-vous fait ces jours-ci, avec le froid ?

— Oh ! j'ai trait les vaches, donné à manger aux poules et aux martins-chasseurs, dit Bony d'un ton badin avant de reprendre brusquement son sérieux. La mort de Mme Lush confère à la disparition de son mari un caractère suspect. Ce qui veut dire que je dois continuer à le rechercher.

— C'est terrifiant, n'est-ce pas ? Pauvre femme ! Mon sang ne fait qu'un tour quand je pense à tout ce qu'elle a supporté. Jill nous en a parlé. Elle accompagnera les employés pour jeter un dernier coup d'œil avant de tout boucler.

— Très bien. Je mettrai ma valise à côté de la sienne car je serai peut-être absent à ce moment-là. Les vaches se trouvent toujours à côté du hangar et j'ai enfermé les poules dans le poulailler. Les chiens seront attachés, bien entendu.

— Vous êtes un homme de ressource, inspecteur, dit Mme Cosgrove. J'ai parlé de vous avec le commissaire Macey et il en ressort que vous êtes très célèbre dans le milieu de la police. En tout cas, je serai ravie de vous accueillir chez nous.

Après l'avoir remerciée, Bony reposa l'écouteur et sortit suspendre les draps qu'il avait utilisés et lavés. Enfin, il fourra des sandwiches et une bouteille de thé froid dans un sac à sucre fermé par une ficelle, qu'il porterait sur l'épaule. Il donna les restes à manger aux chiens et s'en alla.

La matinée promettait un temps plus favorable que les jours précédents. Le vent était toujours orienté à l'est, mais beaucoup moins fort. Tandis qu'il passait au sud, Bony sentit la chaleur du soleil.

En arrivant aux boîtes aux lettres, il accorda une attention particulière à celle des Madden, juchée sur trois pieds. A l'origine caisse de vingt-cinq kilos de thé, elle avait la fente tournée vers l'est et était placée sur un cadre carré en bois crénelé de sept bons centimètres d'épaisseur. Les coins reposaient sur des pieds crénelés de cinq centimètres de largeur. L'ensemble avait été peint à l'extérieur et à l'intérieur, mais aurait eu besoin d'une nouvelle couche. Les supports étaient bien enfoncés dans le sol et trois suffisaient à soutenir la boîte.

Bony les vérifia et s'aperçut qu'il ne fallait pas forcer beaucoup pour en arracher un. En pesant d'une main sur un coin de la boîte, il était sûr de pouvoir y arriver avec l'autre. Quand il y regarda de plus près, il s'aperçut que l'extrémité du pied manquant était toujours enfouie dans le sol et remarqua les ravages des fourmis blanches.

Dans un accès de fureur incontrôlable, Lush avait pu arracher le support. Ensuite, il lui avait fallu compter huit pas pour l'abattre sur la partie supérieure du garde-boue. Le coup était assez violent pour laisser une marque et pour casser l'extrémité du bout de bois, sa résistance ayant été entamée par les termites.

Et ensuite, qu'avait-il fait ? Si on s'en tenait à l'hypothèse du régisseur, il avait jeté le morceau de bois et s'était rué sur la boîte pour en arracher un autre. Dans le noir, il l'avait manquée et avait basculé dans l'abîme. Où était le support cassé ? Bony avait passé les lieux au peigne fin sans le retrouver ni relever d'indices. Il avait regardé au bord du trou d'eau et sur la corniche qui le surplombait.

La réputation de Lush plaidait certainement en faveur des déductions du régisseur, mais, à partir des mêmes faits, à savoir le pied arraché à la boîte aux lettres, on pouvait bâtir une hypothèse tout aussi plausible. Lush avait pu rencontrer quelqu'un en retournant à sa camionnette avec un bidon d'essence ; là, il s'était bagarré avec lui et avait arraché le pied pour attaquer ou se défendre, puis il avait glissé ou avait été poussé dans l'abîme.

Ces deux suppositions correspondaient peut-être à la vérité, mais Bony les trouvait peu probables et leur préférait une troisième possibilité : en tirant à travers la porte, Jill Madden avait tué Lush. Elle avait ensuite caché le corps quelque part.

Elle avait reconnu qu'elle avait emporté la porte endommagée dans l'enclos d'abattage pour la brûler. A côté de la maison, Bony avait vu une brouette légère et repéré ses marques sur le chemin conduisant à l'enclos quand, avec Ray Cosgrove, il avait cherché Lush, et la veille, quand Jill et Ray étaient venus. La brouette était visiblement utilisée pour transporter les carcasses de l'enclos d'abattage jusqu'à la maison, mais elle avait également pu transporter le corps de Lush. Il n'aurait pas été bien difficile de le descendre jusqu'au bord du trou petit mais profond qui alimentait la ferme en eau. L'eau potable n'en aurait pas été altérée car elle provenait de réservoirs d'eau de pluie.

La veille, Bony s'était rendu au camp des trois vagabonds sur la rive, en amont de la maison d'habitation de Mira. En effet, leur camp avait beau se trouver à plus de trois kilomètres de la camionnette abandonnée, on ne pouvait écarter la possibilité qu'ils aient joué un rôle dans la disparition de Lush. Le Darling, ce fleuve qu'on appelait parfois le Caniveau de l'Australie, avait jadis été réputé pour abriter des voyous dans des camps secrets établis au plus profond des grands méandres. Ces hommes guettaient les voyageurs, les attiraient loin de la route ou les tuaient et transportaient leurs corps dans des régions incultes pour les y enterrer. L'un des trois vagabonds avait pu apercevoir le pick-up abandonné avant Cosgrove.

C'était là une autre hypothèse crédible, la seule certitude étant l'eau qui descendait le cours du fleuve pour envahir tous les trous, inonder tous les méandres, isoler la maison des Madden et attirer Bony à Mira, sur l'autre rive. Le temps, qu'il aimait car il s'était toujours montré son allié, semblait à présent sur le point de lui faire défaut.

Il attrapa le sac qui contenait son déjeuner et descendit jusqu'au bord du méandre du Fou, puis le longea pour s'approcher de l'eucalyptus tacheté qu'il avait été aussi heureux de voir.

Chaque homme doit vivre avec lui-même et Bony ne voulait pas avoir constamment à l'esprit la frayeur que lui avait causée cette étendue désertique, une frayeur si grande qu'il en était arrivé à la redouter. Il suivit alors des chemins très sinueux pour traquer la preuve qu'un ou plusieurs hommes avaient récemment parcouru cette zone à pied.

Il vit un serpent-diamant qui traversait paresseusement un espace recouvert de feuilles apportées par le vent. Il vit un goanna[1] étendu sur une branche morte. Le reptile le considéra de ses yeux noirs luisant de haine et sortit plusieurs fois sa langue fourchue, apparemment pour le menacer. Bony entendit une chèvre appeler et une autre lui répondre, mais ne put les dénicher. A un moment donné, il lui sembla percevoir le son grêle et rythmé d'une clochette et il en déduisit qu'elle était accrochée au cou d'une chèvre retournée à l'état sauvage, ou même d'une vache. Mais il était surtout entouré de silence, un silence dissocié du murmure d'un vent léger qui soufflait à travers les arbres informes, grotesques.

Grâce à sa concentration, ou au soleil, qui avait maintenant plus de force et une couleur dorée, ou encore parce qu'il refusait inconsciemment de penser à l'inconnu qui alimentait sa frayeur, toujours est-il qu'il ne ressentit pas ce jour-là l'influence mentale qu'exerçaient sur lui ses ancêtres maternels. Avec une sévère détermination, il avançait, évitait les arbres

1. Lézard pouvant atteindre 2,5 m de longueur. (*N.d.T.*)

renversés, contournait les rigoles encaissées, traversait les bras morts peu profonds, tout en suivant les traces sinueuses qui s'enfonçaient toujours davantage dans l'immense méandre.

Il était assis sur une souche, fumait une cigarette et se disait qu'il n'allait pas s'aventurer plus loin quand il sentit dans la nuque et le cou la piqûre douce et froide d'un millier d'épingles. Il se retourna et ne vit rien d'autre que la face spectrale de la désolation. Ce fut alors qu'un picotement se manifesta dans la plante de ses pieds et grimpa jusqu'à ses chevilles. Bony se leva et remua les orteils. Ces sensations l'avaient toujours prévenu d'un danger.

L'inspecteur Napoléon Bonaparte était saisi d'effroi et celui que ses innombrables amis appelaient Bony se mordit la lèvre inférieure et, aussi tendu qu'une corde de violon, attendit que le danger manifeste son origine.

Il le fit un instant plus tard. Un bruit indescriptible arriva à Bony, faible et lointain, rappelant un peu des vagues qui se brisent sur des rochers, ou, plus étonnant encore, un immense orgue tellement éloigné ou enfoui sous les pierres que seules les notes les plus graves venaient frapper ses oreilles tendues. Quel endroit ! Quel horrible endroit que ce désert sec, sale et terrifiant !

La silhouette d'un homme apparut derrière le tronc cadavérique d'un eucalyptus penché. Il était très grand, vêtu d'un vieux pantalon et d'un manteau vert en loques. Il portait la barbe et ses cheveux gris pendouillaient sous le bord de son feutre cabossé.

L'homme avança vers Bony, qui sentit le picotement cesser dans ses jambes et son cou. Il avait une façon de poser les pieds qui faisait penser à un somnambule. Bony ne lui voyait pas les yeux car ils étaient baissés. Dans une main, cette apparition portait un pot en fer. Calé sur son postérieur, le balluchon cylindrique habituel, constitué par des couvertures roulées, dépassait la hauteur de son chapeau.

— Boum... boum... boum.

Ces sons coïncidaient avec le pas de l'homme. Ils furent répétés un instant plus tard, puis suivis de divers autres qui finirent par former une chanson ou une mélodie. L'homme fredonnait tout haut pour rythmer sa marche. Quand il fut à cinquante mètres de lui, Bony reconnut le morceau. C'était la marche funèbre de *Saül*.

Bony avait rencontré pas mal d'individus bizarres et entendu parler de beaucoup d'autres : des hommes qui longeaient les rivières, d'une année sur l'autre, des types qui avaient commencé comme ouvriers agricoles ou tondeurs pour se transformer peu à peu en vagabonds et vivaient de ce que les cuisiniers des exploitations leur donnaient. Ils avaient une seule chose en commun. Ils étaient toujours sur les routes, voulaient toujours aller voir ce qu'il y avait derrière le méandre suivant, voyage sans fin.

L'homme avança lentement vers Bony en fredonnant sa chanson, le regard rivé au sol. L'inspecteur s'aperçut finalement qu'il ne l'avait pas remarqué et allait le dépasser.

Il le salua.

— Bonjour !

Le fredonnement cessa. Le type ne s'arrêta pas, ne regarda pas Bony et, tout en poursuivant son chemin, répéta plusieurs fois :

— Je suis mort. Je suis mort.

— Je commence à croire que nous le sommes tous les deux, lui cria Bony.

Puis il se mit à plaindre cette pauvre épave humaine. Il n'irait sûrement pas loin ce jour-là s'il continuait à la même allure. Cette pensée amena Bony à réfléchir à la trajectoire du type. Il venait des arbres situés au sud-ouest et se dirigeait vers le nord-est : vers la maison d'habitation de Mira.

Il n'était peut-être pas au courant de la crue qui devait atteindre Mira vers 18 heures. D'après le soleil, il était 11 heures, à cinq minutes près. Il était difficile d'évaluer à quelle distance se trouvait la maison d'habitation car Bony avait marché en zigzag. A vue de nez, il devait y avoir deux kilomètres et demi à trois kilomètres. Un bon marcheur peut, sur ce sol, parcourir près de cinq kilomètres à l'heure, mais cet homme, lui, mettrait bien huit heures pour arriver là-bas. Et le fleuve allait déborder dans sept heures.

Les eaux ne déferleraient sans doute pas tout d'un coup. Il faudrait plusieurs jours pour qu'elles recouvrent la zone du méandre et des heures pour qu'elles commencent à remplir les rigoles et les bras morts encore plus profonds. L'homme courait le risque de ne pas pouvoir les traverser jusqu'à Mira et d'être coupé par des flots rapides, chargés de débris, de sorte qu'un bateau ne pourrait pas se porter à son secours.

Bony décida de le suivre pour lui faire hâter le pas. Il se leva et allait attraper son sac en jute quand il entendit quelqu'un appeler, loin derrière lui. Ce cri l'arrêta et, quand il l'entendit de nouveau, il fut certain que celui qui appelait venait du sud-ouest et suivait le premier individu.

Bony attendit et vit bientôt quelqu'un devant lui qui semblait non pas suivre le vagabond mais anticiper sa trajectoire. Bony le héla. Le type le vit et se tourna pour s'avancer vers lui.

Il était petit, rondouillard, et tout en lui suggérait la courbe, tandis que le premier faisait penser à une perpendiculaire. Il portait lui aussi un balluchon et un pot en fer qui contenait un chaton noir et blanc. Il avait une lueur anxieuse dans les yeux quand il dit :

— Bonjour, camarade ! Vous n'auriez pas vu un grand type ?

— Si. Il vient de passer devant moi. Il fredonnait une marche funèbre.

— Bon ! On était en train de piquer un roupillon et, quand j'me suis réveillé, il avait filé. C'est une fichue région pour chercher un dingue. Bien sûr, il est pas dingue tout l'temps, mais quand ça l'prend, il faut que j'veille sur lui, comme qui dirait. Il est déjà loin ?

— Vous voyez cet arbre ? demanda Bony en joignant le geste à la parole. C'est lui qui cache votre ami.

Les yeux d'un bleu délavé, dans le visagc barbu, eurent une expression de soulagement.

— J'ferais mieux de continuer, camarade. Harry Marche Funèbre et moi, on est copains depuis dix ou onze ans. C'est pas un mauvais bougre, vous savez, mais des fois, j'm'inquiète. J'vous verrai peut-être à Mira.

— Vous vous rendez compte que le fleuve va être en crue ?

— Et comment ! C'est pour ça qu'on va directement à Mira. Le facteur nous a dit que les eaux y arriveraient vers 6 heures ce soir. Bon, au revoir, camarade. A un de ces jours ! Salut !

TEMPS MORT

Trois heures après l'apparition de Harry Marche Funèbre et de son copain, Bony quitta le méandre du Fou, persuadé qu'il ne pouvait rien faire de plus et heureux de s'en éloigner.

Comme prévu, il trouva la maison fermée et les bêtes déplacées. La brouette n'était pas à l'endroit habituel et, tout comme la hache, il était sûr qu'elle avait été rangée dans la buanderie. Les marques qu'elle avait laissées jusqu'à l'enclos d'abattage avaient été partiellement recouvertes par les bottillons de la mission venue procéder à l'évacuation des lieux.

Bony était assis sur la rive, au-dessus des petits trous d'eau, environné par le silence de la maison désertée, un silence uniquement troublé, de temps à autre, par le ricanement d'un martin-chasseur et le bavardage de lointains cacatoès. L'absence de bruits familiers suscita aussitôt la question suivante : pourquoi un homme construirait-il une maison sur une terre inondable ?

Il y avait une réponse assez simple. Pourquoi construire une maison loin de la plaine de l'Ouest balayée par le vent et grillée par le soleil ? Se sentir isolé ou devoir battre en retraite une fois tous les dix ans était un prix modique à payer pour habiter près de ce fleuve, méchamment traité de caniveau, infiniment plus beau que le Murray, le plus grand d'Australie.

Assis là, détendu, laissant vagabonder son esprit à dessein, ce produit de deux civilisations sentait monter en lui le besoin pressant de partir en virée, un besoin qui saisissait souvent le peuple de sa mère. Les aborigènes quittaient alors une rivière comparable à celle-ci, gagnaient la plaine aride, brûlante, mouraient de faim et de soif, puis revenaient étiques mais heureux de retrouver les gommiers rouges de la rive. Une virée ! Qu'avait-il donc fait depuis ce matin ? Ah ! mais ce n'était pas la même chose que céder aux sirènes qui attiraient un homme sur une dune simplement parce qu'il voulait voir le paysage des pentes lointaines.

Ce besoin insistant était probablement suscité par l'absence de résultats concrets quand bien même il avait consacré quatre jours à cette affaire Lush. Il n'avait abouti à rien et commençait à s'impatienter d'avoir piétiné si longtemps.

Il comprit brusquement ce qu'il lui arrivait et se prit en main. Il savait parfaitement que la longue liste de ses succès était à mettre au compte de sa patience inaltérable.

Vivant, William Lush pouvait être arrêté ; il pouvait même se rendre. Mort, il ne serait probablement jamais retrouvé car son fossoyeur serait ces eaux qui allaient bientôt déborder et inonder des kilomètres sur chaque rive, puis baisser lentement en laissant pour plusieurs mois un million de petits lacs et de petites mares stagnants. Si Lush était mort, si le fleuve l'enterrait pour toujours, il serait impossible d'apporter la preuve de son décès ; les indices prouvant qu'il avait basculé de la falaise, dans un accès de colère, ou qu'il avait été tué seraient eux aussi effacés. Cet homme complexe à la double origine, qui s'enorgueillissait d'avoir toujours retrouvé ceux qu'il poursuivait, pouvait donc s'attendre à un échec — la seule chose qui risquait de briser sa fierté et de le ravaler au rang de ses ancêtres maternels, habités par le besoin incessant de partir en virée.

L'attente de l'échec était cependant un piège qui lui avait souvent été tendu. La patience était le bâton avec lequel il le reconnaîtrait et verrait en lui un bout de fer inoffensif, la patience était la rapière avec laquelle il tuerait l'échec. Il s'accrocherait à cette affaire pendant des années, si nécessaire. Il pourrait s'y accrocher comme un tigre et rester sourd aux cris et aux hurlements de ses supérieurs, qui voudraient l'en arracher, car ils estimaient qu'il se devait d'être un nouveau Sherlock Holmes et de boucler une affaire en cinq minutes avec un rapport de cinq mille mots.

Bony éclata soudain de rire à l'idée de Sherlock Holmes en train de traverser ce fleuve aux méandres fous, et de l'examiner avec ses jumelles. Pouffant toujours, son abattement vaincu, il parcourut la courte distance qui le séparait de l'enclos d'abattage et de la potence à carcasses, puis se mit à scruter la rive jusqu'au trou d'eau.

Il s'assura que rien, nul cadavre, en l'occurrence, n'avait été traîné en bas de la rive escarpée, mais il ne pouvait pas être sûr qu'un corps n'avait pas dévalé jusqu'en bas comme du bois mort. Il y avait un étroit sentier qui descendait la pente à l'oblique, de l'enclos jusqu'au trou d'eau. Il avait été rarement emprunté, sans doute pour entretenir la pompe. Il y découvrit une empreinte de chaussure, mais trop imprécise pour se faire une idée de la pointure. Elle avait été laissée plus de quatre jours auparavant.

Entre le trou et le bas de la rive, il aperçut un bateau à fond plat. Il était resté si longtemps hors de l'eau que ses joints avaient claqué. Comme la coque était à l'air,

Bony le retourna, haussa les épaules et contourna le bord rocheux du trou d'eau.

Les poutrelles en bois sur lesquelles glissait la pompe descendaient dans le trou. Bony apercevait celle-ci, à près de deux mètres de la surface. Il ne voyait pas le fond, mais distinguait des endroits plus sombres, courbes, ce qui indiquait de lourdes branches reposant les unes sur les autres ou touchant le fond. Il ne repéra aucun indice révélant que quiconque s'était approché de ce trou depuis que William Lush avait insulté sa belle-fille parce qu'elle ne l'avait pas laissé entrer dans la maison.

Bony décida d'aller examiner une nouvelle fois le grand trou qui se trouvait en bas des boîtes aux lettres. Il longea le lit asséché, avenue bordée de grands eucalyptus qui essayaient de se rejoindre au-dessus de sa tête. Le soleil passait à l'ouest et les arbres qui poussaient à droite projetaient leur ombre sur les rocs et les pierres que le fleuve avait charriés sur des kilomètres avant de les déposer pour former un chemin pavé. Les crevasses étaient remplies de sable rouge apporté des plaines par le vent, mais, près des arbres, le sable du fleuve était entassé et formait une longue levée, profonde, moelleuse et blanc cassé, couverte d'empreintes indéfinissables.

Bony passa une bonne heure à scruter le sol qu'il avait déjà examiné avec la minutie qui caractérisait toutes ses investigations. Il n'obtint aucun résultat mais vit quelque chose qui le força à regarder attentivement vers l'amont du fleuve.

La ligne droite dépassait la maison des Madden, puis le fleuve bifurquait vers l'est. Ce coude présentait une anomalie, un peu comme si un serpent avait énergiquement traversé une étendue de feuilles mortes. Bony continua à concentrer son attention sur cet endroit situé à plus de cinq cents mètres, et remarqua que le « lit de feuilles » s'épaississait, s'allongeait d'une rive à l'autre et paraissait glisser vers lui.

Il jeta un coup d'œil au soleil, constata que le temps avait filé et qu'il était presque 17 heures. La crue se trouvait à moins de huit cents mètres et devrait arriver dans une heure.

En avançant sur le remblai de sable, Bony songea à Harry Marche Funèbre et au petit gros. Il espérait qu'ils ne s'étaient pas fiés aux estimations. Puis il escalada la rive, face aux eucalyptus, et repensa aux vains efforts qu'il avait déployés pour retrouver la trace de William Lush.

A présent sur la berge, il observa l'arrivée de la crue. Ça n'avait rien de spectaculaire, on ne voyait qu'un tapis de feuilles et de débris végétaux charriés par un fleuve peu profond. Juste en bas de la maison des Madden, il semblait s'épaissir rapidement, se froisser, se séparer en plusieurs morceaux qui avançaient plus vite, puis se rejoignaient.

Quand le tapis arriva à une centaine de mètres de l'endroit où se tenait Bony, il fut arrêté — par quoi, l'inspecteur ne put le déterminer — et de l'eau jaillit, mousseuse, libérée des obstacles. Derrière, d'autres débris s'ajoutèrent à la masse qui s'accumula sur elle-même jusqu'au moment où la pression la brisa en petits tas de feuilles, de lanières d'écorce et de branches. Le fleuve construisait ainsi méthodiquement ses barrages, puis les détruisait, l'eau ne dépassant pas une profondeur de quarante centimètres.

Bony observa les débris qui étaient balayés vers le grand trou d'eau et emportés plus loin ou pris dans le bord rocheux et déchiqueté. La surface d'eau placide s'évanouit et les masses brisées tournoyèrent entre les coudes, au-dessus de Mira, pour se reformer, dévaler sur le lit plat, asséché, et l'étouffer.

L'eau avait une couleur de mastic. Pendant quelques instants, elle ne transporta que débris légers et rameaux fourchus. Elle les roula interminablement dans sa faible profondeur, comme des broussailles tournoyant au vent. Bony se concentra tellement sur ce spectacle qu'en levant les yeux vers l'amont, il fut éberlué de voir un mur, érigé avec des ramures plus lourdes, qui dévalait et roulait. Les branches montaient sans cesse plus haut, les lanières détrempées ressemblaient à un homme désespéré alourdi d'algues, en train de lever les bras.

La barrière atteignait plus de trois mètres cinquante de hauteur et quelqu'un pris là-dedans serait massacré, écrasé et haché menu. Elle dévala devant Bony, se dirigea vers le trou auparavant placide, s'enfonça comme dans du sable mouvant, remonta et flotta jusqu'au moment où elle fut prise dans le lit peu profond et reprit son cours agité.

Un arbre tombé de la rive gauche et, en face, des racines saillantes retinrent les deux extrémités de la déferlante qui s'arrêta. Derrière, on voyait l'eau jaillir. Les branches qui flottaient librement et les troncs qui filaient devant Bony devinrent soudain léthargiques et furent doucement pressés contre la barrière. Ils en augmentèrent le volume et, semblait-il, la renforcèrent.

Avant de passer devant Bony, l'eau ne devait monter qu'aux genoux ; maintenant, derrière les débris, elle dépassait la taille d'un homme, puis, bientôt, de deux hommes. Et l'eau qui coulait passa rapidement de trois mètres cinquante à quatre mètres cinquante, cinq mètres cinquante, six mètres.

Fasciné, Bony avança et se posta juste au-dessus. En bas, l'eau jaillissait, blanchâtre, comme si elle sortait des valves d'un barrage construit par l'homme. Il jeta un coup d'œil vers l'amont. Le fleuve emplissait pesamment le lit, charriait d'autres troncs et branchages. Puis l'inspecteur vit la destruction provoquée par une barrière similaire, au loin, en amont. Cette barrière avait dégagé un grand volume d'eau prisonnière et cette libération se manifesta par une vague dont Bony estima la hauteur à un mètre cinquante ou un mètre quatre-vingts. Elle frappa la barrière qui frissonna, gémit comme une bête en proie à la douleur, se mit à hurler et se rendit. Elle s'enfonça, s'éleva, fut désintégrée, déchiquetée, tant et si bien que sur l'eau qui filait, d'innombrables branches levèrent bien haut leur charge d'écorce et dévalèrent vers le coude de Mira comme une armée d'émeutiers en colère.

Bony longea tranquillement la rive, toujours absorbé par ce phénomène provoqué par un orage à des centaines de kilomètres. Le fleuve pouvait bien se gonfler et se vider, il faudrait des années avant qu'il cesse de couler. Avec son fardeau de débris récoltés en chemin, il était vivant, maussade, brun, affreux dans son triomphe.

En atteignant le haut du coude de Mira, Bony aperçut la maison d'habitation et il s'arrêta pour l'observer du bord d'une profonde rigole qui se perdait dans un bras mort informe. A gauche, il y avait la jolie maison, entourée d'un jardin protégé par une clôture en bois. En face de Bony, la pompe motorisée tirait l'eau jusqu'aux réservoirs haut perchés. A droite, il apercevait le logement des employés et, à huit cents mètres en aval, le hangar à tonte et le hangar à laine.

Un mouton bêla. Des pies gloussaient et des cacatoès croassaient. Ils volèrent dans sa direction et, en levant les yeux, il s'aperçut qu'il s'agissait de cacatoès noirs, plus gros qu'un corbeau et tout aussi noirs, sauf sous les ailes, où ils étaient rouge sang. Un chien aboya. Un homme éclata de rire. Le cuisinier sortit de sa cuisine pour faire tournoyer une barre de fer dans un triangle.

C'était le moment de se rendre à Mira pour un homme affamé.

PRÉSENTATION DE MIRA

La « maison du gouvernement » de Mira était parfaitement conçue pour administrer une propriété de cinq cent mille hectares. Elle était construite sur un tertre, bien à l'abri du bras mort où Bony s'était arrêté pour avoir une vue d'ensemble. De style colonial, elle comprenait une douzaine de chambres, une salle de bal et un salon presque aussi grand. Les vérandas, protégées par des moustiquaires, avaient une largeur de trois mètres cinquante. Le jardin mettait à l'abri des froids vents d'est en hiver et rafraîchissait quand soufflaient les chauds vents d'ouest, en été. C'était le genre de maison qu'on associe, dans la littérature, à la fortune, à de nombreux domestiques, à une vie agréable et à la sécurité.

Naturellement, quand les cinq cent mille hectares et les quatre-vingt mille moutons furent réduits de soixante-quinze pour cent, le nombre de domestiques et d'employés dut être lui aussi réduit sinon des trois quarts, du moins des deux tiers. Mme Cosgrove garda une excellente cuisinière, deux femmes de chambre, un homme à tout faire et une aide-cuisinière. Malgré une relative pauvreté, elle avait maintenu la tradition d'une tenue habillée pour le dîner et Bony en fut très satisfait car s'il voyageait avec peu de bagages, il avait emporté un costume bleu marine convenable.

Enfin, Mme Cosgrove n'avait pas renoncé à son ancienne passion pour les tables bien dressées et un service impeccable.

Raymond Cosgrove présidait la longue table. Sa mère était à sa droite, à côté de M. MacCurdle. Bony se trouvait à sa gauche et Jill Madden était assise près de lui. Bien entendu, la conversation se limita à la crue.

— Mac, je suppose que vous avez remonté les bateaux, dit Mme Cosgrove sans la moindre note de doute dans sa voix plutôt dure.

— Oui, madame Cosgrove, répondit le directeur d'exploitation.

Ses cheveux fins étaient blond-roux, comme sa moustache, taillée à la mode militaire. Il avait d'ailleurs reçu une formation de soldat, mais, à cinquante ans, il était amolli et avait pris du ventre.

— Il pourra se passer des mois avant que le fleuve nous permette de les remiser.

— Ça ne me dérange pas, déclara Ray Cosgrove. Je préfère ramer jusqu'à la boîte aux lettres qu'y aller à pied ou à cheval. C'est dur quand ça monte, mais se laisser descendre sur une rivière argentée me convient parfaitement. D'ailleurs, on peut toujours avoir la chance de prendre un poisson à la cuiller.

L'air adorateur, sa mère le considéra de ses yeux gris foncé, le trait le plus séduisant de son large visage. Elle dit à Bony :

— Ray espère toujours battre le père de Jill, qui avait attrapé une brème de dix kilos.

Elle ajouta à l'adresse de son fils :

— On ne pourra pas pêcher pendant plusieurs semaines et quelqu'un devra aller à Murrimundi. Et il faudra nous contenter de recevoir du courrier deux fois par semaine, pas même trois, et peut-être même une seule fois.

— Est-ce que le niveau de l'eau monte vite ? demanda Bony.

— Non, pas aussi vite que dans certaines rivières du Nord, lui répondit Cosgrove. Il mettra bien une semaine à vraiment monter. Vous comprenez, sur tout le parcours, il y a des bras morts, des chenaux et des petits lacs à remplir. La dernière fois, tout le méandre du Fou a été inondé, par exemple.

Il rougit légèrement, puis se mit à rire.

— Du moins, c'est ce que mon père m'a raconté. Je n'étais pas encore né, vous savez. Bon, en tout cas, cette fois, on va y avoir droit. C'est à cette occasion que les digues ont été construites. Nous allons devoir nous y mettre, inspecteur. Vous vous y entendez pour manier une pelle ?

Bony se mit à rire et répliqua :

— Je m'attendais à cette question.

Il s'adressa ensuite à Jill Madden, qui n'avait pas encore desserré les lèvres.

— Vos martins-chasseurs vont attendre leur dîner. C'est vous qui les avez apprivoisés ?

Elle le confirma d'un signe de tête et garda le silence, la tête penchée.

Ray insista :

— Vous allez bien devoir faire quelque chose, inspecteur.

— Je sonderai, je questionnerai. J'observerai et je critiquerai peut-être.

— A chacun son boulot, c'est ça ?

— C'est effectivement une saine philosophie, dit Bony avec un sourire narquois. Vous savez, si nous avions parmi nous le commissaire Macey, mon directeur régional, mon supérieur hiérarchique et encore deux ou trois autres personnes que j'ai à l'esprit, je soutiendrais sans réserve ce qui est sous-entendu dans votre question. Je sais d'avance qu'ils vont se montrer extrêmement impatients avec moi et, s'ils maniaient une pelle, ils n'auraient pas le temps de penser à moi.

— Pourquoi seraient-ils impatients avec vous, inspecteur Bonaparte ? demanda Mme Cosgrove.

— Ils vont affirmer que Bonaparte fainéante à Mira, admire les étoiles et le paysage au lieu de se présenter à son lieu de travail et de passer à telle ou telle affaire qui a tenu en échec leurs meilleurs éléments. Ils vont me rebattre les oreilles parce que je n'ai pas arrêté William Lush et que je ne suis pas sur la route du retour.

— Est-ce que vous espérez le retrouver maintenant que le fleuve est en crue ? demanda Mme Cosgrove.

Bony ne voyait pas Jill Madden, mais il sentit qu'elle levait la tête pour mieux tendre l'oreille.

— Je me permets d'espérer qu'il est encore en vie pour que je puisse l'arrêter. S'il ne l'est pas, je continuerai à espérer que j'arrêterai, au bout du compte, la personne qui l'a tué.

— Mais, vivant ou mort, il se trouve de l'autre côté du fleuve et vous ne pourrez pas le traverser pendant plusieurs semaines, sans doute, lui objecta le fils Cosgrove.

— Les eaux baisseront et je traverserai en bateau, dit Bony en levant la main d'un geste insouciant. Le temps passe, et alors ? Qu'est-ce que le temps ? Demain, la semaine prochaine, le mois prochain, ou même l'année prochaine, je ne m'inquiète pas pour ça, contrairement à mes supérieurs. J'ai été viré une douzaine de fois pour avoir chassé de mon esprit l'ordre de regagner mon poste et j'ai toujours été réintégré. Soyez cependant sûrs que je sais me servir d'une pelle, en cas de crise.

— Eh bien, nous, nous allons nous inquiéter du temps qui passe, inspecteur, déclara Mme Cosgrove. Nous allons tous être très occupés, mais n'hésitez surtout pas à nous poser des questions ou à nous demander toute l'aide que nous serons en mesure de vous apporter. Il vaut mieux, pour la pauvre Jill, que vous retrouviez Lush au plus tôt, ou découvriez ce qui lui est arrivé. Et ça vaudra mieux pour nous aussi. Nous sommes touchés de près par cette affaire, inspecteur. Le père et la mère de Jill étaient des gens solides. Pas aussi à l'aise que nous, mais de notre monde.

Bony songea que ces paroles pouvaient signifier beaucoup ou pas grand-chose. La remarque sur leur état de fortune différent indiquait que Mme Cosgrove n'avait pas complètement accepté les Madden. Elle avait défini ses critères à l'époque où son mari exploitait cinq cent mille hectares et, sans aucun doute, s'y était tenue malgré les changements intervenus. Son intuition, plus que les propos énoncés ou sous-entendus, fit comprendre à Bony qu'il devait son accueil au commissaire Macey.

Le directeur d'exploitation et comptable écossais considéra stoïquement le plateau de fromages et, un instant plus tard, Mme Cosgrove se leva en disant qu'elle allait se retirer au salon avec Jill. Bony lui ouvrit la porte et la maîtresse de maison pencha légèrement la tête en quittant la pièce. Entre-temps, M. MacCurdle avait sorti du buffet le porto et les verres.

— Ma mère s'en tient aux traditions, dit le jeune Cosgrove, prouvant qu'il était sensible aux autres car il avait remarqué la légère surprise de Bony. Mon père m'a dit un jour que mon grand-père maternel avait été le doyen de la cathédrale de York et, même s'il soutenait qu'élever des moutons à Mira n'avait rien à voir avec une cathédrale et qu'il n'était pas doyen, il en est venu à reconnaître que les règles avaient du bon, surtout celle qui impose aux dames de laisser les messieurs boire en paix. A la santé de nos deux dames !

— Et à la santé de l'inspecteur Bonaparte ! proposa MacCurdle.

Il s'empressa de se resservir et de sortir un cigare.

— Espérons que vous passerez un séjour agréable parmi nous, inspecteur.

— J'en suis sûr, Mac, si seulement Ray et vous-même vouliez bien laisser tomber le grade et m'appeler Bony, comme le font toujours ma femme et mes enfants, et mon patron quand il se met en colère contre moi.

Cosgrove adressa un grand sourire à l'Écossais.

— C'est sûrement une entorse au règlement, Mac.

— Sûrement, Ray.

Les deux hommes regardèrent Bony qui trancha :

— Coupons la poire en deux. A table et quand je vous bombarderai de questions, vous m'appellerez inspecteur, et dans les moments de détente je serai Bony.

— D'accord, dit Cosgrove.

MacCurdle acquiesça.

— Vous voulez risquer un pari ? insista Bony et ils acceptèrent d'un signe de tête. Je vous parie à tous les deux un shilling que Mme Cosgrove m'appellera Bony au dîner dans moins d'une semaine.

MacCurdle fronça les sourcils et Bony en conclut qu'un shilling était une mise trop importante. Il comprit son erreur quand le directeur affirma :

— Je n'ai jamais rencontré personne qui vous ressemble, Bony. Je ne suis en Australie que depuis vingt ans, mais vous êtes pour moi quelque chose d'entièrement nouveau. Et vous, Ray, que pensez-vous de lui ?

— Je n'arrive pas à savoir, Mac. A l'école, il y avait deux types de Singapour, et j'ai l'impression que Bony a lui aussi quelque chose que nous n'avons pas.

Regardez ! Le temps est écoulé. C'est l'heure du café.

Si les Madden avaient été des gens solides, ces deux hommes l'étaient également, estima Bony. Pourtant, ne se fiant jamais à sa première impression, il écarta cette idée quand Jill Madden lui servit le café. En revanche, son opinion sur la jeune fille et sur Mme Cosgrove se trouvait plutôt confirmée. Le changement de milieu qu'avait subi la plus âgée l'avait façonnée car, à son éducation religieuse et à l'influence de la société ecclésiastique s'était ajouté depuis de nombreuses années le mode de vie moins étriqué de l'intérieur des terres. Mme Cosgrove avait eu l'intelligence d'accepter un apport conséquent d'Australie tout en conservant une grande part d'Angleterre, persuadée que les deux pays pouvaient contribuer à modeler une nation australienne émergente.

Pour beaucoup de gens, quitter l'Angleterre pour cette région reculée signifiait se couper de ses racines culturelles. Mais ils ne comprenaient pas que le paysage constituait un atout d'une immense richesse et que l'épouse d'un éleveur qui possédait quatre-vingt mille têtes, une jolie maison et une propriété de cinq cent mille hectares jouissait de merveilleux avantages qui auraient sans aucun doute été sévèrement limités par la proximité d'une cathédrale. Pour Bony, cela expliquait la décision de Mme Cosgrove de s'accrocher à Mira, même amputé, après la mort de son mari. Il savait qu'il devrait agir avec doigté pour gagner son pari avec le fils de la maison et le directeur d'exploitation.

Quant à Jill Madden, elle l'avait surpris au dîner. Elle portait une robe habillée, avec une coiffure qui lui allait bien et un léger maquillage qui faisait oublier le résultat d'une vie passée dehors. Il s'aperçut qu'elle l'examinait de temps à autre et décida qu'elle était bien plus sophistiquée qu'il l'avait supposé. Il devrait se montrer plus subtil à partir de maintenant, d'autant plus qu'elle serait certainement conseillée par Ray Cosgrove. Sa prononciation trahissait une éducation dans une école privée qui dépassait les moyens dont avait disposé son père.

La conversation courtoise prit fin quand Mme Cosgrove demanda à la jeune fille de jouer quelque chose. Surpris, Bony la vit s'asseoir au quart de queue et attaquer le *Rêve d'amour* n° 3, de Liszt. Il murmura à Ray :

— Elle joue merveilleusement bien. Je n'ai pas vu de piano chez elle.

— Ce salaud l'a démoli en avril dernier, dit Cosgrove avant de s'abandonner au charme de la musique.

Ce renseignement gâcha le plaisir de Bony et, pendant le reste de ce court intermède, les notes constituèrent pour lui un bruit parasite. Jill avait là une raison suffisante de tuer William Lush, sans même parler de la menace d'une agression. La musique pouvait bien avoir été la dernière joie dans la vie de cette fille et de sa mère. Si on dit parfois d'un homme qu'il est né pour être assassiné, Lush était certes dans ce cas.

Jill Madden abandonna bientôt le piano et s'excusa en disant qu'elle n'avait pas le cœur à jouer ce soir-là.

— Bien sûr, Jill, nous comprenons, dit Mme Cosgrove au nom de tous. Vous jouez très bien. Vous avez un doigté aussi léger qu'un papillon. Le mien est celui d'un cheval de trait. Je crois que nous allons cuisiner un peu l'inspecteur Bonaparte — c'est bien l'expression consacrée quand on interroge quelqu'un, n'est-ce pas ? Il a l'intention de nous poser de nombreuses questions, mais il me semble que nous devrions d'abord le tester avec les nôtres. Il ne dit mot de ce qu'il a découvert, ni même de ce qui aurait pu, d'après lui, advenir de Lush.

— Maman, tu es brillante, ce soir, dit son fils en souriant à Bony. Inspecteur, vous êtes sur la sellette et vous avez un projecteur dans les yeux.

— Allez-y, bombardez-moi de questions. Je pourrai les éluder ou non, c'est selon, vu que l'enquête ne fait que commencer.

— Dites-nous donc ce qui, d'après vous, est arrivé à Lush, persista Mme Cosgrove.

— Je crois qu'il a disparu.

— C'est évident, admit Mme Cosgrove d'un ton légèrement cassant. Croyez-vous qu'il soit tombé dans le trou d'eau ou qu'il ait seulement filé pour boire jusqu'à en perdre connaissance ?

— D'après ce que j'ai entendu à son sujet, j'espère qu'il est tombé de la falaise et s'est noyé.

— Espérer n'est pas penser, lui objecta Raymond. Augmentons la lumière dans ses yeux.

— Pitié ! gémit Bony. N'augmentez pas la lumière. Je renonce, sergent. Je vais avouer. Je crois qu'il est probablement tombé dans le trou d'eau. Mais je suis incapable de vous dire s'il s'agit d'un accident ou si on l'a poussé.

LA RETRAITE DES TRIMARDEURS

A 6 heures, en juillet, la journée commence à peine à ouvrir les yeux et l'attente est longue jusqu'au petit déjeuner, servi à 7 heures. Arborant une robe de chambre bleu vif et des chaussons assortis, Bony brava l'air froid de la véranda, et la réprobation de Mme Cosgrove, pour se mettre à la recherche de la cuisine. Elle se trouvait dans un bâtiment séparé. La porte ouverte et l'arôme de café lui réjouirent le cœur.

— Puis-je entrer ? s'écria-t-il.

— Qu'est-ce que vous voulez ? lui demanda une voix féminine.

Bony entra et vit, assise sur un banc, une petite femme ratatinée, ses cheveux gris serrés en chignon.

— J'aimerais beaucoup partager votre théière, répondit Bony en espérant qu'elle l'y inviterait.

Comme tout, à Mira, la cuisine était très vaste et la petite bonne femme ressemblait à une grande poupée.

— Vous êtes le nouvel invité, affirma-t-elle avant d'ajouter d'un ton aimable : Oui, je suppose que ça ne pose pas de problème. Il y en a beaucoup. Servez-vous.

Bony se servit. Il aurait eu envie de se chauffer le dos au feu qui flambait, mais savait fort bien que rien n'irrite autant une cuisinière du bush que de voir un homme devant le feu de sa cuisine ou de son camp.

— Il y a des petits gâteaux dans la boîte, proposa-t-elle.

— Merci. Comment vous appelez-vous ?

— Mme Tanglow. Vous êtes l'inspecteur Bonaparte ?

— Oui, madame Tanglow. Il va faire encore une belle journée, n'est-ce pas ?

— C'est moi que ça doit inquiéter, s'il pleut ou non.

Les pupilles de ses yeux marron ne furent plus que des têtes d'épingle.

— C'est vrai que vous recherchez Bill Lush ?

— Oui. Il semble avoir disparu.

— J'espère qu'il restera où il est. J'espère encore plus qu'il va entrer dans ma cuisine pour me demander une tasse de thé.

— Ah bon ? Vous aimeriez le revoir ?

— J'vais vous dire une chose qui n'est pas un secret, dit Mme Tanglow. Mon mari en fait à peu près deux comme vous. Au bout d'une semaine de mariage, il m'a tordu le bras et, une autre fois, il m'a giflée. Jusque-là, j'avais toujours été une dame, vous comprenez. Oui, au moins deux comme vous. J'lui ai envoyé un coup de pied dans le ventre et, quand il s'est plié en deux, j'lui ai tapé sur la tête avec le bois d'une pelle à ordures. Ça lui a pas fait aussi mal que mon pied dans le ventre, alors j'l'ai frappé encore deux fois pour qu'il se trémousse bien de douleur.

Mme Tanglow s'interrompit pour attendre ses commentaires. Bony était sûr qu'il aurait pu la soulever du sol d'un seul bras. Il prit l'air intéressé et elle ajouta :

— Vous savez quoi, inspecteur ? A partir de ce jour-là, mon mari est venu me manger dans la main. C'est la seule façon de traiter une brute. Si Mme Madden avait rendu coup pour coup, elle serait encore en vie aujourd'hui.

— Vous avez peut-être raison, madame Tanglow.

— Bien sûr que j'ai raison. Allez, maintenant, sortez de ma cuisine. Il faut que je travaille pour gagner ma vie, moi, j'suis pas policier. Et vous embêtez pas à laver votre tasse et votre soucoupe. Mon aide va le faire.

— En tout cas, merci, dit Bony. Quand je retrouverai M. Lush, je l'amènerai ici pour prendre une tasse de thé.

— Faites donc, et tournez le dos pour que je puisse glisser une ou deux pincées de strychnine dedans.

Après cet agréable début de journée, Bony se doucha, s'habilla, fuma une nouvelle cigarette et attendit le gong du petit déjeuner. Il trouva le fils Cosgrove et MacCurdle en train de parler sur la véranda qui surplombait le portail du jardin. De l'autre côté, il y avait le bureau, le magasin et les dépendances. Ils l'accueillirent en l'appelant Bony et l'entraînèrent dans une petite pièce située en face de la cuisine. Il apprit que c'était là que les hommes prenaient toujours leur petit déjeuner.

— Vous avez vu le fleuve ? demanda le directeur-comptable. Non ? Il est encore un petit peu tôt, hein ? Eh bien, son lit est à moitié rempli.

— A partir de maintenant, l'eau va monter moins vite, Mac, annonça Cosgrove. Plus elle monte haut, moins elle est rapide, mais elle va atteindre une certaine hauteur avant de retomber. Nous allons examiner la digue. Vous voulez venir ?

— J'aimerais bien, mais j'ai des coups de fil à passer et... des questions à poser, répondit Bony avec un sourire. Où est le téléphone ?

— Dans le bureau. Je vais vous accompagner.

Enfin, il lui montra où étaient rangées les clés et où

se trouvait le central téléphonique. Pendant un instant, Bony resta debout sur la véranda pour sentir la chaleur du soleil, puis suivit des yeux les deux hommes qui s'en allaient dans une camionnette. Il patienta jusqu'à 8 heures pour appeler le gendarme.

— Est-ce que vous vous rappelez la déposition du facteur ? lui demanda-t-il.

— Bien sûr.

— A-t-il précisé s'il avait rencontré deux hommes et les avait prévenus de la montée des eaux ?

— Non, sa déclaration porte sur la camionnette, l'heure à laquelle il est arrivé aux boîtes aux lettres et sa rencontre avec le fils Cosgrove.

— Dans ce cas, quand il reviendra, demandez-lui, je vous prie, de faire une seconde déposition dans laquelle il mentionnera les gens et les véhicules qu'il a pu croiser le matin où Lush a disparu.

— Entendu, promit Lucas. Où en est le fleuve ?

— A mi-hauteur, d'après ce qu'on m'a dit. Je ne l'ai pas encore vu, ce matin. Hier, il commençait à couler. Il était en avance d'une heure et j'ai failli être bloqué du côté des Madden. Au méandre du Fou, j'ai rencontré deux individus : un dénommé Harry Marche Funèbre et son copain, dont je ne connais pas le nom. Vous savez quelque chose à leur sujet ?

Lucas se mit à rire tout bas.

— Oh ! pour ça oui. Mais ils n'ont jamais causé d'ennuis. Harry Marche Funèbre et Mick le Maton sont tous les deux sur les routes depuis des années. Ils travaillent parfois, mais ne gardent pas un boulot bien longtemps. Harry est inoffensif et Mick le surveille. Ils vont de Bourke à Wentworth. Je ne sais pas s'il faut y ajouter foi, mais on m'a dit que le petit bonhomme avait été gardien de prison dans le Victoria. C'est difficile à croire, ça, un gardien de prison qui devient trimardeur.

— Bon, ce sont eux qui m'ont dit que le facteur les avait avertis de la crue. Ils ignoraient qu'elle était si proche. J'ai alors songé que le facteur pouvait avoir rencontré d'autres trimardeurs ou voyageurs le matin où Lush a disparu. Nous pensions que le fils Cosgrove avait été le premier à voir la camionnette abandonnée. Quelqu'un d'autre a pu se trouver là avant lui.

— Je vérifierai. Quoi d'autre ?

— C'est tout. L'avis de recherche a dû être transmis à tous les postes de police quand le mandat d'arrêt a été délivré, mais nous pourrions prendre une précaution supplémentaire et prévenir toutes les exploitations qui se trouvent dans un rayon de cent soixante kilomètres. Vous pouvez vous en occuper ?

— Bien sûr. Vous croyez qu'il a filé ?

— Non, je ne le crois pas, mais je n'ai pas la preuve du contraire.

Bony raccrocha, puis, après avoir patienté quelques instants, eut le commissaire Macey au bout du fil.

— Bonjour, commissaire. Avez-vous déjà retrouvé Lush ?

— Pourquoi m'en soucier, Bony ? Vous êtes sur sa piste... enfin, j'espère, dit Macey d'une voix grave. Vous passez de bonnes vacances ?

— Merveilleuses, commissaire, merveilleuses. Merci d'avoir plaidé ma cause auprès de la maîtresse de maison.

— Nous la connaissons depuis des années. Sous des dehors abrupts, elle est généreuse. Est-ce que vous vous sentez encouragé ?

— A la tâche ? Non. En fait, je vous ai appelé pour vous prévenir de ne pas m'embêter si je reste ici un an.

— C'est à ce point-là ? Oh ! mais je vous connais, mon ami obstiné. Je jouerai les tampons entre vous et votre hiérarchie... enfin, autant que je pourrai. La crue est arrivée dans le coin ?

— Oui, hier. C'est vrai qu'elle va battre un record ?

— Presque, en tout cas. Bon, tenez-moi au courant. Nous continuons à nous renseigner sur Lush par ici et je vous ferai savoir si nous dénichons quelque chose sur la vie qu'il a menée avant de travailler pour Mme Madden.

Bony ferma le bureau et replaça les clés à l'endroit où MacCurdle les rangeait, puis franchit le portail, contourna le potager et poursuivit son chemin, au-delà de la digue qui serrait maintenant la rive de près. Comme elle n'avait pas servi depuis des années, elle était endommagée par les éléments et, par endroits, amputée de soixante à quatre-vingt-dix centimètres de sa hauteur initiale.

En arrivant face au logement des employés et à leur cuisine, Bony aperçut le long coude des boîtes aux lettres. Il était trop loin pour les distinguer. Il observa l'eau brune qui charriait des parties de troncs, des branches et des petits amas de débris végétaux, et remarqua les tourbillons au-dessus du trou d'eau caché dans le coude. Le fleuve paraissait répugner à s'engager dans le bras mort qui atteignait le jardin de Mira, puis à s'orienter vers le dédale de terres basses, un peu plus loin. Il lui faudrait monter encore de trois à quatre mètres environ avant d'inonder cette zone.

Derrière le logement des employés, Bony remarqua plusieurs hommes au travail, à proximité de ce qui semblait être un hangar aux machines et, voyant le régisseur parmi eux, il s'approcha pour savoir ce qu'ils étaient en train de faire.

— Vous avez l'air bien occupés, dit-il à Vickory.

Le régisseur au visage allongé lui répondit :

— Il faut tout préparer au cas où la digue devrait

être surélevée. On n'a pas encore vu Lush descendre le courant.

— Vous pensez toujours qu'il a basculé de la falaise ?

Vickory le lui confirma d'un signe de tête. Il vérifiait les chenilles d'un tracteur avec l'aide d'un jeune homme.

— Il est temps qu'il remonte à la surface. Ça fait trois jours, c'est ça ?

— C'est ce que tout le monde pense. Personne ne le recherche plus ?

— Non. On a besoin de tous les hommes ici. Vous vous débrouillez bien pour écoper ?

Bony pouffa et dit :

— On m'a déjà demandé si je savais manier une pelle. Je laisserai écoper ceux qui ont plus d'expérience que moi.

Deux autres hommes, sous la direction d'un troisième, révisaient un bulldozer qui se trouvait à côté d'un chouleur et Bony se rendit compte que cet équipement servait à déblayer les décharges de rivière et à nettoyer celles qui s'étaient déjà enfoncées. Ce serait l'idéal pour une digue.

Bony abandonna les employés et poursuivit son chemin le long de la digue, jusqu'à l'atelier, derrière lequel se trouvait le hangar à tonte. Le premier était fermé. Entre la façade du second et la digue, plusieurs hommes étaient accroupis ou debout autour d'un feu de bois. Bony reconnut Harry Marche Funèbre et Mick le Maton. Avec décontraction et un soupçon d'insolence, il les passa en revue et dénombra huit personnes. Il dit alors à Mick :

— L'eau est montée une heure plus tôt que prévu. Votre copain et vous auriez pu vous faire prendre.

L'homme rondouillard sourit en l'évaluant du regard.

Harry Marche Funèbre était assis sur une caisse et contemplait le feu d'un air morose.

— Faut jamais faire confiance à la rivière. On a traversé deux bonnes heures avant que l'eau arrive. Vous cherchiez Lush, vous aussi ?

— J'ai essayé de retrouver ses traces. Pas moyen.

— Les gens pensent qu'il est tombé dans le trou, près des boîtes aux lettres. Si c'est l'cas, bon débarras.

— Pourquoi ? demanda Bony.

Il s'assit sur une caisse libre et se roula une cigarette. Les hommes scrutèrent ses vêtements, ses chaussures. Un gros homme grisonnant répondit à la place de Mick.

— C'est un frimeur, un sale type, ce Lush. Un ouvrier qui s'est hissé jusqu'au rang d'éleveur. C'est encore pire que les vrais éleveurs qui, eux, aident les trimardeurs. Les Cosgrove vous donnent un peu à manger, mais les gens comme Lush vous donneraient même pas l'odeur d'un chiffon d'huile. Ça sera pas une grande perte s'il s'est noyé.

Pendant un petit moment, ils évoquèrent les défauts de William Lush et, au cours de la conversation, Bony apprit que le disparu venait de Cunnamulla, juste de l'autre côté de la frontière du Queensland.

— A quelle époque est-il arrivé ici ? demanda-t-il.

On lui répondit que c'était en 1955. Un homme aux cheveux blancs dressés sur la tête et à la moustache blanche bien taillée ajouta un autre renseignement :

— Le père de Lush tenait le bar du *Perroquet Noir*. Le vieux a avalé une dose de cyanure en 57, d'après ce qu'on m'a dit. Le jeune Billy avait peut-être un peu trop chatouillé le tiroir-caisse. Après avoir quitté l'école, il s'est occupé d'une ferme pour son paternel.

Bony laissa la conversation rouler sur les pubs et les tenanciers de bar, ce qui accapara la compagnie pendant vingt minutes, mais, quand il se leva pour partir, un homme lui demanda quel boulot il faisait à Mira.

— Je suis en vacances, répondit-il en riant. On m'a déjà demandé si je savais manier une pelle ou un bulldozer. D'ailleurs, si la crue continue comme ça, il faudra peut-être en passer par là.

— Ils voudront peut-être nous embaucher ? dit un petit avorton avec un fort accent de l'Ouest.

— T'as raison, Jacko. Tu ferais mieux d'aller demander, lui conseilla-t-on dans l'hilarité générale.

Bony espérait repartir sans avoir besoin de dévoiler sa profession — même si ce n'était pas important —, mais Mick le Maton s'attaqua à lui.

— Qu'est-ce que vous faites pour gagner votre croûte ?

— Je suis inspecteur de police dans le Queensland, répondit-il. Comme je vous le disais, je suis en vacances.

L'assemblée se figea, le dévisagea, muette, et ce fut le copain rondouillard de Harry Marche Funèbre qui rompit le silence.

— Regardez-nous, inspecteur. Vous allez voir des crimes sur chaque bobine. Regardez ce pauvre Jacko. Il a un casier long comme le bras. Regardez-moi. J'ai buté plus de types que vous avez de doigts. En tout cas, vous nous avez joué un bon tour, hier.

— Je ne suis pas d'accord avec vous. J'aurais rattrapé votre copain si vous n'étiez pas arrivé en sachant que la crue s'annonçait. Bon, à un de ces jours, tout le monde.

— C'est ça. Mieux vaut rester ici et travailler, s'il le faut, que rester bloqués quelque part sans rien à manger ni à fumer.

BONY CHARME Mme COSGROVE

Pendant une heure, Bony observa la révision des machines, puis, quand le gong annonça la pause de la matinée, il accompagna Vickory.

— Au camp du hangar à tonte, j'ai trouvé huit hommes. Quand vous aurez un moment, pourrez-vous vérifier si les trois qui campaient de l'autre côté du fleuve sont parmi eux ? lui demanda-t-il.

— Oui, ils y sont, répondit le régisseur. Je les ai tout de suite passés en revue.

— Je suppose que tous les trimardeurs et autres qui campaient près du fleuve vont se rassembler dans des exploitations pour y être en sécurité ?

— Tous sauf les originaux pur sucre. Ceux-là survivront en mangeant des larves, des goannas, ce genre de choses.

— Des types comme Harry Marche Funèbre ?

— Oh ! il n'est pas fou tout le temps. Son copain s'occupe de lui. Ils travaillent à Mira, de temps à autre. Harry était un formidable tondeur à la main, puis à la machine, avant la guerre. Il sait faire beaucoup de choses, mais on ne peut pas se fier à lui si on ne le surveille pas. C'est pour ça qu'il faut embaucher en même temps Mick le Maton. On ne peut pas prévoir à quel moment il va se lancer dans son petit numéro de marche funèbre.

— Mira dispose ainsi d'une réserve de main-d'œuvre, c'est ça ?

Vickory sourit un peu aigrement et dit :

— Exactement.

— Pourriez-vous me fournir leurs noms ?

Le régisseur s'exécuta et Bony les nota au dos d'une enveloppe. Plus tard, l'inspecteur le vit se diriger vers une maisonnette devant laquelle des vêtements séchaient sur une corde. Comme certains étaient féminins, il devina que Vickory habitait là avec sa femme. Il en fut certain quand un petit enfant tourna au coin de la maison pour venir à la rencontre de Vickory qui le prit dans ses bras.

Comme le bureau était ouvert, Bony y entra et trouva Mme Cosgrove en train de taper à la machine. Il serait ressorti si elle ne l'avait pas prié de rester.

— Vous êtes allé voir le fleuve, je suppose ? Ça ne présage rien de bon, n'est-ce pas ? Je suis contente que vous soyez venu. Je voulais vous parler.

Elle portait une robe de tous les jours en vichy et, à présent, ses yeux étaient d'un gris plus foncé qu'au moment où il les avait vus dans le salon, la veille. Elle avait également la voix plus dure.

— Tout d'abord, que pouvons-nous faire pour rendre votre séjour confortable ?

— Rien. Votre hospitalité est parfaite. Il y a toutefois un service que je voudrais vous demander. Le bureau où travaille MacCurdle dispose d'une petite pièce adjacente. Pourrais-je l'utiliser ? Vous comprenez, je vais peut-être devoir interroger des gens et prendre des dépositions.

— Mais certainement, inspecteur. Ce serait plus commode pour tout le monde que d'avoir des gens dans la maison. La pièce est meublée. En fait, M. MacCurdle s'en sert pour se détendre.

— Merci. J'essaierai d'éviter de gêner M. MacCurdle.

Mme Cosgrove sourit et, pour la première fois, Bony vit la femme et non celle qui portait un masque masculin. Il s'aperçut qu'il était soumis à un examen attentif. Quand Mme Cosgrove se rendit compte de ce qu'elle faisait, elle se mordit la lèvre inférieure et s'empressa d'expliquer :

— Je suis impolie, inspecteur. Pardonnez-moi. Voyez-vous, le commissaire Macey et son épouse sont de bons amis à moi depuis plusieurs années. L'autre jour, nous avons parlé de vous. Il a évoqué votre carrière remarquable et j'ai eu du mal à faire le lien entre vos capacités professionnelles et votre personnalité. En lisant des romans et des pièces de théâtre, j'avais cru comprendre que les inspecteurs de police constituaient une catégorie très différente de celle des gens ordinaires. Et voilà ! Je viens de commettre un autre impair !

— Pas du tout, je vous assure. Les inspecteurs de police constituent vraiment une catégorie très différente. Je le sais. Je les ai fréquentés pendant des dizaines d'années. Ils croient tout savoir. Ils dirigent des services infaillibles. Et ils échouent pourtant souvent. Parce que je ne revendique aucun privilège, il se trouve que je fais partie des gens ordinaires et n'ai rien d'un inspecteur de police. Vous devriez entendre mon directeur régional me reprocher de ne pas être un vrai policier.

Mme Cosgrove trouva le sourire éclatant assez plaisant. La réserve avec laquelle elle avait accueilli et traité Bony jusque-là fondit. Il ouvrit les yeux et elle fut prise dans les rets qui avaient déjà attrapé tant de gens. La sensation ne dura qu'un instant et, ensuite, Mme Cosgrove ne fut pas certaine d'avoir ressenti ce qu'elle avait eu l'impression d'éprouver.

— Je me rappelle qu'au début de ma carrière, j'étais prétentieux et enclin à la vantardise. Et puis, j'ai compris que nos traits de caractère n'étaient pas créés par nous-mêmes, mais hérités. J'ai hérité certains dons de mon père, et d'autres de ma mère et de son peuple. En revanche, les inspecteurs penchent trop d'un côté, pourrions-nous dire. Leurs qualités leur ont été transmises par une seule race. C'est pourquoi, comparés à moi, ils sont très défavorisés.

— Inspecteur Bonaparte, vous vous moquez de moi.

— J'exagère peut-être un tout petit peu, mais je ne me moque pas de vous, dit-il, un rire flottant autour de sa bouche mobile. Où nous entraîne ce tête-à-tête, dites-moi ? N'avons-nous pas commencé par parler des inspecteurs de police ? Si, si, je m'en souviens. Soyons francs. Vous êtes intriguée par mon grade et je crois qu'à l'avenir, vous n'aurez aucun mal à vous faire une idée plus claire de votre invité si vous gardez à l'esprit ce que je vous ai dit des inspecteurs et si vous oubliez que j'en suis un. Tous mes amis m'appellent Bony. Ne pouvons-nous pas être amis ?

Mme Cosgrove éclata de rire et Bony dit en feignant d'être peiné :

— C'est vous qui vous moquez de moi, maintenant.

— Mais non. Je commence seulement à saisir ce que Tom Macey disait de vous. Oui, nous allons être amis. Mais, je vous en prie, ne vous attendez pas à ce que je vous comprenne immédiatement. On dirait que j'entends Ray et Mac qui reviennent et c'est l'heure du thé de la matinée.

Tout en buvant du thé et en mangeant des scones beurrés, Ray et le directeur d'exploitation informèrent Mme Cosgrove de l'état de la digue et énumérèrent les endroits où des travaux s'imposaient. Elle montra une feuille sur laquelle elle avait tapé la hauteur des eaux à différents endroits, en amont, pendant la grande inondation de 1925 et, en face, les hauteurs relevées ce matin-là. Les deux hommes examinèrent les données et son fils fut d'accord avec le directeur d'exploitation quand il affirma que la menace présente n'était peut-être pas aussi terrible que lors de cette année lointaine.

— Il se peut que vous ayez raison, dit-elle sèchement. Mon mari me disait que la zone la plus dangereuse se trouve face aux boîtes aux lettres, parce que si le vent d'ouest souffle en rafales, il crée des vagues qui viennent se briser sur la digue et font monter les eaux.

Le sujet les occupa pendant un bon moment. Une fois qu'ils eurent terminé, Bony demanda à Raymond Cosgrove de l'accompagner dans son « bureau ».

— Votre mère m'a aimablement accordé l'usage de cette pièce, Ray, expliqua-t-il après avoir refermé la porte. Il y a des points que je veux éclaircir et je suis sûr que vous pouvez m'aider. Nous allons procéder par questions et réponses et noter le résultat sous forme de déclaration.

— Allez-y, mon vieux.

Cosgrove sourit, puis fronça les sourcils.

— Mais vous n'allez pas révéler que Jill a tiré sur la porte, puis l'a brûlée ?

— Certainement pas. J'espère que vous n'en avez parlé à personne ? En fait, vous n'auriez pas dû être présent quand elle m'a raconté ça. Je vous y ai autorisé parce que j'ai senti que vous teniez beaucoup à elle.

— C'est bien le cas. D'accord, laissez-moi vous aider de mon mieux.

— Indiquez-moi le nombre de trajets que vous faites... disons en un mois jusqu'à la boîte aux lettres.

Bony fut content de voir Cosgrove se montrer prudent, ce qui prouvait son sérieux.

— On y va six jours sur sept. Disons que j'ai dû emporter le courrier quatre fois par semaine. Mac aime bien aller se promener là-bas de temps en temps.

— Merci. Et maintenant, détendez-vous et reportez-vous au jour où vous avez découvert la camionnette de Lush. A quelle heure étiez-vous parti d'ici ?

— Le courrier est toujours prêt à 11 h 15 quand le car vient de Bourke. Ça laisse le temps d'aller tranquillement là-bas.

— Ce matin-là, vous avez longé la clôture du jardin, traversé le bras mort, puis suivi la rive ? C'est bien ça ?

Raymond le confirma d'un signe de tête.

— A l'exception des employés, avez-vous aperçu ou croisé quelqu'un ?

— Non.

— Avez-vous entendu quelque chose d'inhabituel ?

— Non, je ne pense pas.

— Donc, en arrivant en face des boîtes aux lettres, vous avez descendu la pente jusqu'à la levée de sable, vous avez contourné le trou d'eau et vous avez escaladé l'autre rive. C'est à ce moment-là que vous avez vu la camionnette ?

— Je l'ai vue avant de traverser.

— En arrivant devant les boîtes aux lettres, qu'avez-vous fait ?

— Je me rappelle que je me tenais près de notre boîte et que j'ai cherché Lush des yeux. Je ne l'ai pas vu et je me suis dit qu'il était tombé en panne sèche et qu'il était reparti chez lui à pied. Il y a huit cents mètres tout au plus. Je me suis alors rappelé qu'il était plus de 11 h 30 et j'ai pensé que Lush devait avoir la gueule de bois ou être bougrement trop fatigué pour rapporter de l'essence et conduire sa voiture jusque chez lui. J'ai donc vérifié la jauge en mettant le contact. Le réservoir était vide.

— Mais vous n'avez pas pensé à chercher des traces de pas ?

— Qu'est-ce que vous croyez ? Il y avait là la camionnette et Lush était rentré chez lui. D'ailleurs, le vent soufflait et le sol, par là-bas, est recouvert d'une couche de terre légère, facilement balayée par les rafales. Non, je n'ai vraiment pas pensé à chercher des traces.

— Vous avez dit, il me semble, que les phares n'étaient pas allumés. Qu'avez-vous fait après avoir vérifié le niveau d'essence ? Réfléchissez bien.

— Bon, j'ai remarqué le carton de bières, sur le siège, j'ai tendu la main et je me suis aperçu qu'il était vide. Ça m'a un peu surpris, parce qu'il n'aurait pas dû se trouver là sans bouteilles. Ensuite, j'en ai conclu que Lush avait probablement fourré les bouteilles dans un sac qu'il gardait sans doute à l'arrière pour ménager son pantalon s'il devait changer une roue, et qu'il était plus facile de les transporter dans un sac que dans le carton. J'étais certain que c'était bien ce qu'il avait fait parce que la portière du passager n'était pas fermée.

— Celle qui se trouvait près du carton vide ?

— C'est ça, Bony.

Après y avoir été encouragé, Cosgrove poursuivit :

— Quand Tolley est arrivé dans le car postal, je lui ai remis notre sac et j'ai pris le courrier qui nous était adressé. Pour éviter de descendre, il m'a tendu le sac des Madden. Je me suis approché de leur boîte et je l'ai trouvée vide. Tolley avait des passagers. Nous avons tous deux parlé de la camionnette et conclu que

Lush était rentré chez lui et n'était pas revenu la chercher.

— Est-ce que le facteur a précisé s'il avait croisé un véhicule sur la route ce matin-là ?

— Non. Pourquoi ?

— Pour autant que nous le sachions, vous êtes la première personne à avoir vu la camionnette abandonnée. Il devait être 11 h 40 ou 11 h 45. C'est assez tard.

— Je vois où vous voulez en venir, inspecteur. Mais un véhicule quelconque a très bien pu se diriger vers le sud avant que j'arrive aux boîtes pour attendre le courrier.

— J'ai envisagé cette possibilité, reconnut Bony avec gravité. Je voudrais bien savoir où sont passées les six bouteilles de bière et les trois bouteilles de whisky qui se trouvaient dans le carton quand Lush a quitté White Bend. Examinons maintenant l'hypothèse que vous m'avez exposée le matin où vous êtes venu chez les Madden et m'avez trouvé là. A votre avis, Lush était tombé de la falaise. Ensuite, Vickory m'a dit que, d'après lui, Lush s'était énervé, avait arraché un pied à la boîte aux lettres et s'en était pris à son véhicule. Une fois le bout de bois cassé, il s'était précipité pour en chercher un autre, n'avait pas vu la boîte dans le noir et avait donc basculé dans le vide. Avez-vous parlé de ça avec Vickory ?

— Oui, le jour même.

— Vous n'aviez pas remarqué qu'il manquait un pied à la boîte ?

— Non, je m'intéressais trop à la camionnette.

— Vous n'avez pas aperçu un morceau de bois sur le garde-boue avant ?

— Je ne m'en souviens pas. Si je l'ai vu, ça n'a eu aucune signification pour moi.

— Que pensez-vous de l'hypothèse de Vickory ?

— Les choses auraient pu se passer de cette façon,

mais pas au moment où il est tombé en panne, seulement quand il est revenu avec l'essence.

Bony mit un terme à ses questions et se roula une cigarette. Au bout d'un moment, il déclara :

— Je serais tenté de donner raison à Vickory s'il n'était pas impossible que Lush ait rapporté de l'essence dans sa poche. Il était bien obligé d'avoir un bidon qu'on aurait retrouvé dans la camionnette ou à proximité. Or il n'y en avait pas.

LES FAITS SONT RARES

Quand il retourna voir le fleuve, Bony fut incapable d'évaluer la montée des eaux depuis le tout début de la matinée. Elles charriaient toutefois bien moins de débris et, au-dessus du grand trou du coude de Mira, les tourbillons étaient beaucoup moins importants. La vitesse était la même, mais, comme l'apprit l'inspecteur, elle allait peu à peu se réduire au fur et à mesure que lacs, bras morts et ruisseaux s'empliraient en aval et que le fleuve atteindrait par endroits une largeur de plusieurs kilomètres.

Assis sur la digue, Bony observait le Caniveau de l'Australie, sur le point de devenir méconnaissable. Il remarqua qu'au bord de la rive, au-dessus du coude, l'eau avait tendance à couler en sens inverse et, en examinant un morceau de bois qui flottait, constata que ce contre-courant était fort. Ray Cosgrove n'avait pas eu tort en affirmant qu'il n'était pas difficile de remonter un courant rapide jusqu'aux boîtes aux lettres avec un bateau à rames si on restait près de la rive.

Quel beau fleuve ! songea Bony. Unique, en fait. Doté d'une personnalité qui captivait des hommes tels que Harry Marche Funèbre, son copain Mick le Maton et tous ceux qui campaient près du hangar à tonte. Un fleuve aimable, qui offrait du bois pour le feu de camp, de l'ombre pour s'abriter du soleil, du poisson pour calmer sa faim. L'affreuse zone du coude le déparait, de part et d'autre de l'avenue dessinée par les majestueux et antiques gommiers rouges qui couraient sur plus de trois mille kilomètres.

Un moteur de tracteur rugit vers le hangar aux machines et Bony se rappela qu'il était censé travailler et non pas musarder et chanter les louanges du Darling. Ce jour-là, le vent était moins fort et son chant étouffé, dans les arbres, une berceuse qui accompagnait le théâtre de la nature et ses étranges effets. Bony avait envie de s'allonger dans un bateau et de se laisser dériver en contemplant les arbres qui défilaient.

Il grimpa au sommet de la digue, contourna le bras mort peu profond et arriva ainsi au portail placé au fond du jardin. Là, il trouva de vigoureux citronniers, des rangs de vigne et, dans un pavillon d'été en joncs, Jill Madden munie de son panier à ouvrage.

— Puis-je m'asseoir près de vous ? demanda-t-il.

Elle le considéra solennellement de ses grands yeux noirs jusqu'au moment où sa bouche s'élargit en un sourire hésitant.

— Mme Cosgrove appelle cette cabane son « lieu de réflexion » et m'a dit que je pouvais y venir quand je voulais être tranquille pour penser.

— Dans ce cas, je ne vais pas vous déranger, dit-il en faisant mine de se retirer.

— Oh ! ne partez pas, inspecteur. Je ne voulais pas dire ça.

— Merci, Jill. La méditation est toujours une aide, vous ne devriez cependant pas avoir tellement de sujets de méditation. La tragédie de votre mère est aussi la vôtre, bien sûr. Mais vous êtes jeune et vous avez toute la vie devant vous. La vie est un voyage, vous ne croyez pas ? On se met en route et, finalement, on arrive au bout, certains plus tôt que d'autres. Et, en chemin, on rencontre d'autres voyageurs, on connaît de petites aventures, des difficultés et des triomphes. Avez-vous décidé ce que vous alliez faire — quelle route vous alliez prendre maintenant que vous avez atteint un croisement ?

La jeune fille secoua la tête et baissa les yeux sur le tissu qu'elle cousait.

— J'ai habité avec Lush pendant des années. Pas tant que ça, d'ailleurs. Seulement deux ans, depuis la mort de papa. Mais ça me semble une éternité et la vie avec papa une autre vie. J'avais seize ans quand il est mort et j'ai dû quitter l'école. J'en avais près de dix-huit quand maman a épousé Lush. Comme le disait Mme Cosgrove, je n'ai jamais eu le temps de jouer. Papa voulait m'envoyer faire le tour du monde. Au lieu de quoi, je suis revenue à la maison pour traire les vaches, m'occuper des moutons et aider à les tondre. Non, je ne sais pas encore ce que je vais faire.

La jeune fille portait une jolie robe bleue et, pendant qu'il se roulait une cigarette, Bony se rappela comment elle était la première fois qu'il l'avait vue : en pantalon grossier, bottes d'équitation et chemisier passé. Elle s'exprimait comme quelqu'un de beaucoup plus âgé, mais deux ans de cohabitation avec Lush feraient vieillir n'importe quelle femme.

— Qu'allez-vous faire de vos moutons ? demanda-t-il. Ils n'ont pas encore été tondus, si ?

— Ils devaient l'être le mois prochain. Vosper, qui possède une ferme plus à l'ouest, va les emmener dans son hangar et s'en occuper. Voilà mon problème, inspecteur. Je ne peux pas habiter chez moi et je ne peux pas continuer à vivre ici.

— Je ne vois pas pourquoi.

— C'est ce que dit Mme Cosgrove. Elle dit qu'il va falloir du temps pour tout régler. Vous savez, prouver la validité du testament, et tout ça. Enfin, la crue va retarder les choses et me retenir prisonnière ici, pour ainsi dire.

— Une bien jolie prison, en tout cas, Jill. Et puis, il y a Ray.

— C'est un problème de plus, dit Jill avec un soupir nettement audible. Il veut parler de nous à sa mère et m'épouser, mais je sais que Mme Cosgrove ne sera pas d'accord et j'ai... j'ai l'impression que j'habite ici sous un faux prétexte, si vous comprenez ce que je veux dire.

— Écoutez, compte tenu des circonstances, vous ne devriez pas vous en soucier pendant un petit moment. Est-ce que vous êtes vraiment amoureuse ?

Jill le confirma d'un signe de tête et garda les yeux baissés sur son ouvrage.

— Il est donc possible qu'avec le temps, Mme Cosgrove change d'avis. A propos, savez-vous à qui votre père a laissé sa propriété ?

— Il me l'a laissée et en a confié la garde à maman.

— Lush n'avait donc rien à espérer ?

— Non. Il croyait pouvoir tout reprendre mais n'a appris la vérité qu'après avoir épousé maman. C'est une des raisons pour lesquelles il la traitait de cette manière. Maman disait qu'elle n'avait pas pensé à le mettre au courant avant le mariage.

— Voilà qui clarifie la situation, Jill. Vous êtes l'unique propriétaire de la ferme. A moins, bien sûr, que votre mère vous ait placée sous la tutelle de Lush dans son testament.

La jeune fille resta muette pendant plusieurs minutes et, quand elle reprit la parole, sa voix était si basse que Bony dut tendre l'oreille.

— C'est ce qu'elle a fait, inspecteur. Elle l'a nommé mon tuteur.

— Quand l'avez-vous appris ? demanda-t-il.

— Il y a plusieurs mois. J'ai essayé de l'amener à changer cette disposition. Elle m'a dit qu'elle allait le faire la prochaine fois que Lush l'emmènerait à Bourke voir le notaire. Mais il n'était pas d'accord. Vous comprenez, ma pauvre mère avait peur de lui, et puis, elle était si faible.

— Je suis sûr que tout cela peut être modifié maintenant que Lush est recherché pour le meurtre de votre mère, Jill. De toute façon, jusqu'à ce qu'on retrouve Lush, vous êtes indépendante en fait sinon en droit.

— C'est ce que m'a dit Mme Cosgrove, inspecteur. Mais nous ne savons pas s'il est en vie ou non.

— C'est à moi de le découvrir. Voilà pourquoi, à propos, je voudrais vous poser d'autres questions. Que croyez-vous réellement ? Est-il en vie ou non en ce moment ?

— Je crois qu'il est vivant, répondit-elle, toujours à voix basse, toujours la tête penchée sur sa couture.

Il lui demanda pourquoi elle en était persuadée et elle poursuivit :

— Il ne se trouvait pas devant la porte ce matin-là. Il n'était ni dans la cabane des employés, ni dans le hangar, ni ailleurs. Ray est sûr qu'il est tombé dans le trou d'eau. Moi, connaissant Lush, je ne le crois pas.

— Comment ça ?

— Il était toujours d'une grande prudence. Il ne conduisait pas vite quand il était soûl. Un jour, deux trimardeurs sont venus demander de la viande, Lush est sorti et les a injuriés. L'un d'eux, un grand costaud, l'a attrapé par la chemise et l'a secoué. Lush s'est fait tout petit et n'a plus rien dit. Il était comme ça quand j'ai tiré à travers la porte. Il n'a plus ouvert la bouche.

— Voilà qui est intéressant, admit Bony en se disant que ses soupçons sur ce point étaient illogiques.

A quand remonte cette altercation avec les trimardeurs ?

— Oh ! à plusieurs semaines. Au moment de Pâques, je crois.

— Est-ce que vous connaissiez ces hommes ?

— Non, mais Lush, lui, les connaissait. Il a menacé de les faire arrêter. Devant nous, bien sûr. Il a dit que l'un s'appelait Wally Watts et l'autre Smith le Mineur.

— Est-ce qu'ils sont revenus ?

Jill secoua la tête et Bony consulta la liste établie par Vickory. Le nom de Watts y figurait bien. Il recommença ses coups de sonde.

— Connaissez-vous un certain Harry Marche Funèbre ou avez-vous déjà entendu parler de lui ?

— Tout le monde le connaît, inspecteur. Il descend et remonte le fleuve depuis des années. Il a un copain qui s'appelle Mick le Maton.

— Je les ai rencontrés. Quand sont-ils venus demander de quoi manger pour la dernière fois ?

— La veille du jour où Lush est parti en ville. Non. Deux jours avant. Je m'étais éloignée sur les terres et maman m'a dit qu'ils étaient passés. Lush n'était pas là non plus. Il pêchait dans un coude, en amont. Il aimait bien pêcher. Ma pauvre mère s'est toujours montrée généreuse envers Harry Marche Funèbre et, en retour, il lui coupait du bois qu'il déposait devant la porte du salon. Aucun des autres trimardeurs ne le faisait jamais... parmi ceux qui venaient régulièrement.

— Aucun de ces derniers n'est passé à la même période ?

— Non. Il n'y en a plus autant que par le passé, d'après maman.

Bony se plongea dans ses pensées et la jeune fille lui demanda alors à quoi il réfléchissait.

— A rien de particulier, avoua-t-il. Je saute d'un sujet à l'autre. Vous savez, Jill, je commence à me dire que vous pourriez avoir raison. Lush est peut-être vivant. Le fait qu'il se soit dégonflé comme un pneu, d'après vous, quand le trimardeur injurié l'a secoué recoupe votre description de son mutisme au moment où vous avez tiré à travers la porte. Il savait qu'il avait sérieusement maltraité votre mère et s'est rendu compte que vous aviez décidé une fois pour toutes de l'empêcher d'entrer. Je pourrais être d'accord avec vous s'il n'y avait pas plusieurs défauts dans le tableau de cette nuit-là. Qui était propriétaire de la camionnette ?

— Elle appartenait à la ferme.

— Il y a une réserve d'essence dans le hangar aux machines. Il aurait pu remplir le réservoir, emporter un bidon supplémentaire et filer avec le véhicule. Il ignorait l'état désespéré dans lequel se trouvait votre mère et le risque d'être arrêté pour vol aurait été faible. Pourtant, il ne l'a pas fauché et n'a rien emporté sauf ce qu'il avait sur lui. Aucun mobile que nous pouvons envisager ne tient.

« L'hypothèse selon laquelle il est retourné à la camionnette et, dans l'obscurité, est tombé de la falaise est très aléatoire. Ce lieu ne lui était pas étranger. Même si une autre supposition peut être étudiée — qu'il ait perdu son sang-froid et s'en soit pris à son véhicule —, elle recèle la même faiblesse : Lush connaissait cet endroit et savait bien qu'il y avait là un ravin. Ce que vous avez dit au sujet de sa tentative d'entrer de force plaide en revanche fortement pour une autre hypothèse. Mais, à l'évidence, elle ne va pas vous plaire.

— Bon, inspecteur. De quoi s'agit-il ?

— Quand vous avez tiré à travers la porte, la balle l'a tué. A ce moment-là, ou au lever du jour, vous l'avez trouvé mort devant la porte et, avec ou sans aide, vous avez emporté le corps dans la brouette et l'avez jeté dans le trou d'eau, en bas de la maison. Il était alors essentiel de détruire la porte et vous l'avez brûlée.

La réaction de Jill Madden fut inattendue. Lentement, elle posa sur le banc, à côté d'elle, son aiguille et le tissu qu'elle avait sur les genoux. Lentement, elle se leva et, lentement, elle se tourna pour faire face à Bony, qui se leva lui aussi. Il n'y avait ni peur ni ressentiment dans ses grands yeux quand elle dit en espaçant ses mots :

— C'est exactement ce que j'aurais fait si je l'avais tué.

Les yeux sombres se plissèrent quand elle fronça les sourcils.

— Comment l'avez-vous deviné, inspecteur ? Pendant que je veillais le reste de la nuit, j'ai cru que je l'avais tué et j'ai envisagé de faire dès l'aube ce que vous avez dit. Dans la chambre, maman avait mal et se plaignait que c'était la goutte d'eau qui fait déborder le vase. La cuisinière s'est éteinte et il a commencé à faire froid, mais ce n'était pas la température qui me glaçait l'esprit. Oui, c'est exactement ce que j'aurais fait si j'avais trouvé Lush mort devant la porte. Vous devez me croire parce que c'est vrai.

— Rasseyons-nous, Jill.

Bony lui posa la main sur le bras et l'obligea à s'asseoir, puis ajouta :

— Nous étions en train de passer en revue différentes hypothèses, c'est bien ça ? Ce que nous croyons ou ne croyons pas ne doit pas entrer en ligne de compte. Quand on enquête sur un crime, on commence généralement par examiner les lieux où il a été commis. Il peut cependant y avoir des raisons de supposer qu'un crime a été commis et, dans le cas de Lush, nous en avons. Dans ce que je viens de dire, ce que l'on croit n'a aucune importance. Seuls les faits comptent.

« A l'appui de votre récit, il y a le changement de porte et sa destruction par le feu. Ce que vous avez trouvé ou non devant la maison et ce que vous avez fait ensuite n'est corroboré par aucun fait. Entre cette porte de derrière et la buanderie, il y a un chemin cimenté. Si Lush avait été blessé par votre balle, il aurait perdu du sang sur ce chemin et vous auriez pu laver les traces. J'ai pris des échantillons du sol, de part et d'autre du ciment, ct l'analyse indiquera peut-être la présence de sang. Et puis, il y a la brouette. Si Lush avait été tué, son corps aurait saigné, même au bout dc quelques heures, et je suis sûr que la brouette n'en contient pas de trace parce qu'elle n'a pas été lavée depuis un bon moment.

« Je me montre patient, Jill, quand je vous dis tout cela. Ce sont les faits, et non la conviction, qui importent. Je me permets d'espérer. J'espère que vous n'avez pas tué Lush. J'espère qu'on retrouvera son corps, mais je pense — je ne crois pas — que ce ne sera jamais le cas. J'espère qu'il est toujours en vie, mais je pense qu'il peut être mort. Je pense que vous avez très bien pu jeter son corps dans le fleuve, mais je n'ai pas trouvé un seul fait qui le prouverait. Nos hypothèses n'ont pas le moindre fait pour les étayer.

— Alors, qu'est-ce que vous allez faire ? Qu'est-ce que je dois faire ?

— Je vais continuer à emprunter des chemins sinueux pour traquer les faits. Vous allez rester à Mira, vous montrer patiente et reconnaissante envers Mme Cosgrove pour la gentillesse qu'elle vous témoigne et envers son fils pour l'amour qu'il vous porte. Et maintenant, nous pouvons avouer ce que nous croyons. Vous avez le droit de croire que tous les nuages ont une doublure argentée et moi, celui de croire que la disparition de Lush sera un jour élucidée. Allez, un sourire, Jill, un petit sourire.

Jill le regarda avec des yeux embrumés et, au lieu de sourire, éclata en sanglots.

UN VAISSEAU POUR LES CORBEAUX

Bony fut soulagé d'entendre le cuisinier appeler les employés pour le thé de l'après-midi et, songeant que la compassion prolongerait ses pleurs, il gronda la jeune fille. Une fois qu'elle eut effacé les traces de larmes, ils se dirigèrent vers le petit salon de la maison pour prendre le thé. Là, ils trouvèrent Mme Cosgrove, Ray et M. MacCurdle.

— Nous avons médité dans votre « lieu de réflexion », déclara Bony d'un ton léger. C'est une retraite paisible pour se détendre. Avez-vous des nouvelles sensationnelles de la crue ?

— Pas de la crue, inspecteur. Vous devez rappeler Lucas, le gendarme. Quant à nous, nous avons préparé nos défenses.

— On croirait entendre un chef d'état-major, madame Cosgrove.

— Je dois être à la fois chef d'état-major et officier général, inspecteur. Mira sera bientôt assiégée par un ennemi et, demain, nous commencerons à ériger les levées de terre. Si vous ne voulez pas être encerclé, il faut vous sauver.

Bony riposta par un sourire aimable.

— Seulement si vous m'ordonnez de battre en retraite, *mon général*[1]. Sinon, je choisis de rester et de

---

1. En français dans le texte. (*N.d.T.*)

travailler avec une pelle ou un bulldozer. Est-ce que la piste se trouve à l'intérieur ou à l'extérieur de la digue ? J'ai oublié de le vérifier.

— A l'intérieur, inspecteur. La seule autre solution qu'il vous reste, c'est de descendre à cheval en face de la maison d'habitation de Murrimundi et de traverser le fleuve en vous accrochant au câble qui nous sert à acheminer le courrier. De là, vous pourrez arriver à White Bend sans trop de problème, mais ensuite, pour atteindre Bourke, il vous faudra faire un long détour.

— Je vais rester. Je ne veux plus jamais prendre l'avion avec le Dr Leveska.

— Eh bien, le seul autre pilote qui pourrait vous emmener est le père Savery, et il paraît qu'il est pire que le docteur.

— Comment font-ils pour rester en vie, c'est un mystère, dit le directeur d'exploitation.

— Il n'y a pas de mystère, répliqua Mme Cosgrove d'un ton quelque peu cassant. L'alcool sauve l'un, la prière l'autre. Et je ne sais pas ce que nous ferions sans eux. Nous allons maintenant examiner la laine dans le hangar. Vous venez, Jill ? Et vous, inspecteur ?

La jeune fille répondit qu'elle aimerait bien aller dans sa chambre, mais Bony accepta et le directeur d'exploitation l'emmena au hangar à laine dans une camionnette puissante. Il y avait là des balles empilées et Mme Cosgrove décida qu'elles devraient venir renforcer la digue au cas où elle laisserait passer l'eau.

— Je vais aller dire à ces fainéants de se mettre au travail demain matin, Mac. Vous pourrez les surveiller.

— Très bien, mais ne croyez-vous pas que j'aurais pu m'en charger ? s'écria le directeur d'un ton de reproche.

— Pourquoi ? Ils ne me posent pas de problème.

— Ils ont encore le temps de quitter la forteresse. Nous devrions les prendre par la douceur.

— Par la douceur ? Quelle blague ! Je sais comment traiter les ouvriers.

MacCurdle haussa les épaules et, avec Bony, accompagna Mme Cosgrove auprès des hommes — dix, en tout — rassemblés autour de leur feu.

— Bonjour, Harry, Mick ! Et les autres. Certains d'entre vous ont déjà travaillé à Mira et vous devez connaître les dernières nouvelles au sujet de la crue, commença-t-elle (et Bony trouva qu'elle s'y prenait bien). Nous allons être bloqués pendant une semaine, un mois, peut-être. Ceux qui ne veulent pas être isolés ici feraient bien de partir tout de suite. Si vous restez, vous aurez besoin de trouver de quoi manger. Moi, j'ai besoin de travailleurs. Ceux qui veulent travailler pourront aller voir le cuisinier pour le petit déjeuner, et, ensuite, M. MacCurdle les inscrira. Quant aux autres, s'ils restent... eh bien, il paraît qu'il y a des goannas et des serpents en abondance par ici.

— Mick et moi on va travailler, m'dame, dit Harry Marche Funèbre, qui n'était plus aussi abattu que dans la matinée.

— Je crois que je vais faire mes paquets, décida l'avorton nommé Jacko. J'suis pas taillé pour le travail de force.

— Vous savez sûrement faire bouillir de l'eau ? demanda Mme Cosgrove.

— Et comment que j'sais faire ça !

— Très bien, alors vous pourrez aider le cuisinier.

Un gros rouquin fléchit les bras et dit :

— Et si on se mettait au boulot tout de suite, madame Cosgrove ? Moi, j'en ai assez de regarder ces types et on n'a plus de nouvelles histoires à raconter. D'ailleurs, on est presque tous à court de tabac.

Mme Cosgrove jeta un coup d'œil à MacCurdle qui

haussa les épaules. Elle considéra d'un air pensif la petite bande, sachant que certains semblaient irrécupérables jusqu'au moment où ils étaient confrontés au désespoir, et que d'autres désiraient sincèrement trouver un emploi.

— Très bien. M. MacCurdle va vous prendre. Jacko, vous direz au cuisinier combien de personnes supplémentaires il aura et vous lui demanderez de vous mettre au travail. Ce sera tout.

Elle fit signe à Bony de l'accompagner et, abandonnant la camionnette au directeur d'exploitation, elle se dirigea vers la digue et regarda le fleuve. Bony se tint à côté d'elle sans mot dire. Finalement, elle se retourna vers la maison abritée et longea la digue.

A cet endroit, le fleuve suivait le coude de Mira comme le bord d'une roue gigantesque. L'eau marron clair était seulement troublée par les cercles qui s'élargissaient, projetés à la surface par une force pesante. Le vent était tombé. Il n'y avait plus d'agitation, mais le courant n'avait rien de paisible. Les flots ressemblaient à de l'or terni, en route vers des moules lointains, et les divers débris paraissaient être à moitié enfouis dans une matière semi-solide.

— On dirait un colérique, n'est-ce pas ? remarqua Mme Cosgrove.

— Il n'inspirerait pas nos grands poètes australiens, mais il finira par le faire une fois les sédiments déposés. Est-ce que vous l'avez souvent vu dans cet état ?

— De nombreuses fois depuis que j'habite ici, Bony. Comme je le détestais et comme j'en suis venue à l'aimer !

Mme Cosgrove laissa échapper un petit rire.

— Regardez, voilà la preuve. Je n'éprouve aucune difficulté à vous appeler Bony parce que j'ai perdu ma réserve britannique et que vous faites indubitablement partie de ce pays.

— Si vous lui donnez une chance, l'Australie vous captivera, dit Bony. J'ai rencontré beaucoup de gens qui avouaient qu'ils avaient commencé par la détester pour l'aimer ensuite. Il me semble vous avoir entendue dire que vous étiez venue ici peu après la guerre ?

— Oui. Mon mari était dans l'aviation. Je ne sais pas ce qui lui a plu en moi. J'étais tout le contraire de lui. Il était gai, décontracté, insolent, se battait contre les moulins à vent. Je le détestais. Je le lui ai souvent répété, mais nous avons été mariés par l'archevêque dans ma cathédrale. Ensuite, nous sommes venus à Mira et le fleuve dont j'avais entendu des descriptions enthousiastes coulait dans un simple fossé et me faisait tellement horreur que je n'ai pas voulu le regarder pendant un an.

— Et puis, il s'est fait entendre.

— Oui. Comment le savez-vous ?

— Il a une voix, une petite voix pour murmurer, une grosse pour crier.

Mme Cosgrove s'arrêta et se tourna vers Bony, le regard interrogateur.

— Vous parliez de poètes, rappelez-vous. Vous pourriez en être un. Oui, j'ai entendu le fleuve crier et je l'ai haï. Les vents d'ouest déchaînés soufflaient et le monde était empli du hurlement des arbres. A ce moment-là, mon mari avait un bateau à moteur rapide. Un soir, il m'a persuadée de remonter le fleuve avec lui. La journée avait été chaude, la soirée était fraîche et, quand il a fait demi-tour pour regagner la maison, il a coupé le moteur et nous nous sommes laissé porter par le courant. C'est alors que j'ai entendu son murmure : le chant des oiseaux, les plongeons des poissons, et d'autres bruits infimes qu'on ne perçoit jamais en pleine journée. Ce soir-là, mon mari et moi avons vraiment communié spirituellement.

Quelques mètres plus loin, ils s'arrêtèrent une nouvelle fois pour regarder le fleuve. Ils se trouvaient en face du logement des employés et pouvaient apercevoir, à plus de quinze cents mètres, le coude surmonté par les boîtes aux lettres. Le soleil se couchait et ses rayons déposaient de l'or pur à la surface de l'eau. Les branches de la double rangée de gommiers étaient teintées d'un vert irisé et leur ombre, sur les flots, était noire.

Le fleuve lui-même était silencieux. Somnolente, la fin d'après-midi se préparait à la nuit : les coqs chantaient, les moutons bêlaient, les hommes parlaient, les corbeaux s'agitaient, une génératrice tournait doucement. En cette fin d'hiver, la lumière n'était pas insupportable et, comme les corbeaux avaient toujours intéressé Bony, il tâcha de les repérer et de comprendre ce qu'ils disaient.

Une centaine de mètres en amont de l'entrée du bras peu profond qui séparait le fleuve du jardin de Mira, quelques corbeaux se trouvaient sur la rive, d'autres voletaient alentour. A trente centimètres environ du bord, deux d'entre eux se tenaient sur la feuille d'or et, comme ces oiseaux sont incapables de marcher sur l'eau, ils attirèrent immédiatement l'attention de l'inspecteur.

— Si vous voulez bien m'excuser, je voudrais voir ce qui excite ces oiseaux, dit-il. Les corbeaux ne sont pas sympathiques, mais ils voient tout, racontent tout, savent tout.

— Je viens avec vous, dit Mme Cosgrove en laissant tomber la main qui abritait ses yeux. Connaissez-vous l'histoire du conseil donné par le papa corbeau ? Non ? Eh bien, le papa corbeau dit à son fils : « Si tu vois un garçon, ne vole pas trop près de lui. Et si tu le vois ramasser une pierre, envole-toi vite. » Et le fils lui rétorque : « Je m'en souviendrai, papa. Mais qu'est-ce que je fais si je vois le garçon glisser la main dans sa poche ? »

— Inutile d'apprendre aux singes à faire des grimaces, remarqua Bony en gloussant.

Ils abandonnèrent la digue au niveau des pompes, traversèrent le bras mort pour éviter son embouchure plus profonde et arrivèrent ainsi à la rive proprement dite, à quelques mètres des corbeaux, qui tournoyaient en hurlant leur protestation.

Le contre-courant maintenait la plate-forme des corbeaux presque immobile, contre la rive. Elle demeurait allongée sur le ventre, seuls la tête et le postérieur affleurant à la surface. Mme Cosgrove étouffa un cri d'horreur et Bony sentit tout de suite un frisson glacé lui parcourir la nuque.

Bony s'était immédiatement dit que les corbeaux étaient probablement attirés par un mouton mort, mais pouvaient aussi l'être par le cadavre d'un homme. Le choc de la découverte ne fut donc pas instantané. D'ailleurs, le soleil brillait dans un ciel parfaitement pur.

— S'il vous plaît, demandez à plusieurs hommes de venir avec des cordes en apportant de quoi le remonter, dit-il d'une voix calme qui ne trahissait pas son émotion.

Il se rendit compte que Mme Cosgrove se dépêchait de s'éloigner pendant qu'il cherchait un bâton fourchu. Il en trouva un, cassa une des branches pour en faire un crochet et commença à se diriger vers le corps.

La pente extrêmement raide était dénuée de plantes ou de rocs qui auraient empêché Bony de glisser et, même si elle était sèche, elle n'était pas sûre à cause de sa surface caillouteuse. Il descendit en biais et, en atteignant l'eau, creusa avec son bâton une étroite corniche pour ses pieds. Puis, toujours avec le bâton, il fut en mesure d'approcher le cadavre de la rive et de l'y maintenir.

Cette découverte n'était pas à mettre entièrement au compte du hasard. Tous les broussards expérimentés savent déceler l'humeur d'un corbeau, connaissent ses habitudes, et toute personne observatrice aurait remarqué le contre-courant près de la rive. Tapi là, les talons bien enfoncés dans la pente — car glisser ne voudrait pas seulement dire tomber à l'eau, mais avoir beaucoup de difficulté à en sortir une fois trempé —, Bony avait des excuses s'il se sentait extrêmement satisfait, voire triomphant. Il lui sembla qu'une heure s'était écoulée quand il entendit des voix. Il leva la tête et vit plusieurs hommes dont le régisseur. L'un d'eux s'exclama :

— Mince alors ! C'est bien Lush.

— Tenez-le bien, inspecteur, recommanda Vickory. Nous allons vous faire descendre une corde.

Une extrémité de la corde fut attachée à un tronc d'arbre et l'autre tournoya jusqu'à Bony qui, de sa main libre, parvint à se la passer autour de la taille. Une deuxième corde subit le même sort et le régisseur descendit rejoindre l'inspecteur.

— Je vais l'attacher et nous pourrons le hisser, dit-il.

Bony l'arrêta.

— Oui, allez-y, attachez le corps, mais nous ne devons pas le tirer jusqu'en haut. Il risquerait d'être encore plus abîmé. Demandez à quelqu'un d'aller chercher une grande planche ou une tôle. Fixez-y une corde. Nous pourrons alors y déposer le corps et le remonter.

— Parfait. Je comprends, dit Vickory.

Il donna des ordres. Deux hommes se dirigèrent

vers le hangar ; d'autres arrivaient. Le régisseur attacha le cadavre et Bony, qui commençait à souffrir de crampes, remonta à l'aide de la corde.

— C'est bien Lush, inspecteur ? lui demanda Ray Cosgrove.

— Le contraire serait étonnant, répondit Bony avant de plier ses jambes ankylosées pour activer la circulation. De toute façon, le corps devra être déposé dans un hangar en attendant l'autopsie. Vous voulez bien y veiller ?

— Bien sûr. Leveska va devoir faire le trajet avec force rugissements et hurlements.

Un employé apporta une tôle de toiture avec des trous percés à une extrémité pour y passer la corde. On la descendit jusqu'à Vickory. Il la glissa sous le cadavre qui fut ainsi hissé sur la rive. On recouvrit la dépouille d'un vieux sac à laine, glissa des bâtons sous la tôle et le tout fut acheminé jusqu'à l'atelier de menuiserie.

Des hommes se rassemblèrent devant la porte, y compris le groupe que MacCurdle avait mis au travail dans le hangar à laine. On demanda aux porteurs de quitter l'atelier et Bony réclama un volontaire à l'estomac bien accroché. Surprenant tout le monde, Jacko s'avança et dit qu'il avait déjà eu l'occasion d'aider un entrepreneur de pompes funèbres.

Bony lui demanda de retourner le corps et attendit que Ray Cosgrove l'identifie.

— C'est bien Lush, confirma-t-il avant de sortir au soleil d'un pas vacillant.

Bony, que la peur des morts ne quittait pas, voulait courir le rejoindre, mais il se retint et demanda à Jacko de déshabiller le corps. Il fut obligé de se retourner et de regarder fixement par la fenêtre jusqu'au moment où le petit bonhomme le prévint qu'il avait terminé sa tâche.

— Inspecteur ! s'écria alors Jacko. Venez jeter un œil.

Bony s'agenouilla en face de lui.

— Il a un trou dans la tête, juste au-dessus du sourcil gauche. Il s'pourrait qu'ça soit une balle qu'ait tué Bill Lush.

BONY OBTIENT DE L'AIDE

Le visage triangulaire penché sur le défunt s'effilait nettement du large front surmonté d'épais cheveux bruns au menton pointu. Les yeux étaient très écartés, noisette, et brillaient maintenant de surexcitation.

— Quand je l'ai vu flotter à plat ventre, j'ai compris qu'il s'était pas noyé, dit Jacko. Les noyés remontent toujours à la surface sur le dos. Ce type a une balle dans la tête, à moins qu'elle soit ressortie par-derrière. Qu'est-ce que vous en dites ?

Ce furent les yeux bleus qui se détournèrent des yeux noisette.

— Et, à le voir, ça fait des jours et des jours qu'il est dans l'eau. En plus, les écrevisses se sont attaquées à lui. Y a pas de sang, mais le trou est bien là. Regardez.

Bony était sûr que le petit bonhomme avait lu la peur dans ses yeux et sentait encore la frayeur qui s'était emparée de lui. Il fit appel à son allié de toujours, l'orgueil, et observa le visage du mort. Jacko posa le bout d'un doigt sur le front de Lush. Quand il le retira, il apparut clairement qu'il n'avait pas accompli un exploit en matière de déduction, car le bord de la blessure était déchiqueté par les écrevisses. D'un doigt, Bony appuya sur cette zone et sentit le trou circulaire dans l'os frontal.

— Y a-t-il des dégâts indiquant que la balle est ressortie ?

Jacko secoua la tête.

— Vous savez tenir votre langue ? demanda Bony en espérant que sa voix ne tremblait pas.

Jacko émit un son qui se trouvait à mi-chemin entre le ricanement et le gloussement.

— Faites-moi confiance, inspecteur. J'ai déjà eu la bouche tellement cousue qu'un peu plus, il m'aurait fallu une paille pour picoler. Vous voulez que je la ferme ?

— Pendant quelques jours. Vous croyez que vous pourriez me rendre ce service ?

— J'suis le gars le plus serviable de la région.

— Bien ! Recouvrez le corps et sortons.

Les hommes étaient repartis et avaient laissé Vickory et Ray Cosgrove attendre le résultat du travail de Jacko. Bony se hâta vers les douches tandis que Jacko demandait du phénol et aussi deux carottes de tabac. Une demi-heure plus tard, Bony contactait le commissaire Macey.

— Nous avons sorti le corps de William Lush du fleuve, commissaire, annonça-t-il. Il est resté plusieurs jours dans l'eau. Un certain nombre d'éléments prouvent qu'il a été tué par balle.

— Ah ! souffla le commissaire, à l'autre bout du téléphone. Il y avait bien quelque chose dans cette histoire de portes, tout compte fait.

— C'est une possibilité.

— Vous parlez avec la prudence d'un avocat, mon vieux Bony. Bien entendu, il va falloir une autopsie et ça va être difficile à organiser dans l'immédiat. Leveska est parti à Sydney. Le corps devra être enterré provisoirement, semble-t-il, à moins que j'arrive à persuader un autre toubib de venir en voiture. Et par la route, ça prendrait un moment. Le fleuve fait des kilomètres de largeur.

— Très bien, commissaire, je vais faire enterrer le corps et, de votre côté, vous vous chargez d'obtenir les autorisations nécessaires. C'est clair ?

— Parfaitement ! Est-ce que vous avez un peu avancé ?

— J'ai examiné la situation et demandé à Lucas de se renseigner. Ce dernier développement de l'affaire est fort intéressant car inattendu.

— Quel rôle avez-vous joué là-dedans ? Je parie que vous n'y êtes pas pour rien.

Bony lui parla des allées et venues des corbeaux.

— Oui, ça, je vous fais confiance pour observer ces oiseaux. Vous avez quand même eu de la chance. Le corps aurait très bien pu rester au milieu du fleuve et être emporté à des kilomètres en aval. On aurait alors mis des années à le retrouver, et encore. Mais c'est toujours comme ça avec vous, Bony. Un raisonnement solide et de la chance. Moi, j'ai tout le temps pratiqué le raisonnement, mais la chance, elle, s'est faite aussi rare qu'un cochon amateur de bière. J'espère avoir de vos nouvelles demain matin.

Bony contacta ensuite le gendarme.

— J'aurais dû vous appeler plus tôt, Lucas, mais, tout d'abord, j'étais absorbé par d'autres affaires, et, deuxièmement, nous venons de repêcher Lush dans le fleuve.

— Voilà qui fait évoluer les choses, dit Lucas.

— En outre, Lush a vraisemblablement reçu une balle dans la tête.

— Oh là là ! Les portes vont refaire parler d'elles !

— C'est ce que pense le commissaire. Pour l'instant, je ne parierais pas là-dessus. Avez-vous demandé des précisions au facteur ?

— Oui. Il dit qu'après avoir traversé le fleuve, en

amont, vous vous en souvenez, il n'a croisé aucun véhicule, mais a rencontré deux trimardeurs qu'il connaissait seulement de vue. Ils se trouvaient près de cinq kilomètres au sud de la camionnette et se dirigeaient vers le nord. D'après sa description, c'étaient Harry Marche Funèbre et Mick le Maton. Il a dit qu'il les avait avertis de la crue et qu'ils semblaient surpris de la savoir si proche. Puis-je me montrer curieux, Bony ?

— J'aime bien les gens curieux.

— Que va-t-on faire du corps ?

Bony lui relata l'essentiel de sa conversation avec Macey et, quand Lucas reprit la parole, sa voix était enthousiaste.

— Nous pourrions demander au père Savery de s'en charger. Nous aurons besoin de la balle pour l'examen balistique, n'est-ce pas ? Dès que possible.

— Je comprends bien l'urgence, dit Bony avec quelque raideur. Mais, apparemment, ce père est un prêtre catholique.

— Bien sûr, inspecteur, confirma Lucas.

Son ton révélait que la réserve de Bony n'était pas passée inaperçue.

— Mais c'est aussi un médecin diplômé. Cet après-midi, en avertissant les maisons d'habitation que Lush pouvait être dans le coin, j'ai appris qu'il passait la nuit à Linley Downs. Il partira demain pour Bourke. Il pourrait faire un crochet par Mira.

— Vous croyez qu'il nous dépannerait ?

— On ne risque rien à lui poser la question. Voulez-vous que j'essaie ?

Bony hésita avant de répondre :

— Je vais recontacter le commissaire et en discuter avec lui. Je me trouve hors des limites de mon État... non que je sois très respectueux des règlements et procédures. Je vous rappellerai.

Le commissaire Macey dit que le père Savery avait souvent aidé la police et que, dans la mesure où Mme Cosgrove était juge de paix, les choses pouvaient être faites selon les règles et le corps décemment enterré. Il suggéra de contacter lui-même le père Savery et, naturellement, Bony accepta. Il était en train de dîner quand le téléphone de la maison d'habitation sonna. Ray Cosgrove alla répondre et revint dire que Macey désirait lui parler.

— Nous aurons un visiteur de marque, demain, annonça Bony en reprenant place à table.

Comme il en avait coutume, il les fit attendre, si bien que son hôtesse demanda :

— Alors, Bony, de qui s'agit-il ?

— Du père Savery, répondit-il avant de se tourner vers Ray et M. MacCurdle avec un sourire éloquent.

— Ça nous fera plaisir, dit Mme Cosgrove. Nous ne devons pas oublier de placer l'indicateur de vent, Mac... et il faudra être prêt à aller le chercher dès que nous entendrons son avion. Pourquoi vient-il, le savez-vous ?

— Pour la cérémonie funèbre, je suppose, répondit Bony.

— Mais Lush n'est pas... ou plutôt n'était pas catholique.

— Il vient peut-être nous encourager dans nos efforts pour vaincre le fleuve.

— Vous êtes parfois irritant, Bony, déclara Ray. Bon, je me débrouille bien dans le raisonnement déductif et je vais reprendre tout ça. Macey vous appelle. Vous nous dites que le père Savery va venir demain. Nous avons ici un mort. En sa double qualité de prêtre et de médecin, le père Savery pourrait procéder à une autopsie, puis enterrer le corps.

— Mais il n'était pas catholique, répéta Mme Cosgrove.

— Mieux vaut être enterré par le père Savery que n'avoir personne pour lire une prière sur sa tombe. Lush n'y verra pas d'inconvénient.

— Ta légèreté est déplacée, Ray.

— Excuse-moi, maman. Je ne me trompe pas, n'est-ce pas, Bony ?

— Vous avez bien deviné, reconnut Bony. J'admire votre perspicacité. Il se trouve que le Dr Leveska est parti à Sydney et ne pourra donc pas se rendre disponible.

— Il ne serait pas venu, de toute façon. Leveska s'occupe seulement des gens très malades.

Plus tard dans la soirée, Bony pria qu'on veuille bien l'excuser car il souhaitait se rendre dans le bureau pour téléphoner au gendarme.

Après l'avoir informé que le commissaire Macey contactait le père Savery, il demanda à Lucas de persuader le prêtre volant de faire un détour par White Bend.

— J'aimerais que vous tiriez six coups avec le calibre 32 et six avec le 44. Vous savez bien, dans une couverture suspendue à une corde, ou dans une épaisse couche de sable. J'aimerais que le père Savery apporte ces balles à Macey, avec celle qu'il trouvera, je l'espère, dans le corps de Lush.

— Je vais immédiatement parler au père Savery. Il sera d'accord pour atterrir ici car la piste est en bon état. Je lui prépare les spécimens de balles. Qu'est-ce que je fais des armes ?

— Mettez-les en lieu sûr. Bonsoir.

Quand MacCurdle entra dans le bâtiment du bureau, il trouva Bony dans la pièce à usage privé.

— Entrez, Mac, et donnez-moi le shilling que vous me devez, dit Bony.

— Vous avez dû vous mettre à l'œuvre sans tarder.

Pendant que vous arpentiez la digue avec la patronne, je suppose.

— C'est une femme imaginative et l'Australie a fait beaucoup pour elle. Asseyez-vous et fumez, si le cœur vous en dit. J'aimerais que nous bavardions un petit moment. Quel genre d'homme était son mari ?

— Il ressemblait à un jeune chien espiègle. Je ne l'ai connu qu'après la guerre. Il se trouvait en Angleterre quand elle a été déclarée et il s'est enrôlé dans la Royal Air Force. Son père est mort en 1943 et on m'a envoyé ici pour diriger l'exploitation. Mme Cosgrove mère était décédée elle aussi. Quand John Cosgrove est revenu chez lui avec son épouse et Raymond, alors bébé, il m'a demandé de continuer. En 1953, il est mort d'un cancer et j'ai perdu un véritable ami.

— Comment vous êtes-vous entendu avec Mme Cosgrove ?

— Mal, au début. Elle avait un caractère difficile, comme vous pouvez l'imaginer. Je me suis retrouvé confronté à ce problème en plus de la gestion de la propriété. Et puis, nous avons perdu la plus grande partie des terres en vertu de la loi sur le rapprochement des colons. Mme Cosgrove garde un goût amer dans la bouche, mais nous nous en sortons correctement.

— Et son fils ? insista Bony.

— C'est un assez gentil garçon, répondit MacCurdle. Il n'a cependant pas bien réussi dans ses études. Il a passé quatre ans à Wesley. Mme Cosgrove avait des ambitions pour lui, mais, finalement, elle a dû y renoncer et le laisser revenir à la maison. Il fera toutefois un bon éleveur. Pendant un moment, il avait tendance à se montrer arrogant, mais ça lui a passé.

— D'après ce que j'ai cru comprendre, les Cosgrove entretenaient de bonnes relations avec les Madden. Vous le confirmez ?

MacCurdle hésita et appliqua une allumette à sa pipe avant de répondre :

— En partie. John Cosgrove se montrait très amical envers Madden et sa femme. Mme Cosgrove a toujours été un peu réservée.

— Avait-elle des raisons pour cela ?

— Bon, vous savez comment ça se passe, Bony. En Australie, on juge un homme d'après sa profession et sa fortune. Sur le Vieux Continent, on considère plutôt ce qu'étaient son grand-père et son père. Jeff Madden était foreur avant d'obtenir ses terres grâce à la nouvelle loi. Il s'en est bien tiré, mais un foreur reste un foreur, si vous voyez ce que je veux dire.

— Oui. Entre nous, Mac, savez-vous que Ray et Jill sont très amoureux, mais qu'ils ont peur de l'annoncer ?

Le directeur d'exploitation eut un large sourire.

— Un jour, nous avons oublié d'envoyer une lettre importante et je l'ai apportée à la boîte car Ray était déjà parti avec le sac de courrier. Je les ai surpris tous les deux en train de s'embrasser derrière un arbre. Je crois que tout le monde est au courant sauf Mme Cosgrove.

— Croyez-vous qu'elle réagirait mal ?

— J'en suis sûr. Ray s'est confié à moi et je lui ai conseillé d'attendre un peu.

— Tout le monde, dites-vous. Et Lush ?

— Ça, je l'ignore. Je parlais des gens d'ici.

— Mac, dites-moi une chose qui m'intéresse sur le plan professionnel. Comment Ray passe-t-il ses soirées ?

— Il lit un peu, je crois. Il écoute la radio. Et il joue une heure ou deux aux cartes avec les Vickory...

— Excusez-moi d'insister. Est-il souvent allé faire sa cour le soir ?

— Oui, j'en suis persuadé.

Le regard de MacCurdle pétilla.

— Je sais que je l'aurais fait à son âge, si j'en avais eu la possibilité.

MacCurdle vit les yeux bleus se durcir.

— Essayez d'être plus explicite.

— Je me rappelle qu'un soir, sa mère voulait le voir. C'était au sujet de documents administratifs. Ray n'était pas là. Je me suis faufilé chez Vickory, il ne s'y trouvait pas et il n'était pas non plus allé voir les employés, comme ça lui arrive parfois. Le lendemain, il a dû s'expliquer et s'en est sorti en disant qu'il était allé à la pêche. Il m'a avoué qu'il avait passé la soirée avec Jill Madden parce que Lush était parti au bourg.

LE PRÊTRE VOLANT

Le lendemain, le petit déjeuner fut avancé d'une demi-heure et, à 7 heures, de puissants moteurs troublèrent la froide matinée et les hommes commencèrent à réparer la digue. Le fleuve était monté d'un mètre cinquante, à une vitesse que MacCurdle estima à quinze centimètres par heure, et le temps était moins ensoleillé.

Bony rendit visite au cuisinier des employés, un homme à la fois robuste et flegmatique, chauve, aux yeux noirs et au teint pâle. Dans l'intérieur des terres, c'était singulier et il parlait d'ailleurs avec l'accent que les acteurs, à la radio et au cinéma, prennent généralement pour caractériser l'ouvrier — un accent qui venait à l'origine des taudis de Sydney et de Melbourne, où, à une époque, le cockney avait prédominé.

— Bonjour, inspecteur.

— Bonjour. Vous voilà avec du travail en perspective.

— Ouais. Dix personnes supplémentaires. Et vous, vous avez un cadavre sur les bras. Mon aide me disait que Lush était pas bien beau, maintenant. Il l'a jamais été, mais il est encore plus horrible qu'avant.

— Comme je ne le connaissais pas quand il était

en vie, je serais bien incapable de juger son état actuel, dit Bony en frémissant intérieurement.

Le cuisinier émit un gloussement qui semblait prendre sa source très bas, à proximité de ses chaussons.

Bony trouva Jacko en train de couper du bois pour les fours.

— Bonjour, inspecteur. Comment ça va ?

— Moyennement, Jacko, moyennement. Vous croyez que le cuisinier pourrait se passer de vous pendant environ une heure, un peu plus tard dans la matinée ? Le père Savery va arriver et il aura peut-être besoin d'aide.

— Moi, je suis d'accord, dit Jacko avant d'ajouter à voix basse : Il va extraire cette balle ?

— Si elle est là. Et ensuite, il faudra enterrer le corps. Est-ce que vous connaissiez assez bien Lush pour l'identifier dans une déclaration signée ?

— Si je le connaissais ? C'était le plus grand salaud du fleuve. Ça, je vais l'identifier et je chanterai de joie en signant ma déclaration.

— Alors, je vous enverrai chercher quand le père Savery aura besoin de vous.

Bony se dirigea vers la maison, chercha Mme Cosgrove et lui demanda si elle voulait bien l'accompagner jusqu'au bureau. Ils virent MacCurdle et Ray partir avec un théodolite et Bony invita son hôtesse à s'asseoir dans la pièce du fond.

— Je devine ce que va donner l'autopsie et j'ai besoin de faire appel à vous en tant que juge de paix, dit-il. Vous allez devoir signer des documents concernant l'identification du défunt et aussi des déclarations relatives à l'autopsie, dans la mesure où il faudra enterrer le corps sur place. Je ne pouvais pas demander au père Savery de l'emmener à Bourke, car ce n'était pas nécessaire. Il est déjà assez accommodant comme ça.

— Tout ce que vous voudrez, Bony. Il faut bien en passer par là, même si c'est désagréable. Ensuite, nous pourrons consacrer tous nos efforts au fleuve.

Mme Cosgrove pinça les lèvres. L'expression « femme bien conservée » était appropriée, ce matin-là. Elle n'était pas maquillée et portait une tenue de travail.

— Le résultat de l'autopsie ne sera pas ce que vous croyez et je veux vous mettre dans le secret parce que l'affaire est devenue extrêmement grave. Voyez-vous, Lush ne s'est pas noyé, il a été tué par balle.

— Oh ! ça se présente mal.

Mme Cosgrove considéra Bony avec une attention soutenue.

— C'est Jill ? La nuit où elle a veillé pour l'attendre ?

— Nous ne le saurons pas avant quelques jours.

— Elle m'a tout de suite dit que s'il était entré de force, elle l'aurait tué. Je n'irais pas le lui reprocher. La situation était terrible pour elle.

— Mon opinion dépendra de ce que le père Savery découvrira. Nous devons garder l'esprit ouvert à toutes les possibilités. Sur le plan personnel, je m'aperçois que j'aime bien Jill. Et vous ?

— C'est une gentille jeune fille, répondit Mme Cosgrove. Ses études lui ont donné une facilité d'élocution et de bonnes manières. Bien sûr, c'est la première fois que j'ai l'occasion de la recevoir. Je suis bien d'accord avec vous, nous devons garder l'esprit ouvert à toutes les possibilités et je continuerai à agir en bonne chrétienne.

— J'en suis persuadé. Nous bavardions hier et je pense qu'elle serait heureuse que vous lui confiiez une tâche quelconque en cette période difficile que représente la crue — nous aviserons quand nous connaîtrons le résultat de l'autopsie.

— Oui, je crois que ce serait judicieux. D'accord, je trouverai de quoi l'occuper. Vous ne savez pas quand le père Savery va arriver ?

— Pas exactement. Dans le courant de la matinée. Est-ce que l'indicateur est en place ?

— Oui. Je me disais que nous pourrions aller l'accueillir tous les deux. Il nous préviendra de son arrivée. C'est un homme merveilleux.

Le père Savery les avertit de son arrivée en volant à basse altitude au-dessus de la ligne droite du fleuve. L'avion s'éleva ensuite en rugissant, survola le logement des employés et tournoya au-dessus de la grande maison sans effleurer le toit avec ses roues. Mme Cosgrove conduisit la voiture pour parcourir les huit cents mètres qui les séparaient de la piste d'atterrissage et ils arrivèrent à temps pour que Bony puisse aider à amarrer l'appareil, par précaution contre le vent.

Le père Savery était un homme très fort, bardé de muscles énergiques plutôt que de graisse. Il avait également le visage large, surmonté par des cheveux châtains qui se dressaient sur sa tête et augmentaient d'au moins sept centimètres sa taille d'un mètre quatre-vingts. Il parlait avec une voix douce, à l'accent nettement anglais, et, quand on le présenta à Bony, ses yeux noisette furent le siège de rides concentriques.

— J'ai un paquet pour vous de la part de Lucas. Faites-m'y penser. J'ai aussi un message du commissaire Macey. Vous avez l'ordre de regagner immédiatement votre poste à Brisbane, et de repartir avec moi aujourd'hui.

— Comme c'est gentil au commissaire de relayer cet ordre, mon père, et comme c'est gentil à vous de me le transmettre ! On a perdu beaucoup de temps par le passé avec des choses aussi insignifiantes et je ne doute pas qu'on en perdra aussi à l'avenir.

— Ha ! Un rebelle ! Un horrible non-conformiste ! On m'a beaucoup parlé de vous. Certains prétendent que vous ne vous conformez même pas à l'anticonformisme. Que pensez-vous de lui, Betsy Cosgrove ?

— Il ne me laisse pas le temps de me faire une opinion, répondit Mme Cosgrove avant de freiner et de s'arrêter devant le bureau. Allez, venez tous les deux, nous allons prendre le thé sur la véranda.

Le père Savery paraissait ne pas s'intéresser beaucoup à la raison de sa visite car il parla des voisins qui habitaient à cent cinquante kilomètres en amont du fleuve. Comme Jill Madden était présente, Bony trouva que c'était très diplomate de sa part. Ensuite, Bony escorta le prêtre jusqu'au bureau et, là, évoqua la blessure suspecte du défunt.

— Si la balle se trouve toujours dans son corps, nous en aurons besoin pour la faire examiner, mon père.

— Elle ne sera pas difficile à dénicher, inspecteur. Macey m'a laissé entendre que ce n'était pas un accident qui avait entraîné la mort. Vous avez, bien entendu, identifié le corps. William Lush était un homme malveillant. Sa femme, paix à son âme, était simple et douce. Bon, nous nous y mettons ?

— Le corps se trouve par terre, dans l'atelier de menuiserie. Vous voulez qu'on l'installe sur l'établi, je présume ? Je vais aller vous chercher un aide. Excusez-moi une minute.

Bony se rendit à la cuisine des employés et ramena le petit bonhomme qui, une fois à côté du prêtre, parut encore plus minuscule.

Le père Savery s'exclama d'une voix tonnante :

— Je vous connais, Jacko. Qu'est devenue votre fille ?

— Elle s'est mariée avec un boucher, monsieur l'abbé. A Mildura. Ils s'en sortent bien. Ils ont un autre gosse, tout ça.

— Content de l'apprendre. Content qu'elle n'ait pas mal tourné comme son bon à rien de père. Vous êtes toujours vagabond, je suppose.

— Qui ça ? Moi, mon père ? Je travaille.

— Fort bien. Continuez.

Le père Savery fut conduit à l'atelier et supervisa l'installation du corps sur l'établi de menuiserie. Bony se posta devant la fenêtre et refusa de regarder le déroulement de l'autopsie. Jacko, en revanche, s'y intéressa énormément. L'inspecteur entendit le bavardage suivant :

— C'est là que ce salaud l'a chopée, mon père. Pardon, monsieur l'abbé. La balle est entrée juste là. Ça, j'vous parie une livre.

— Hum ! Ôtez-vous de la lumière. Il a dû mourir par balle. Il n'a pas l'air noyé.

— Il est remonté le cul en premier, affirma Jacko. Les noyés remontent le ventre en premier.

— Intéressant, Jacko, mais ce n'est qu'une théorie. Pas de blessure de l'autre côté, donc elle doit être restée dans le crâne. Les balles ont des trajectoires bizarres une fois à l'intérieur. Vous ne saviez pas que j'avais été chirurgien militaire pendant la dernière guerre, hein ?

— Ah bon, mon père ? Mince alors !

— Vous voyez donc que mon expérience pour extirper des balles va se révéler utile ce matin. Tenez la tête. Comme ça. Empêchez-la de bouger.

— Ça me rappelle quelque chose, dit Jacko. Mon patron et moi, on a dû aller chercher un mort un jour. On arrive dans le fourgon. Le type est allongé sur son lit, plutôt confortablement, et, juste à ce moment-là, le téléphone sonne dans le couloir et le patron répond parce qu'y avait personne dans la maison. Et alors, il revient en courant et hurle : « Grouille-toi, Jacko ! On s'est trompé d'adresse ! »

— Vous ne regardez pas ce que vous faites, dit le prêtre. Concentrez-vous sur votre tâche.

— J'avais l'impression de bien m'débrouiller, mon père. Tout d'un coup, j'me sens plus aussi vaillant.

— Pensez à votre travail, pas à votre estomac. Bon, où allons-nous trouver cette balle ? J'en ai cherché une, un jour. Elle était entrée sous l'oreille gauche et ressortie entre la deuxième et la troisième côte gauche. Ha ! je l'ai peut-être. Non, tenez bon. Dites donc, le type aurait été chamboulé s'il s'était réveillé dans un corbillard. Ça me rappelle... Ha ! la voilà, Jacko. Une jolie petite chose bien ronde, tirée d'un calibre 32. Étonnant ! Elle a dû tournoyer à l'intérieur du crâne. Poussez-moi tout ça dans le seau et nous allons jeter un petit coup d'œil aux poumons.

— Je préférerais m'occuper de l'embaumer, mon père.

— Y a pas de préférence qui tienne. Continuez.

— C'est marrant, remarqua Jacko quelques instants plus tard. On dirait des poumons de mouton. Alors ?

— Y a pas d'eau là-dedans. Il était mort avant l'immersion.

— J'aimerais bien être instruit. J'aurais pas besoin d'jouer aux devinettes pour savoir c'que veut dire l'immation.

— Allez, maintenant, nous allons tout nettoyer, Jacko. Et merci pour votre aide.

— Pas de quoi, mon père. Je vais vider ça et je reviens tout de suite.

Bony ne se serait pas retourné, même si on lui avait offert cent livres. Le père Savery se mit à rire tout bas et dit :

— Nous allons redevenir respectables dans une minute, inspecteur. A chacun son métier. Je vais demander à l'ami Jacko de laver la balle.

— Pouvez-vous préciser si elle a été tirée de près ? demanda Bony.

— Non, je ne peux pas. Comme je l'ai dit, la trajectoire d'un tel projectile est souvent fantasque une fois qu'il est entré dans le corps. Sans connaître la vitesse initiale, je ne peux même pas hasarder une réponse. En tout cas, il n'y a pas trace de brûlure, mais ça ne veut rien dire, dans la mesure où les écrevisses ont attaqué la blessure.

Jacko revint et s'exclama :

— Mince alors ! Vous l'avez fait tout beau, mon père. Tout prêt pour le caisson. S'il y en a un dans l'coin. Moi, j'le ficherais dans la digue d'un coup de bulldozer. Le sa...

— Ça suffit, Jacko, le réprimanda sévèrement le père Savery. La vie de cet homme n'est plus notre affaire et nous devons respecter la création du Tout-Puissant. Une fois que nous aurons placé le corps dans ce sac à laine, vous laverez les gants et, ensuite, vous sortirez la tôle et vous la rincerez bien. Je vais demander à Mme Cosgrove de vous offrir une demi-livre de tabac.

Bony sortit et inspira profondément. Dix minutes plus tard, le prêtre le rejoignit.

— Dans une maison, quelqu'un a tiré avec une carabine calibre 32, dit Bony. La balle a traversé le plâtre du plafond et le toit de tôle, au-dessus. Si l'assassin de Lush se tenait, disons à trois mètres de lui, est-ce que la balle ne lui aurait pas traversé la tête ?

— C'est une question difficile, inspecteur. Tout dépend des angles, des courbes, de la distance entre l'arme et le point d'impact. Est-ce que c'est un point important ?

— Jusqu'à ce que le laboratoire détermine si la balle que vous avez extraite provient de l'arme avec laquelle Lucas a fait feu ce matin, oui. Obtenir ce renseignement va prendre plusieurs jours. Je vais joindre la balle que vous avez trouvée au paquet que Lucas vous a chargé d'apporter et vous demander de remettre le tout au commissaire le plus vite possible.

— Vous parlez par énigmes, mais je ferai ce que vous me demandez. Je vous ramène à Bourke ?

— Non, mon père. Je ne regagnerai Bourke que lorsque j'aurai achevé mon enquête. Comment réagiriez-vous si on vous ordonnait de sortir de l'église en plein milieu de votre messe ?

— Je pourrais me mettre en colère.

— Je vais tâcher de me contenir, mais je suis souvent obligé de faire un grand effort pour ne pas perdre patience.

— Vous êtes revigorant, inspecteur. Ça m'a fait plaisir de faire votre connaissance. Je dois maintenant aller me récurer. Je suis peut-être chirurgien, mais je suis loin d'être aussi coriace que l'ami Jacko. Il est complètement insensible. Et il a de la chance.

— Surtout par rapport à moi, mon père. S'il vous plaît, venez me rejoindre au bureau dès que vous le pourrez.

AU CAMP DES TRIMARDEURS

Les dix trimardeurs embauchés par Mme Cosgrove préférèrent rester près du hangar à tonte que s'installer avec les autres travailleurs. Ils étaient unis par le lien ténu de la route et subissaient l'influence spirituelle qui gouvernait aussi les aborigènes. Ils étaient beaucoup plus proches de la nature secrète de ce pays que la plupart des employés d'une exploitation, qui, eux, ne bougeaient pas pendant des années.

Quand un vent froid se remit à souffler du sud-est, ils se rassemblèrent autour de leur feu, entre le hangar et la digue. Certains étaient accroupis sur leurs talons, d'autres assis sur de vieilles caisses ou des bidons à essence. Le vent jouait sur un gommier proche. Le fleuve avait une voix bien à lui et la lueur du feu peignait en rouge les visages des seuls hommes libres d'Australie. Quand Bony s'approcha, ils s'efforçaient de persuader Jacko de leur raconter le résultat de l'autopsie.

Jacko n'avait pas beaucoup dévié de la vérité. Avec beaucoup de verve, il avait décrit la façon dont le père Savery manipulait le couteau et la scie, tout en faisant d'horribles comparaisons avec le corps de victimes d'accident de la route, dont il s'était occupé dans son ancienne profession. Mais son public comprit qu'il gardait quelque chose pour lui. Jacko était au bord du désespoir au moment où Bony se détacha de la nuit pour entrer dans le cercle.

— Vous pouvez annoncer la nouvelle, maintenant, Jacko, dit-il en s'asseyant sur un bidon.

Il se roula une cigarette et attendit que Jacko prenne la parole. Il eut conscience du silence pesant et sentit des regards durs fixés sur lui. En tant que policier, il était le dernier des derniers pour ces hommes, même s'il ne s'agissait pas vraiment de hors-la-loi. Leur comportement découlait des mauvais jours qu'ils avaient connus.

— J'ai demandé à Jacko de ne pas ébruiter ce qui est arrivé à Lush, leur dit-il. Je l'ai fait pour que la belle-fille de Lush ne l'apprenne pas par des moyens détournés. Depuis mon arrivée, je n'ai pas entendu un seul mot gentil sur Lush, mais beaucoup de paroles de sympathie pour sa malheureuse épouse. Je me demande même pourquoi Lush n'a pas eu de problème plus tôt. Allez-y, maintenant, Jacko.

— Bon, voilà, commença Jacko.

Puis il fit habilement gicler du jus de chique sur le grand feu, ne manifesta pas le soulagement qu'il éprouvait et continua à titiller la curiosité de son public.

— Le curé m'a demandé si, à mon avis, il valait pas mieux jeter un coup d'œil aux poumons de Lush pour nous assurer qu'il s'était bien noyé. J'lui ai dit que c'était une bonne idée, même si j'étais certain qu'il s'était pas noyé, vu qu'il était remonté le cul le premier. L'inspecteur est là pour le confirmer.

Jacko marqua une pause et Bony fit un signe de tête.

— C'est bien connu, quand un noyé remonte à la surface, c'est le ventre en premier, et, comme je le disais, Lush, lui, est remonté de l'autre côté.

— Tu nous l'as déjà dit, déclara Mick le Maton.

— Ben, le curé, il était d'accord. Il a ouvert Lush et on n'a pas trouvé une goutte d'eau dans son corps. J'voyais bien qu'le curé était un peu embêté, comme qui dirait, et j'lui ai glissé qu'en tombant de la falaise, Lush avait peut-être heurté un roc qui l'avait assommé.

— Qui c'est qui faisait ce fichu boulot, toi ou le père ? demanda doucement le gros type qui s'appelait Wally Watts.

— On l'faisait ensemble. J'tenais l'macchabée et l'curé le découpait, dit Jacko en guise de compromis. Et alors, on l'a bien regardé de partout et que je sois foudroyé si j'ai pas vu l'trou qu'une balle lui avait fait dans la tête. C'est pas vrai, inspecteur ?

— Tout à fait, reconnut Bony. C'est vous qui avez découvert la blessure par balle.

— Alors, on l'tourne dans tous les sens pour voir par où la balle est ressortie. Ben, elle est pas ressortie. Donc, le curé me dit qu'on va lui enlever un morceau d'calotte pour regarder à l'intérieur. Et la balle était là, une jolie petite balle de calibre 32.

Jacko s'interrompit une nouvelle fois, comme si, cette fois, il s'attendait à être applaudi. Le silence s'abattit sur eux et, en fond sonore, on entendait le doux gargouillis de l'eau et, au loin, le glapissement d'un renard.

— Il a été tué, dit platement un homme assez âgé, aux cheveux grisonnants.

— Il a été tué. Il avait une balle de 32 dans la tête, affirma Jacko à l'assemblée. Bien enfoncée dans sa vieille caboche. Vous savez, ça n'avait rien d'étonnant, mais j'ai été surpris, même s'il était pas remonté le ventre en premier. Ça fait des années qu'on aurait dû lui tirer dessus. Pas vrai, Champion ?

L'homme à la moustache et aux cheveux blancs,

qui avait raconté d'où venait William Lush, hocha sa tête pesante.

— Sûr, Jacko, dit-il. Le vieux Bill Lush avait fait de son pub une bonne petite affaire. La mère Lush bossait comme dix et distribuait une partie de ce que gagnait son mari. C'était une femme formidable. Elle renvoyait jamais un type affamé et une fois qu'il avait dépensé tout ce qu'il avait gagné, elle le laissait pas reprendre la route sans lui donner un sac plein de provisions et une demi-bouteille pour l'aider à repartir du bon pied. Ils auraient dû s'y mettre tous les deux pour étrangler le gosse à la naissance. Il les a poussés dans la tombe et a dispersé aux quatre vents ce qu'ils possédaient.

— Et puis, il est venu par ici, il a épousé Mme Madden, il l'a tuée à coups de pied et il a eu droit à une balle dans le ciboulot, conclut Mick le Maton.

— Et la police va arrêter le type qu'a fait ça et le mettre en taule pendant dix ans, dit un homme maigre qui louchait. C'est pas vrai, inspecteur ?

— C'est la loi. Ce n'est pas moi qui l'ai faite, dit Bony. J'ai vu Mme Lush après sa mort et je suis bien d'accord avec Champion. Il aurait dû mourir beaucoup plus tôt.

— Alors ? Qu'est-ce que je vous disais, les gars, hein ? s'écria Jacko. Où on en serait, nom de Dieu, si y avait pas les flics ? Répondez-moi. Ben, les gros costauds comme Wally Watts feraient la loi et les petits comme moi seraient tabassés et zigouillés juste pour avoir regardé quelqu'un de travers.

— Moi, j'les aime pas. J'les ai jamais aimés, dit un homme solennel qui portait un manteau dont les pans déchirés flottaient au vent.

— Moi non plus, mais il faut bien qu'y en ait, de toute façon, soutint Jacko.

Un homme très grand qui était assis sur une caisse, les coudes sur les genoux, s'étira et, de la poche de son vieux pardessus vert, sortit un harmonica. L'instrument brillait à la lueur du feu. L'homme le porta à ses lèvres et produisit une note avant que Mick le Maton tende la main pour le lui retirer.

— Pas de ça, Harry. On travaille, dit-il tranquillement.

Le musicien découragé ne protesta pas et reprit sa pose précédente. Bony le reconnut. C'était Harry Marche Funèbre, rasé et coiffé.

— Ce qui me dépasse, c'est qu'on ait retrouvé Lush à cet endroit, dit Champion. Je me disais qu'il aurait dû être emporté par les premières eaux qui ont dévalé. Il était sans doute dans un trou, en amont, sûrement là où on a retrouvé sa camionnette. En principe, à la première vague de débris qui a agité tout ça, il aurait dû remonter. Mais non. Il attend un moment et puis voilà qu'il refait surface, bien gentiment, un peu plus bas.

— Qu'est-ce que vous en pensez, inspecteur ? demanda le gros Wally Watts.

— Je ne suis pas spécialiste en corps immergés, noyés ou non, avoua Bony. Ça semble plutôt être le rayon de Jacko. L'état du corps prouve certainement qu'il a séjourné plusieurs jours dans l'eau. A mon avis, nous pouvons parier que c'était dans le trou d'eau qui se trouve sous les boîtes aux lettres. Comme l'a dit Jacko, Lush ne s'est pas noyé. Il était mort quand il est tombé ou a été poussé. Je crois que le corps a dû s'enfoncer rapidement, puis reposer sur une souche ou une branche gorgée d'eau.

« Comme le trou est très profond, lorsque les premières eaux et les suivantes ont dévalé dessus, ça ne l'a pas fait bouger. Quand, selon une loi naturelle, il est remonté, les eaux étaient plus hautes et le courant qui tourbillonne dans le coude l'a porté jusqu'à la ligne droite, puis sur la rive d'en face, celle-ci. Si vous regardez bien la surface de l'eau, vous verrez qu'au bord, il y a des petits contre-courants qui amassent des débris. C'est l'un d'eux qui a retenu le corps.

— C'est pas compliqué quand on sait comment ça s'passe, hein ? dit un homme à son voisin.

— Vous avez eu d'la chance de marcher sur la rive et d'le repérer, fit observer Champion.

— Je ne l'ai pas repéré. J'ai vu deux corbeaux qui avaient l'air de marcher sur l'eau, et d'autres qui voletaient tout autour. Comme nous le savons tous, les corbeaux ne marchent pas sur l'eau. Mais ils se posent sur des carcasses de mouton. Ces deux-là étaient posés sur le cadavre de Lush.

— Vous avez tiré vos petites conclusions et sauté sur l'occasion qui se présentait à vous, dit Mick le Maton. Bon, j'suppose qu'on vous a pas nommé inspecteur par plaisir.

— Vous avez peut-être raison, reconnut Bony en riant.

Plusieurs hommes se mirent eux aussi à rire. Ils commençaient à l'accepter parce qu'il ne manifestait pas l'excès de zèle qu'ils avaient l'habitude de voir chez un policier. Ils étaient également conscients que c'était l'instruction qui l'avait élevé au-dessus du lot commun ; ils l'entendaient dans sa voix, la pressentaient dans son aisance, car ils avaient tous rencontré, à un moment ou à un autre, un éleveur fortuné dépourvu de condescendance et un ministre du culte ayant appris à se mêler aux autres sans les juger.

— Et maintenant, vous allez rechercher le type qui a réglé son compte à Lush, dit Wally Watts. Avec la balle qu'on a retrouvée, on est plus ou moins obligé d'écarter l'idée qu'il ait pu tomber dans l'trou à cause de l'obscurité.

— Je vais rechercher cet homme.

— Vous croyez que vous allez le retrouver ? demanda Mick le Maton

— La crue ne va pas me faciliter la tâche.

— J'aimerais pas être à votre place, dit Jacko. Mince alors ! Le nombre de types qu'ont pu être balancés dans la flotte de ce fleuve ! Y en a des centaines. Ils ont attrapé l'« homme qu'on n'a pas pu abattre », un peu plus bas, à Taylor's Crossing, ils lui ont flanqué des beignes, l'ont mis sur la sellette, mais les jurés voulaient pas le fusiller. Alors il est ressorti libre, parce qu'ils pouvaient pas trouver de corps. Et, à c'moment-là, il leur a dit qu'il avait fait l'coup et qu'ils pouvaient aller s'faire voir parce qu'on peut pas juger quelqu'un deux fois. J'me demande c'qu'il est devenu. Quelqu'un le sait ?

— Ouais. Il a campé avec nous y a deux mois, dit l'homme qui louchait. Il est toujours d'attaque. C'est un petit fleuve formidable pour disparaître. Vous avez entendu parler de cette affaire, inspecteur ? Ça s'est passé en 39.

— C'était avant mon époque, répondit Bony.

— Bon, l'« homme qu'on n'a pas pu abattre » était en train de dépiauter un mouton, sur la rive. Deux gamins sont arrivés et l'ont observé. Ensuite, ils ont couru chez eux et ont raconté ça à leur vieux. Il a attrapé une carabine et s'est précipité à l'endroit que les gosses lui avaient indiqué. Il est jamais revenu. Au bout d'un moment, sa femme et les gamins sont allés voir et ont trouvé l'« homme qu'on n'a pas pu abattre » endormi et la carcasse de mouton accrochée à une branche. Il n'y avait pas de peau, seulement la carcasse et les os des côtelettes qu'il avait fait griller. Il a été inculpé pour meurtre. Il a affirmé à la police que s'il avait tué le type, il aurait filé. C'était un malin. Apparemment, le type s'était rué sur lui, il lui avait arraché la carabine et donné un coup de crosse. Et il s'était contenté de jeter le corps dans le fleuve.

— J'me suis toujours intéressé à c'te rivière, dit Champion. Vous avez un cadavre et une balle, inspecteur, mais la rivière va jouer contre vous.

— C'est possible, dit Bony. Mais il faut bien que j'essaie de retrouver celui qui a tué Lush.

— Comment vous allez vous y prendre, inspecteur ? demanda Bigleux.

Bony sourit d'une façon désarmante et expliqua :

— On sait que Lush a quitté White Bend vers 22 h 30, le 18 juillet. On sait également que lorsqu'il était soûl, il conduisait très lentement et on peut penser qu'il est arrivé aux boîtes aux lettres vers minuit. Personne ne s'est présenté pour dire qu'il avait vu la camionnette abandonnée avant que le fils Cosgrove apporte le courrier, à 11 h 45, le lendemain matin. Près de douze heures se seraient donc écoulées après cet abandon présumé, en raison d'une panne d'essence.

« Pendant tout ce temps, aucun véhicule n'est passé dans l'un ou l'autre sens, pour autant que la police puisse le savoir. A cet endroit-là, le sol est poudreux et le vent avait soufflé pendant la nuit. Je n'ai pu repérer aucune trace de pas quand j'y suis allé le lendemain, en fin de journée, ni les jours suivants. Il n'y a donc pour l'instant aucune preuve que Lush ait été tué près de ces boîtes aux lettres.

— On lui a peut-être tiré dessus chez lui, dit Bigleux.

— Peut-être. Mais aussi ailleurs, dans cette propriété. Ou au camp des trois hommes qu'on appelle « les Frères », et qui s'étaient installés sur la rive d'en face. Tout le monde le détestait et pouvait avoir un mobile. Comme son corps a été découvert en amont de cette maison d'habitation, il a presque certainement été abattu quelque part en amont.

« La question qui se pose, c'est par qui, compte tenu du moment et du lieu. Mme Cosgrove a pu le tuer. Jill Madden aussi. C'est peu probable, mais possible. N'importe quel employé de Mira a pu le tuer. Les Frères aussi, tout comme n'importe lequel d'entre vous.

Bony posa les yeux sur chaque homme à tour de rôle et marqua une pause pour se rouler une cigarette. Personne ne dit mot. Il reprit alors :

— Ma tâche est de découvrir qui a fait passer William Lush de vie à trépas. Comme je suis payé pour ça, je ferai de mon mieux. D'ailleurs, à ce propos, il y a quelque chose que je n'ai jamais compris. La loi défend de commettre certains actes. Si quelqu'un les commet quand même, il sait très bien qu'il viole la loi. Alors ? Eh bien, il fait le pari qu'il ne se fera pas prendre. Quand on les attrape, quatre-vingt-dix-neuf pour cent des assassins gémissent, grognent et crachent leur venin sur la police. Mais ils ne gémissent pas quand ils perdent une livre sur un cheval, ou manquent le gros lot à un chiffre près. La plupart des gens sont assez beaux joueurs, alors pourquoi ne le seraient-ils pas s'ils parient contre la police et perdent ?

— Et quand la police raconte des bobards pour vous envoyer en prison ? demanda un homme qui n'avait pas encore pris la parole.

— Les choses ne s'arrêtent pas à la police. Le type que vous appelez l'« homme qu'on n'a pas pu abattre » a été libéré par des jurés, au tribunal. Ensuite, il a reconnu qu'il avait tué l'éleveur. A mon avis, c'est un beau joueur, un parieur malin. En tout cas, c'est ma façon de voir les choses. Moi, je parie que je trouverai qui a tué Lush. Que le type en question parie le contraire. De mon côté, je n'ai aucune rancune personnelle. Alors pourquoi devrait-il y en avoir du sien ? C'est lui qui a fait le pari.

— Ça se défend, dit Jacko en crachant une nouvelle fois du jus de chique. Un grand costaud s'attaque à un petit bonhomme et le petit parie que le gros va pas le démolir. S'il perd, il a pas l'droit d'se plaindre.

Bony poursuivit :

— Et, dans l'affaire dont nous discutons, vous pouvez me croire si je vous dis que je vais tout faire pour retrouver l'assassin de Lush, mais, en même temps, j'espère qu'il gagnera son pari, parce que Lush était un type qui méritait d'être abattu.

— Vous savez, vous êtes un drôle de type, dit l'homme solennel au manteau déchiré. J'serais pas surpris...

Il fut interrompu par un geste brusque de Harry Marche Funèbre. Harry se leva, fixa le fleuve invisible, par-dessus le feu, et ses lèvres lâchèrent le premier « Boum ! ». Il se retourna lentement, fit un pas en direction du hangar et émit un second « Boum ! ».

Mick le Maton se leva lui aussi, l'attrapa par le bras et dit :

— Ça suffit, Harry. On travaille et on a pas de temps à perdre avec ça.

— Je suis mort ! Je suis mort ! répéta Harry en s'éloignant d'un pas cadencé.

Son copain rondouillard s'agrippait à son bras. Ils sortirent alors du champ de vision des hommes groupés autour du feu.

— Demain, j'aurai besoin de vous poser des questions à tous, annonça Bony. Il faut que je sache où se trouvait chacun d'entre vous dans la nuit du 18 au 19 juillet et le lendemain matin jusqu'à midi. Vous pourrez faire vos dépositions pendant vos heures de travail.

LA PLUIE

Bony se réveilla en entendant la pluie frapper le toit de tôle. Dans la pièce du petit déjeuner, il trouva un MacCurdle très inquiet et un Raymond Cosgrove qui ne l'était pas moins.

— La pluie est arrivée tout d'un coup, déclara le directeur d'exploitation. La météo ne l'avait pas prévue. Elle a commencé à tomber peu après 4 heures du matin.

— Je viens de vérifier. Jusqu'à présent, il est tombé vingt millimètres, et on dirait que ça ne va pas s'arrêter, ajouta Ray. Une averse merveilleuse, qui arrive à point nommé.

— A condition que le ruissellement ne coïncide pas avec le plus fort de la crue. Sinon, on pourrait être dans de sales draps.

— Est-ce que ça empêcherait les hommes de travailler ? demanda Bony, et ils lui répondirent que la pluie ralentirait seulement le renforcement de la digue.

Une fois dehors, Bony trouva la matinée magnifique. Il n'avait pas plu depuis plusieurs mois ; la terre absorbait la précieuse humidité et, en retour, libérait des arômes que seul un sol semi-aride pouvait produire. Au bout d'une heure, l'inspecteur contacta le commissaire Macey.

— Oui, nous avons envoyé les échantillons au labo, lui dit-il. Nous devrions recevoir le rapport dans l'après-midi. Apparemment, la balle qui a traversé la porte l'a tué, hein ?

— C'est possible, dit prudemment Bony. J'attends ce rapport, commissaire. Il pleut chez vous ?

— Il tombe des cordes. On a déjà eu plus de vingt-cinq millimètres. Tout le monde saute de joie. Je suppose que Mira ressemble à un bourbier. Le père Savery se serait enlisé, aujourd'hui. Quelle impression vous a-t-il faite ?

— Il est à son affaire dans cette région de l'intérieur, répondit Bony. J'ai rencontré beaucoup de bons religieux, mais un seul comme le père Savery, et c'était un frère du bush. J'espère que vous l'avez remercié avec effusion.

— Soyez-en assuré, Bony. Il nous a dit qu'il avait été bien aidé par quelqu'un qui avait travaillé dans les pompes funèbres.

— Oui, un petit bonhomme qui s'appelle Jacko.

— Il m'a donné son nom. Il n'a pas de casier. L'histoire qu'il a racontée sur la fois où ils s'étaient trompés d'adresse était marrante. Jacko a une sacrée personnalité. Vous êtes verni. Nous, nous n'avons que des ivrognes à nous mettre sous la dent.

— Ah ! Mais c'est que je modèle les personnalités, commissaire. Je les épanouis par la gentillesse. J'ai une liste de noms pour lesquels j'aimerais bien savoir s'il y a un casier judiciaire. Vous voulez bien les noter ?

Bony lut sa liste des dix hommes. Macey lui dit qu'il allait demander qu'on vérifie et qu'il le rappellerait. Trente minutes plus tard, il téléphonait.

— C'est au sujet de vos types, Bony. Vous êtes prêt ?

Bony nota :

Jacko : pas de casier.
Harry Marche Funèbre : pas de casier.
Mick le Maton : pas de casier.
Champion : six mois pour vol d'un cheval.
Wally Watts : pas de casier.
Bill, Ned et Silas, *alias* les Frères. Bill : pas de casier. Ned : état d'ébriété et trouble de l'ordre public. Silas : vol.
Dean le Bosco : pas de casier.
Le Cycliste du Paroo : coups et blessures.

Parmi les six hommes employés par l'exploitation et placés sous la surveillance du régisseur, cinq avaient été inculpés à White Bend pour état d'ébriété et trouble de l'ordre public.

— Vous avez tout noté ? demanda le commissaire. Bien ! Ensuite, nous avons M. Ray Cosgrove. Conduite en état d'ivresse ici, à Bourke. État d'ébriété et trouble de l'ordre public à White Bend. C'est tout ce que nous avons. Le Cycliste du Paroo est le pire de votre bande, ensuite viennent les Frères, Wishart de leur vrai nom. Pourquoi n'êtes-vous pas reparti avec le père Savery hier ?

— Je ne volerais pas avec lui même si on me promettait de me nommer directeur régional, dit Bony. Et puis, maintenant, je ne peux plus abandonner ma tâche. La pluie rend les pistes trop boueuses. J'aurais pourtant voulu rentrer chez moi.

— C'est ce que vous dites, cher Artful Dodger[1]. Au revoir.

Bony emprunta un pardessus et un parapluie à MacCurdle et sortit faire une longue promenade sur la digue. La pluie tombait avec régularité et ne semblait pas vouloir faiblir. Le fleuve était monté jusqu'à un

1. Jeune pickpocket dans *Oliver Twist* de Dickens. (*N.d.T.*)

mètre quatre-vingts du sommet de la rive à l'endroit où ils avaient retrouvé le corps. Dans quelques heures, il allait se déverser dans le bras mort, derrière le jardin. Huit à dix centimètres de précipitations causeraient des problèmes à Mira.

Bony trouva Jacko en train de peler des pommes de terre sur la véranda, derrière la cuisine des employés, et s'assit à côté de lui pour se rouler une cigarette.

— Chaque goutte qui tombe rapporte une livre à l'éleveur et un penny au gardien de troupeaux, déclara le petit bonhomme. Comment vous vous en sortez, inspecteur ?

— Vous pourriez m'aider à m'en sortir un peu mieux, dit Bony. Tenez, par exemple, où étiez-vous le matin du 19 juillet ?

— C'est le jour où Lush a comme qui dirait disparu. J'avais passé la nuit dans le hangar à laine de Markham Downs. Le lendemain, c'est-à-dire le jour qui vous intéresse, j'étais toujours là-bas, parce que j'en suis reparti seulement le jour d'après.

— Où se trouve cette exploitation ?

— A une trentaine de kilomètres au sud de White Bend, sur cette rive.

— Et vous êtes remonté jusqu'ici en restant sur la même rive ?

— Oui, j'ai même pas traversé pour aller à White Bend. J'avais pas un radis.

— Apparemment, voilà qui vous met hors de cause. Dites-moi, Jacko, parmi les types qui étaient rassemblés autour du feu hier, lequel est le Cycliste du Paroo ?

— Écoutez, inspecteur, j'ai aucune envie de me foutre quelqu'un à dos.

— Je ne vous le demande pas. Vous pouvez quand même me dire qui est ce Cycliste ?

— D'accord, mais lui racontez pas que j'vous l'ai

dit. Il est mauvais. C'est celui qu'était assis à côté de Champion. Il a pas ouvert la bouche. Un type avec une petite bouche et une moustache brune.

— Pourriez-vous vous résoudre à m'expliquer pourquoi cet homme d'un certain âge est appelé Champion ?

— Ah, pour ça oui ! répondit Jacko en souriant. Il travaillait à Yandama, là-haut, au nord-ouest de la Nouvelle-Galles du Sud, quand il a gagné un beau paquet à la loterie. Alors, avec trois autres types, il va à Milparinka. Il leur dit qu'il donnera cent livres à celui qui pourra boire plus de chopes de bière que lui, à raison d'une à la minute. La bière, c'est lui qui la paye.

« Bon, ils se préparent, le tenancier aussi. Une chope d'un demi-litre à la minute, avec l'homme à tout faire qui surveille l'horloge. Ils s'y mettent et notez bien qu'ils avaient pas bu depuis des mois. Ils pouvaient pas s'entraîner dans l'intention de tricher.

« Le premier abandonne après la cinquième chope. Le suivant n'a pas pu aller au-delà de la huitième. Il n'en restait donc qu'un contre Champion et, à la onzième, ils étaient à égalité, quand tout à coup, le type a fermé les yeux et a roulé par terre. L'histoire veut que Champion ait continué jusqu'à la vingt et unième en vingt et une minutes. Il a été disqualifié par l'homme à tout faire parce qu'il a mis plus d'une minute à descendre la vingt-deuxième. Ça lui a fait plus ou moins perdre tout intérêt pour la bière et il a commandé du whisky. Le tenancier a refusé car il voulait pas avoir un cadavre sur les bras.

— C'est aussi vrai que je suis en train de vous parler, dit le cuisinier sur le seuil de sa cuisine. Bien sûr, Champion avait vingt ans de moins. Et il était aussi un tondeur champion, mais les moutons n'ont rien à voir avec le fait qu'il ait remporté le championnat de bière. En voilà, une belle pluie, hein, inspecteur ?

— Très belle, reconnut Bony. Depuis combien de temps faites-vous la cuisine ici ?

— Quatorze mois. Il serait temps que je m'arrête et que j'essaie de battre le record de Champion. Sauf que je bois pas de bière. C'est le gin, moi, mon remontant. D'ailleurs, j'envisage de faire un petit tour en Nouvelle-Zélande. Excusez-moi ! Le gâteau au chocolat !

Bony suivit le cuisinier dans la vaste cuisine-salle à manger. Il s'assit à la longue table, du côté de la cuisinière, et patienta pendant que le cuisinier s'occupait du gâteau qui cuisait dans le four. Puis quand il s'assit en face de lui et tira sur une cigarette, il lui demanda :

— Les trois hommes qu'on appelle les Frères, depuis combien de temps campaient-ils sur l'autre rive ?

— Oh ! trois ou quatre semaines.

— Est-ce qu'ils sont souvent venus vous demander de quoi manger ?

— L'un d'eux venait deux fois par semaine, quelque chose comme ça. Mais ils avaient du fric, parce qu'ils ont acheté de la bouffe au magasin.

Le cuisinier regarda Bony droit dans les yeux.

— Apparemment, Lush a été liquidé, dit-il. Les hommes en parlaient encore au petit déjeuner.

— C'est un bon sujet de conversation, dit Bony avant de se lever pour partir. D'après le bruit que j'entends, ils doivent travailler sous la pluie.

— Certains touchent des primes. Ce sont les machines qui font ce tintamarre. La patronne s'inquiète, on dirait, avec cette pluie.

Bony se rendit ensuite au hangar à tonte, où il trouva Mick le Maton en train de lire un journal.

— 'Jour, inspecteur !

— Bonjour, Mick. Où est Harry ?

— Dans son pieu. Il a passé une mauvaise nuit. Parler de cadavres et de trucs comme ça le chamboule. Vous voyez bien dans quel état il est.

— Savez-vous comment il est devenu comme ça ?

— Oui. Il est tombé de cheval dans un rodéo. Il a atterri sur la tête. Il s'en est plus ou moins bien sorti et paraissait normal pendant six mois. Et puis, il est parti sur les routes et, un soir, je campais et je l'ai entendu marcher au pas cadencé. Il s'est penché et m'a dit qu'il était mort. J'ai eu comme qui dirait pitié de lui et, depuis, on voyage ensemble.

— Et vous veillez à ce qu'il ne lui arrive rien de fâcheux. Pourquoi avez-vous abandonné votre métier de gardien de prison ? Pour une raison que je ferais mieux d'ignorer ?

— Non. Ma femme et mon fils ont été tués dans un accident de la route. Ça m'a démoli. C'est tout. Quand j'ai arrêté, je suis venu par ici, et je suis heureux de l'avoir fait.

— Le sujet des relations entre les hommes et la police a été abordé hier soir, Mick. Comment les trimardeurs vous ont-ils accueillis ?

— Dites plutôt les « sans-espoir », inspecteur ! rectifia l'homme rondouillard en souriant. Y a pas eu de problème au bout d'un moment, une fois que j'avais réglé leur compte à deux types qui cherchaient la bagarre. Ils aiment beaucoup le pauvre Harry, et je suppose qu'ils m'aiment aussi un peu.

— Ils devraient. Où étiez-vous tous les deux au moment où on pense que Lush s'est fait tirer dessus ?

— A Murrimundi. Dans une vieille cabane où on lave la laine. A environ trois kilomètres en amont de la maison d'habitation.

— Bien ! Dites-moi, où vouliez-vous aller le jour où je vous ai rencontrés au méandre du Fou ?

— Ben, on avait pensé camper et pêcher un peu dans le trou d'eau, au-dessous des boîtes aux lettres, répondit Mick le Maton. Et puis, on s'est dit qu'on allait passer voir Mme Madden, parce que Harry s'est toujours bien entendu avec elle. Vous savez, il avait parfois travaillé dans cette ferme. En fait, on y a tous les deux bossé de temps en temps.

— Comment vous entendiez-vous avec Lush ? demanda Bony en gardant une expression décontractée.

— On s'est jamais entendus. Personne pouvait s'entendre avec lui. Mais quelquefois, Mme Madden avait le dernier mot.

— Mick, vous dites que vous campiez à la cabane de Murrimundi. Est-ce que vous n'avez pas aperçu Lush quand il est allé à White Bend ?

— J'aurais pas pu. La cabane se trouve à plus de quinze cents mètres de la route, dans un coude. Non, nous n'avions pas idée que Lush avait disparu avant d'arriver ici, après vous avoir rencontré.

Mick le Maton eut un sourire dépourvu d'humour.

— Vous allez vous faire mal voir si vous pincez le type qui a tué Lush.

— C'est bien ce qu'il semble, étant donné que tout le monde le détestait à ce point.

Bony se leva.

— Vous savez, si je perdais ma famille, moi aussi, je partirais sur les routes. A bientôt, Mick.

Quatre cents mètres après le hangar à tonte, la digue s'éloignait du fleuve et formait une large boucle pour encercler toute la maison d'habitation et ses dépendances. Le bulldozer travaillait, hors de vue, et Bony devina que tous les hommes le manœuvraient, ainsi que le chouleur. Il n'y avait pas de vent et la pluie tombait bien droit, averse régulière qui créait des mares et les élargissait inexorablement ; elle tambourinait doucement sur l'eau et sur les feuilles des gommiers, près du feu des trimardeurs, et cette note rappelait avec vigueur à Bony la camaraderie des hommes, le lien qui unissait un homme robuste à un affligé.

Comme il n'y avait pas de soleil, il dut attendre que la pendule du bureau lui indique l'heure. Il était assis dans la pièce privée du directeur d'exploitation quand MacCurdle et Ray Cosgrove revinrent après avoir pris des mesures avec le théodolite.

— Une fière matinée, Bony ! Et nous avons bien besoin de boire un coup, dit le directeur d'exploitation d'un ton jovial. Croyez-vous que vous pourriez vous laisser convaincre ?

— Sûrement, répondit Bony.

Ray se mit en quête d'une bouteille de bière.

MacCurdle sortit une bouteille de whisky d'un placard, la posa sur la table et alla chercher de l'eau. Bony remarqua distraitement que la bouteille n'était pas entamée et encore enveloppée dans le papier de soie habituel. Le directeur d'exploitation revint avec une cruche d'eau, déchira le papier, fit sauter le cachet, retira le bouchon et se versa un verre comme s'il y allait de sa vie. Bony se servit d'une main plus légère et tous deux sourirent par-dessus leurs verres. Il n'y avait rien de remarquable dans tout cela, mais Bony sentit qu'une mouche se cognait aux vitres de sa mémoire.

— La pluie ne faiblit pas et le fleuve monte plus vite à cause du ruissellement local, Bony. Seuls la digue, la maison et ce bureau resteront hors de l'eau. Vous allez probablement séjourner parmi nous un long, long moment. Il y a neuf autres bouteilles dans mon placard personnel. Servez-vous quand vous voudrez.

Ray revint avec sa bouteille de bière, remplit deux

fois son verre, se roula une cigarette et balança une jambe par-dessus le bras du fauteuil.

— Maman s'amuse beaucoup, dit-il.

Bony haussa les sourcils.

— Là, dehors, sous la pluie, avec les hommes. Elle les dirige, les pousse et ainsi de suite. Ils vont se mettre en grève si elle ne baisse pas un peu le ton. Depuis tout ce temps, elle devrait savoir qu'un Australien n'accepte pas qu'une femme le commande. Elle finira bien par piger.

— Ça, jamais, dit fermement MacCurdle.

— S'ils posent les outils, on ferait mieux d'apprendre à nager.

— Vous ne savez pas nager ? Je croyais que tous les petits garçons apprenaient, fit remarquer Bony.

— Je voulais dire sur une longue distance. Vous savez, une trentaine de kilomètres.

Le téléphone sonna et le directeur d'exploitation sortit prendre la communication. Elle était pour Bony. Macey s'annonça au bout du fil.

— Le rapport vient d'arriver du labo. Oublions les portes. La balle qu'on a retrouvée dans le corps de Lush n'a pas été tirée par la carabine des Madden.

ON S'OCCUPE

— Ah ! vous voilà ! Je vous cherchais, Jill.

— C'est vrai, inspecteur ?

La jeune fille était installée devant une machine à coudre et, de ses yeux sombres, sonda son visage.

Il s'assit et lui dit :

— Les nouvelles sont bonnes, Jill. La balle que vous avez tirée dans la porte de derrière n'a pas tué Lush. Les types du laboratoire l'ont prouvé. A moins que vous ayez une autre carabine ou un pistolet calibre 32, que je n'aurais pas trouvé.

— Il n'y avait que la 32 et la 44, inspecteur.

— Dans ce cas, le petit semblant d'ombre minuscule, ténue, ne pèse plus sur vous. Je suis vraiment heureux, Jill, parce que jusqu'à présent, je ne pouvais pas me sentir totalement sûr de vous. J'ai laissé Ray avec Mac, vous n'aurez qu'à le lui annoncer vous-même et nous pourrons alors tous oublier cette nuit de tension. A propos, vous rappelez-vous un certain Cycliste du Paroo, qui serait venu vous demander de quoi manger ?

— Oui. Je l'ai vu une fois. Il avait un regard mauvais. Papa disait qu'il voyageait toujours sans bagages ou presque et réussissait à parcourir cent soixante kilomètres par jour sur n'importe quelle piste. Il pouvait être à Bourke une semaine et à Mildura la suivante. Il terrifiait Lush. Il demandait toujours à maman de lui donner de quoi manger.

— Quand est-il passé chez vous pour la dernière fois ?

— Une semaine ou dix jours avant que Lush abandonne la camionnette. Je ne peux pas vous le dire exactement. J'étais sortie quand il est venu et maman m'en a seulement parlé.

— Est-ce qu'elle vous a précisé dans quelle direction il était reparti ?

Jill secoua la tête et Bony insista.

— Les trois hommes qui campaient en bas, en face du hangar à tonte, et qu'on appelle les Frères, sont-ils eux aussi passés récemment ?

— Non. Je sais de qui vous parlez. Ça fait un bon moment qu'ils ne sont pas venus chez nous. Je me rappelle que papa disait qu'ils étaient les plus grands fainéants de l'intérieur des terres.

— Merci, Jill. Si vous pensez à quelque chose d'inhabituel qui aurait pu se passer juste avant que Lush essaie de démolir la porte, dites-le-moi, je vous prie. Par exemple, si quelqu'un est venu chez vous.

Bony informa Cosgrove que Jill voulait lui parler et posa quelques questions au directeur d'exploitation au sujet du Cycliste du Paroo et des autres. MacCurdle savait peu de chose sur les « sans-espoir », sauf qu'il leur avait parfois vendu du tabac et des conserves. Bony se rendit compte qu'il ne devait pas avoir autant de contacts avec eux que le cuisinier des employés. Il savait que les Frères avaient campé pendant plusieurs semaines sur la rive opposée parce qu'ils avaient acheté du tabac au magasin.

Ce jour-là, le déjeuner se déroula dans le calme. Mme Cosgrove parla peu et manifesta une certaine contrariété. Bony supposa qu'elle n'avait pas réussi à faire travailler les hommes autant qu'ils l'auraient dû, selon elle, malgré la gêne que leur occasionnait le mauvais temps. A un moment donné, il surprit le clin d'œil malicieux que Ray adressait à Jill et lut un conseil de prudence dans le regard de MacCurdle.

Après le déjeuner, Bony alla s'allonger sur son lit et, là, lutta pour obliger son esprit à régurgiter un indice qu'il avait enregistré. Il s'endormit pendant la bataille et, en se réveillant, s'aperçut qu'il était plus de 16 heures. Il pleuvait toujours. Il retourna dans le bureau pour téléphoner à Lucas.

— D'après le rapport du labo, la balle qui a tué Lush n'a pas été tirée de la carabine que vous avez, dit Bony.

Le gendarme lâcha une exclamation qui prouvait qu'il était ravi de l'apprendre.

— Je vais vous donner les noms de dix trimardeurs employés ici actuellement. Notez-les.

Lucas s'exécuta.

— Nous savons où campaient les Frères pendant la nuit cruciale et le lendemain matin. Jacko dit qu'il campait à Markham Downs. Harry et Mick le Maton se trouvaient à la vieille cabane à laine, à Murrimundi. Voulez-vous vérifier tout cela du mieux que vous pourrez ?

— Ce sera fait. Et les autres ?

— Tâchez de savoir ce qu'ils faisaient et, entre-temps, je vais les interroger. Il se peut que d'autres trimardeurs se soient trouvés dans les parages, au bord du fleuve.

— Je vais faire de mon mieux, Bony. Comment se comporte le fleuve de votre côté ?

— Les gens ont peur que les ruissellements le fassent monter et rendent la situation critique. Les hommes ont travaillé toute la journée malgré la pluie. Je n'ai pas encore manié une pelle.

— Vous n'y échapperez pas, prédit le gendarme.

White Bend aussi va être coupé de tout, si cette pluie continue. La météo, qui ne l'avait pas prévue, nous annonce maintenant qu'elle aura cessé demain.

Après avoir raccroché, Bony se détendit dans le fauteuil et se roula une cigarette. La corbeille à papier se trouvait devant lui et, sur le dessus, il y avait le papier qui avait enveloppé la bouteille de whisky de MacCurdle. L'impression irritante de frustration se manifesta de nouveau et, deux secondes plus tard, la mémoire revint. Bony se rappela le petit morceau de papier de soie qu'il avait trouvé au cœur du méandre du Fou, trouvé et négligé, rejeté avec mépris comme un quelconque détritus apporté par le vent.

Un miroir était accroché au mur. Bony se planta devant et regarda son reflet d'un air furieux. Le miroir lui renvoya les mots qu'il prononça tout bas :

— Est-ce que je vieillis ? Est-ce que je suis fatigué ? Ce bout de papier pouvait avoir enveloppé une bouteille. C'est une supposition. Une déduction facile à faire. Ça ne me ressemble pas de l'avoir oublié. Oui, tu vieillis. Tu commences à être limité intellectuellement, à ne pouvoir penser qu'à un seul sujet à la fois.

Il défroissa la boule de papier coincée dans la corbeille et y lut la marque de la distillerie et les mots *Cape's Finest Whisky. Bottled in Scotland.* Il revoyait le fragment trouvé au méandre du Fou, et les lettres *el* près du bord droit déchiqueté. Il courut presque au téléphone.

— Lucas, j'ai peut-être une piste. Demandez au tenancier du bar si les bouteilles de whisky qu'il a vendues à Lush étaient enveloppées dans du papier de soie et de quelle marque il s'agissait.

— D'accord. Ne quittez pas. Le bar est juste en face.

L'impatience de Bony fut chassée par son sang-froid habituel. Tout en attendant, il recommença à se traiter de vieux, d'homme fatigué, et, cette fois, ajouta le mot sénile. Il entendit une voix, probablement à la radio ; il entendit un coq chanter, qui lui rappela les martins-chasseurs de Jill. Il essayait de comprendre ce que disait la voix dans le bureau du gendarme. Puis il entendit un coup dans l'appareil et Lucas prit la parole.

— Les bouteilles ont été vendues à Lucas avec du papier de soie autour. La marque était la suivante : Skilly's Green Label Irish Whisky. Ça vous aide ?

— Peut-être, répondit prudemment Bony. Merci beaucoup.

El étaient les dernières lettres de Label. Le fragment était tellement propre et en si bon état qu'il pouvait s'agir d'un papier retiré à une bouteille une heure avant que Bony l'ait cueilli sur un buisson. Il se rappela que sur le moment, il s'était dit que le vent l'avait probablement apporté de Mira. Il pouvait également provenir du camp des Frères. Le vent ne l'avait sûrement pas charrié depuis la camionnette abandonnée ou la maison des Madden. Il faudrait cependant vérifier.

Il chercha à se renseigner auprès de Jill.

— D'après les bouteilles que j'ai vues traîner, Lush buvait du whisky irlandais, inspecteur, répondit-elle. Mais j'ai déjà vu des bouteilles de scotch et c'est lui qui avait dû les acheter parce que maman n'y a jamais goûté.

— Avez-vous remarqué du papier de soie autour des bouteilles ?

— Oui. J'en ai parfois vu.

— Merci, Jill. Je brûle peut-être, comme disent les enfants. Qu'est-ce que vous cousez ?

— Je confectionne à Mme Cosgrove un tablier pour le thé de l'après-midi. Elle me l'a demandé et j'ai répondu que je ferais avec plaisir tout ce qu'elle voudrait.

— Vous êtes un petit peu plus heureuse que vous l'étiez ?

La jeune fille le confirma, les yeux brillants.

— Vous êtes très gentil, dit-elle. J'ai entendu les autres vous appeler Bony. Me permettez-vous de le faire, moi aussi ?

— Je me demandais quand vous alliez vous y mettre, Jill.

A 16 heures, MacCurdle dit aux hommes de cesser le travail et entra avec Ray, tous deux fatigués et trempés. Bony les accueillit à la porte de la pièce à usage privé.

— Pourrais-je vous convaincre ? demanda-t-il avec affabilité, et il aurait pu être renversé comme une quille tant ils se précipitèrent à l'intérieur.

— Presque soixante-quinze millimètres, annonça Ray. Et la pluie ne semble pas vouloir s'arrêter.

— Lucas m'a dit que la météo avait prévu du beau temps pour cette nuit.

— Ils n'avaient pas vu venir la pluie, Bony. Alors, et vous, comment avez-vous passé le temps ?

— J'ai traînassé, je me suis contenté de traînasser. Ce whisky est bon, Mac. Est-ce que vous achetez parfois de l'irlandais ? Du Skilly's Green Label ?

Les sourcils blond-roux de l'Écossais se haussèrent.

— Si je bois de l'irlandais ?

— Pourquoi pas ? Je ne suis pas un grand buveur, mais j'ai déjà dégusté du whisky irlandais et j'ai trouvé ça très bon.

Toujours indigné, MacCurdle riposta :

— Le whisky irlandais ne se déguste pas, Bony. On le fait descendre à toute vitesse pour en oublier le goût.

— Nous sommes donc d'accord, vous n'achetez pas de whisky irlandais ?

— Écoutez-le un peu, Ray. Nous travaillons dur toute la journée sous la pluie et il cherche à se disputer à propos de whisky irlandais.

— Ne me mêlez pas à ça, Mac, dit Ray en riant avant de s'adresser à Bony : Oui, monsieur Sherlock Holmes, vous pouvez être sûr que Mac n'en achète jamais. Bien entendu, il ne serait pas le dernier à s'avancer si quelqu'un lui en proposait sur un plateau d'argent. Est-ce que vous vous intéressez à ce sujet ?

— Oui, Ray. Est-ce que Mme Cosgrove ou vous-même avez acheté du Skilly's Green Label ? Disons, depuis six mois ?

— Non, je n'en ai jamais vu à la maison. Mais cette marque se vend bien à White Bend. Bon, je vais prendre une douche chaude et enfiler des vêtements secs.

La soudaine irritation de MacCurdle était retombée et il dit qu'il allait faire la même chose.

— Mac, avant de partir, voulez-vous me passer les relevés des conditions atmosphériques pour le mois dernier et celui-ci, s'il vous plaît ? lui demanda Bony.

Dans le bureau, il se mit à étudier les feuillets qui indiquaient la direction du vent et la formation de nuages. Il s'aperçut que le dernier jour où le vent avait soufflé de l'ouest était le 19 juillet tandis que le 18 juillet, il venait du nord-ouest. Les données n'incluaient pas la force du vent.

En prenant le café, après le dîner, Ray aborda le sujet du whisky irlandais et demanda pourquoi Bony s'y intéressait. Comme Bony avait l'intention de leur demander un service, il leur parla du bout de papier qui avait pu envelopper une bouteille que Lush avait achetée avant de quitter la ville.

— Le vent l'a sans aucun doute embroché sur une

branche et, comme je n'en voyais pas d'autre morceau et n'avais croisé aucune trace de pas récente, je me suis cru autorisé à supposer que le vent l'avait apporté de loin... disons de Mira, ou de la maison des Madden, ou de la camionnette abandonnée.

« Le 18 de ce mois, le vent venait du nord-ouest et la maison des Madden se trouve au nord-ouest de l'endroit où j'ai trouvé le papier. Le lendemain, il soufflait de l'ouest, c'est-à-dire de la camionnette abandonnée. Pouvez-vous estimer la force du vent durant ces deux jours ?

MacCurdle croyait qu'il n'était pas très fort, en tout cas moins fort que lorsqu'il soufflait de l'est et du sud-est. Ray pensait qu'il pouvait en avoir une idée en consultant le journal de l'exploitation et se hâta vers le bureau. En revenant, il put affirmer qu'il ne s'était pas trompé : le journal prouvait que le 19 du mois, Vickory, deux hommes et lui-même avaient nettoyé les abords du hangar à tonte. Les débris apportés par le vent avaient été brûlés et il se rappelait que la fumée n'avait pas été trop gênante parce que le vent était assez faible.

— Je suis sûr que pendant ces deux jours, il n'était pas assez fort pour apporter le bout de papier à l'endroit où vous l'avez trouvé, Bony.

— Seriez-vous d'accord pour dire que, les autres jours, le vent d'est a soufflé assez fort pour l'apporter de Mira ? demanda Bony.

— Assez fort, oui, mais les obstacles représentés par les arbres et autres auraient été formidables. Vous dites qu'il était propre et en bon état. Comment croyez-vous qu'il ait pu atterrir là si ce n'est pas le vent qui l'a apporté ?

— Je n'aime pas jouer aux devinettes, répliqua Bony.

— Voilà certainement une énigme déconcertante,

dit Mme Cosgrove. Je me rappelle être allée dans cet horrible endroit avec mon mari. Des arbres à moitié morts, des bras de rivière qui ressemblaient aux cratères de la lune, des spectres qui épiaient derrière des troncs renversés.

— Moi non plus, le coin ne m'a pas plu, madame Cosgrove, dit Bony. Je dois pourtant y retourner. Vous avez remonté les bateaux qui se trouvaient au bord du fleuve. Pouvez-vous me dire pourquoi ?

— Ils flottaient depuis si longtemps à la hauteur du coude que nous avons pensé préférable de les remonter pour les enduire d'une nouvelle couche de goudron au cas où nous en aurions besoin à cause de la crue. Ça a été fait, Mac ?

— Oui, madame Cosgrove. Ils sont prêts.

— Vous n'avez tout de même pas l'intention d'aller au méandre du Fou en bateau ? demanda Ray.

— C'est bien ce que j'ai décidé, Ray.

— Mais le fleuve est en crue. Il charrie quantité de troncs, de bouts de bois, et est assez dangereux pour faire couler un bateau.

— J'espère que je m'en sortirai. Il vaut mieux y aller en bateau qu'à la nage, déclara Bony en souriant.

UN PARI PAYANT

Les martins-chasseurs caquetaient et ricanaient, les cacatoès qui s'abattaient par centaines bavardaient et accomplissaient des exploits aériens comme s'ils voulaient se montrer à leur avantage avant le début de la période d'accouplement, des milliards de grenouilles remontaient de l'eau et coassaient, coassaient, coassaient. Dans le ciel pur, le soleil irradiait sa chaleur et apportait la promesse d'une pousse rapide à l'herbe des prairies sablonneuses.

Une fois de plus, Bony se posta sur la digue et examina le Caniveau de l'Australie. De l'eau s'écoulait dans les bras morts, derrière le jardin. On la voyait cheminer, animée par les ruisseaux paresseux. La masse du fleuve lui-même glissait plutôt qu'elle ne courait dans le large coude, contournait Bony, passait devant le hangar à tonte et le camp abandonné, en face. La rive opposée, bien plus basse que celle de Mira, semblait à un mètre seulement de l'eau.

Le long de tous ces coudes, cette rive externe s'inclinait vers le lit et, là aussi, le fleuve avait amassé du sable blanc pour former une levée. Elle n'aurait pas été difficile à escalader, tandis que les pentes raides de la section rectiligne, maintenant détrempées par la pluie, devaient être aussi glissantes qu'une perche bien huilée et infiniment plus dangereuses.

Comparable à une falaise, la rive bordée par la levée ne dépassait l'eau jaunâtre que de trois mètres cinquante environ. Le fleuve continuait à charrier des petites masses de débris végétaux, de plus grosses constituées de branches, et, de temps à autre, ce qui ressemblait à un gommier entier. La surface métallique était parfois brisée par les rondins jusqu'ici enfouis au fond et que la longue période de sécheresse, avant la crue, avait rendus presque aptes à flotter. Ils s'élevaient et s'enfonçaient, pour finir par s'immerger définitivement. S'ils remontaient sous un bateau, ils pouvaient fort bien jeter son occupant à l'eau. C'était là le plus gros risque. Pour réussir à traverser le fleuve, il fallait seulement choisir le bon itinéraire et le bon moment.

Bony soupesa les risques et les bénéfices éventuels de l'opération pour son enquête. Les risques étaient évidents, les bénéfices nébuleux. Il s'était rendu au camp abandonné par les Frères, avait farfouillé dans les détritus, mais l'avait fait uniquement pour découvrir quelque chose qui relierait les trois hommes à Lush et à sa camionnette. Même s'il trouvait une bouteille de Green Label, elle n'apporterait pas la preuve de la complicité des Frères dans le meurtre. Ils avaient de l'argent pour s'acheter du tabac et de la nourriture ; ils avaient donc de l'argent pour s'acheter du whisky.

Bony sentait cependant qu'il y avait urgence et que le fleuve lui refuserait peut-être une autre occasion d'examiner les lieux du crime et de chercher à reconstituer les faits et gestes de ceux qui pouvaient y être impliqués. Dès le soir, la rive opposée serait inondée et le méandre du Fou deviendrait un simple lac clouté d'arbres. Si l'inspecteur ne parvenait pas à appréhender le meurtrier de William Lush, il regretterait certainement de ne pas être retourné au camp abandonné.

— Ce serait une folie de le tenter, Bony, dit Mme Cosgrove, qui se tenait près de lui.

Ray se planta à côté de lui et, d'un ton convaincu, donna raison à sa mère.

— Je crois faisable de longer la rive en bateau jusqu'à l'endroit où le corps de Lush était retenu, expliqua Bony. Et ensuite, de traverser rapidement au moment où le courant emporte le bateau vers l'aval et permet de venir s'échouer sur cette bande de sable, là-bas.

— Ça semble faisable, mais c'est sacrément dangereux, dit Ray. Et comment avez-vous l'intention de revenir ?

— Par le même chemin. En remontant la rive opposée, puis en traversant de manière à être entraîné jusqu'au point de départ.

— Pourquoi voulez-vous faire ça, au juste ? demanda Mme Cosgrove. Qu'est-ce que vous espérez trouver là-bas ?

— Ce que je n'ai pas vu lors de ma visite précédente.

— Mais vous n'avez pas d'objectif précis ?

Bony soupira, haussa les épaules et s'employa à confectionner une cigarette.

— J'ai une longue liste de succès à mon actif, dit-il si doucement qu'il aurait pu parler tout seul. Ils se fondent sur la patience, la ténacité, l'observation. J'ai toujours eu un allié précieux, le temps. Si j'échoue dans l'enquête présente, personne ne m'accordera que j'ai été battu par le fleuve. Ce serait déjà assez terrible, mais le plus terrible, c'est que moi, je saurai que si je n'avais pas eu peur, j'aurais pu traverser et trouver un indice susceptible d'ajouter un nouveau succès aux autres. Je dois donc traverser, si je ne veux pas être incapable de croiser mon reflet dans le miroir en me rasant.

— Alors, plus tôt vous tenterez la traversée, mieux ce sera, dit le fils Cosgrove. Aidez-moi avec le bateau. Nous pouvons y arriver.

— Je n'ai pas l'intention de rester à vous regarder, dit Mme Cosgrove avant de s'éloigner.

Ray conduisit Bony jusqu'à un hangar proche où les deux bateaux étaient abrités, posés à l'envers sur des tréteaux. Il conseilla à Bony de prendre le plus petit, car il était le plus facile à manœuvrer à la rame. Ils le retournèrent donc et le placèrent sur un chariot.

— Emportez donc un aviron supplémentaire, Bony. Vous pourriez en perdre un. On ne sait jamais ce qui peut arriver

Le bateau fut mis à l'eau sous le plan incliné de la pompe et Ray le retourna pour l'attraper par l'arrière et permettre à Bony de grimper.

— Vous savez ramer, je suppose ? railla le jeune homme. Acceptez le conseil d'un idiot, faites face à l'avant et poussez les rames. Comme ça, vous verrez où vous allez.

Maintenant qu'il allait commencer la traversée, Bony sentit son abattement céder.

— Tout va très bien se passer, dit-il par-dessus son épaule avant d'armer les avirons. Aidez-moi à partir et merci.

Il remarqua que l'arrière s'enfonçait sous la poussée du jeune homme, puis sentit l'embarcation frémir et entendit un grand bruit. Il se dit que Ray était tombé et il allait faire tourner le bateau quand il entendit :

— Avancez à toute vitesse, Bony, si nous ne voulons pas être pris dans le bras mort !

— Espèce d'imbécile ! Qu'est-ce que vous faites dans ce bateau ?

— Vous ne pouvez pas ramer tout près de la rive avec votre aviron sorti à tribord ! Je peux godiller tout doucement à l'arrière et maintenir le bateau tout près du bord.

Quand ils passèrent l'embouchure du bras mort, il ordonna à Bony de rentrer ses avirons ; l'inspecteur se retourna et gronda son compagnon qui était debout et faisait calmement avancer l'embarcation à trente centimètres de la rive escarpée et glissante.

— Taisez-vous, Bony. Je suis le capitaine de ce vaisseau. Gardez votre souffle pour ramer. Vous en aurez besoin.

— Espèce de fou ! hurla Bony, réellement en colère. Mme Cosgrove va m'en vouloir de vous avoir autorisé à prendre des risques sans la moindre raison. Nous allons rentrer. Faites tourner le bateau.

— Occupez-vous de votre boulot, monsieur. Jusque-là, nous nous en tirons très bien.

Bony renonça. Il était trop tard pour faire demi-tour. Il avait conscience que la rive défilait d'un côté et qu'un arbre énorme passait de l'autre, ses branches semblant se tendre vers la coque. L'inactivité commençait à peser sur Bony quand Ray lui demanda s'il pensait qu'ils avaient suffisamment remonté le courant pour traverser.

— Et vous, qu'en pensez-vous ? riposta-t-il en reconnaissant, à bon escient, que le jeune homme avait beaucoup plus d'expérience que lui.

— Ça doit aller. Voyons ce qu'il y a devant nous. Bon ! La voie est libre, en dehors des sous-marins qui remontent à la surface. Allez-y, maintenant, ramez comme un fou !

Bony s'exécuta et Ray s'efforça de maintenir l'avant légèrement tourné vers l'amont. Le courant les emporta. Sur la rive d'en face, les arbres semblaient se trouver à des kilomètres et marcher avec détermination vers l'amont. Ray commença à siffloter la ballade du trimardeur[1] sur un rythme de marche. Puis l'aviron de tribord que maniait Bony racla sur quelque chose de plus dur que l'eau et, à côté d'eux, surgit un « sous-marin ». Heureusement, il était apparu à droite et, quand Bony replongea son aviron, le rondin s'était enfoncé.

Cosgrove s'écria gaiement :

— Vous voyez ce que je voulais dire, Bony. Ça suffirait à couler un bateau de guerre. Fouettez-moi cette eau, mon vieux. Encore quinze ou vingt kilomètres.

Une masse d'écorce prise dans une branche flottante fonça sur eux et Ray dut tourner l'avant du bateau complètement vers l'amont pour la laisser passer entre eux et le bord. La rive était maintenant à une cinquantaine de mètres.

Quand ils entrèrent dans l'étroite bande de contre-courant, Bony se sentit reconnaissant d'avoir évité mille petits écueils et convaincu qu'il n'aurait jamais réussi à traverser sans l'aide énergique de Ray Cosgrove. En godillant, le jeune homme rapprocha le bateau de la langue de sable et y maintint l'avant.

Bony jeta l'ancre sur la terre, sauta du bateau et le hissa pour permettre à Ray de le rejoindre.

— On s'est bien débrouillés, Bony. On mérite une clope.

— D'ailleurs, nous avons un public, Ray.

Le cuisinier, Jacko et Mme Cosgrove étaient postés sur la digue. Ils étaient trop loin pour permettre aux deux hommes de déchiffrer leur expression, mais Ray se risqua à la deviner et, prenant un ton enfantin, annonça :

---

1. *Walzing Matilda* : « Un jour, un joyeux trimardeur campait près du bras mort d'une rivière... » Un chant qui est presque devenu le deuxième hymne national australien. (*N.d.T.*)

— Maman va être drôlement en colère quand j'vais rentrer à la maison.

— Bien fait pour vous. Elle en a le droit, dit sévèrement Bony. Je ne veux pas me montrer ingrat, mais je ne saurais approuver votre acte. Je n'y aurais certainement pas consenti. Et maintenant, faisons une petite promenade.

Ils escaladèrent la rive et, là, virent l'eau au milieu des arbres, dans le coude. Presque tout de suite, ils aperçurent un serpent-tapis long de deux mètres et demi ou presque ; ils devaient rencontrer bien d'autres espèces, en raison de la crue, des serpents-diamants aux serpents noirs.

Ils s'armèrent de bâtons et avancèrent sous la rangée de gommiers rouges dont les feuilles tombées par terre facilitaient la marche en recouvrant l'épaisse couche de boue. Ils entendaient le bruit des machines, au loin, près du hangar à tonte, et, comme personne ne se trouvait près du feu de camp, Bony supposa que Harry Marche Funèbre et son copain travaillaient.

Une fois sur les lieux du camp mouillé, déserté, Bony demanda à Ray de s'asseoir sur une souche et de garder le silence pendant qu'il allait et venait, se concentrant pour déchiffrer une histoire sur le sol détrempé. Comme il l'avait précédemment remarqué, les perches grossièrement élaguées prouvaient que chacun des Frères avait tendu une bâche en V inversé pour s'abriter en cas de pluie et, dessous, avait amassé un épais tapis de feuilles. C'était une pratique universelle parmi les trimardeurs qui avaient l'intention de camper plus d'une nuit.

A coups de pied, Bony dispersa alors ces matelas de feuilles en espérant que l'un des hommes y avait glissé un objet de valeur avant de l'oublier. Il ne trouva rien. Il vit deux autres matelas et les détruisit également. Puis il se rendit compte qu'ils n'étaient pas surmontés de pieux. Cinq hommes avaient donc campé là, les trois Frères et deux autres. Il devrait tâcher de savoir de qui il s'agissait.

Les Frères n'avaient pas négligé les fourmis ; ils avaient jeté des bouteilles et des boîtes de conserve dans un trou peu profond, à une douzaine de mètres du camp et, là, Bony trouva des flacons de sauce tomate et Worcester en nombre bien plus important que les rares bouteilles d'alcool et les quelques bouteilles de bière.

Bony appela Ray et lui demanda si les bouteilles de whisky irlandais portaient la marque du fabricant. Ayant obtenu une réponse positive, il chercha vainement la marque Skilly. Les détritus avaient été fouillés par un chien depuis la pluie. Les vents d'est avaient plaqué des journaux et la couverture mémorable du *Bulletin de l'éleveur* contre les buissons et les arbres et, malgré la pluie torrentielle, beaucoup étaient restés là. Il n'y avait pas un seul fragment de papier de soie.

— Vous avez trouvé quelque chose ? demanda Ray quand Bony vint s'asseoir à côté de lui pour fumer une cigarette.

— Rien d'important. Cinq hommes ont toutefois campé ici, et non pas trois. Les Frères avaient deux invités.

— Quel dommage d'avoir fait cette petite promenade en bateau pour rien ! N'empêche que ça changeait un peu du travail habituel.

— Vous ne direz peut-être plus la même chose pendant le trajet du retour.

— Oh ! on va bien s'en tirer, dit Ray avec l'aplomb de la jeunesse. Mince alors, regardez !

Il y avait là une petite chienne aux origines fort diverses. Elle les regardait, perchée sur les détritus, et agitait lentement la queue, comme si elle hésitait à se faire une opinion sur eux. Lorsque Ray émit un sifflement perçant, la queue fouetta l'air et, soulagée, la bête s'avança en grognant tout bas de plaisir. Ses flancs s'incurvaient tant elle était affamée.

— Les Frères doivent l'avoir abandonnée, dit Ray.

Il claqua des doigts pour l'encourager. Elle s'approcha et forma un S avec son corps.

— Elle allaite des petits — elle les a probablement cachés et ne veut pas partir sans eux.

Ray commença à parler à la chienne comme si elle comprenait l'anglais, lui demanda comment allaient ses chiots et où ils étaient. Bony recommença à examiner le camp et, en ayant la chienne à l'esprit, chercha vainement des os. Il vit alors la chienne qui s'élançait vers le coude en entraînant Ray Cosgrove à sa suite. Il farfouilla une nouvelle fois dans les matelas et sa constance fut récompensée au moment même où Ray l'appelait.

Il ramassa la cartouche de calibre 32, l'empocha et s'attaqua aux feuilles à pleines mains pour mieux les écarter. Il ne trouva rien d'autre et alla rejoindre Cosgrove devant une grosse branche arrachée par le vent. L'absence d'os dans le camp s'expliquait par le nombre de ceux qui, parfaitement rongés, se trouvaient ici.

— Elle a eu ses petits là-dedans, dit Ray en montrant le creux, à l'une des extrémités de la branche. On les entend. J'ai essayé de tendre la main, mais elle ne me laisse pas les toucher.

— Ça ne va pas être facile de les sortir de là. Nous ne pouvons pas les abandonner ici, ni eux, ni la mère.

Bony se força à chasser de son esprit la cartouche et les deux campeurs supplémentaires pour se consacrer au problème des chiots.

— Si seulement nous avions un bout de fil à clôture.

— Du fil à clôture ? Si ce n'est que ça, il y a une

ancienne clôture un peu en aval. Combien vous en faut-il ?

— A peu près deux mètres, pour ne pas être trop juste. Apportez-le et, pendant ce temps, je vais essayer d'attirer la mère.

Ray Cosgrove s'éloigna. Bony s'accroupit et siffla gaiement en jouant avec la cartouche qui se trouvait dans sa poche.

UN SAUVETAGE PEU APPRÉCIÉ

Bony tenait la chienne quand Ray revint avec le fil de fer.

— Je ne m'en servirai qu'en dernier recours, Ray. Vous croyez que nous pourrions redresser cette branche pour faire tomber les chiots ?

— On peut toujours essayer, ça va pas nous tuer.

— Impossible de libérer cette dame, et nous n'avons rien d'autre que ce fil pour l'attacher. Tenez-la bien.

Si l'animal avait porté un collier, la tâche aurait été plus aisée. Le fil de fer était vieux mais encore raide. Finalement, Bony réussit à faire un nœud solide et la chienne fut attachée à un tronc.

Leurs efforts pour redresser la branche se révélèrent vains. Ils durent fumer une cigarette avant de mettre la phase finale de leur plan à exécution.

— Bon, la gentillesse passe par la cruauté, comme a dû dire plus d'une fois votre arrière-arrière-grand-mère, déclara Bony. Toute la zone du coude va être inondée avant demain. Tenez bien la chienne parce que les chiots vont hurler.

— Je comprends maintenant votre tactique, Bony. Oui, elle va se débattre, c'est sûr.

La chienne fut détachée. Bony redressa le fil et choisit l'extrémité la plus déchiquetée. Il s'étendit par terre de tout son long, inséra le fil dans la branche creuse et l'agita doucement. Il entendait les petits à l'intérieur et, quand l'un d'eux cria de surprise, il le toucha et tourna lentement le fil. L'extrémité déchiquetée se prit dans les poils et, au moment où le chiot protestait énergiquement, Bony put l'extraire du trou. Ses yeux n'étaient pas encore ouverts.

Entre-temps, la mère était devenue forcenée. Elle se calma un peu quand il lui apporta le petit. La seconde tentative ne réussit pas aussi rapidement et souleva de vigoureuses protestations. Le troisième et le quatrième chiot s'époumonèrent quand on les sortit. Le numéro cinq parut jouer à cache-cache avec le fil et il fallut une demi-heure de tâtonnements pour le capturer.

— Je n'entends plus rien tant j'ai mal aux oreilles, dit Bony. Il y a des blessés ?

— L'un a un morceau de peau arraché et deux sont un peu égratignés. C'est un stratagème ingénieux.

— C'est une lubra[1] qui l'a inventé pour extirper un lapin d'un trou dépourvu de visibilité. Faites confiance aux Noirs pour inventer des procédés permettant d'éviter de durs labeurs. En Australie-Occidentale, ils ne prennent pas la peine de suivre les animaux à la trace et d'empoisonner les renards avec des appâts ; il faudrait alors se lever dès l'aube pour devancer les corbeaux et les empêcher de s'attaquer aux proies. Papa abo s'assied devant le terrier avec un fusil et maman abo s'approche tout doucement du trou et tousse. Elle s'éloigne furtivement et le renard sort pour voir ce qui a fait ce bruit bizarre.

— Ils sont champions, mon vieux camarade de bord. Qu'est-ce qu'on fait, maintenant ?

La chienne s'était apaisée et, à eux deux, ils trans-

---

1. Femme aborigène. (*N.d.T.*)

portèrent les chiots jusqu'au bateau. Ray dit que MacCurdle serait en rogne après lui pour avoir rapporté cinq chiots bâtards qui, une fois grands, attaqueraient les moutons.

— Ils ne pouvaient pas s'agir de bergers autraliens ou écossais, dit-il. Non, il fallait que ce soient des bâtards. Il faudra probablement les tuer. Bon, Mac n'aura qu'à s'en charger. Moi, je ne pourrai pas, après tout le mal qu'on a eu à les récupérer.

Ils étaient assis sur la rive humide et la chienne allaitait ses petits. Bony se remit à observer le fleuve.

— Est-ce que l'eau change de couleur ou c'est moi qui me fais des idées ? demanda-t-il.

— Vous avez raison. Elle vire au rouge. Je sais... ça doit être l'eau du Red Creek. Elle a une couleur de sang. Notre public est revenu à son poste.

Sur l'autre rive, il y avait le cuisinier des employés dans son tablier blanc, Jacko, Vickory et plusieurs autres hommes. Bony chercha la position du soleil.

— Il est plus de midi, Ray. L'heure du déjeuner. On y va ?

— On ferait aussi bien.

Une fois les chiens déposés à l'avant et Bony assis en face d'eux, prêt à armer ses avirons, Ray poussa le bateau vers l'amont en serrant la rive. Il se rendait compte du sérieux problème qu'ils allaient devoir affronter. Deux cents mètres au-dessus de la levée de sable, la rive formait une éminence autour de laquelle le courant dévalait vers l'aval. A cet endroit-là, il n'y avait pas de contre-courant. En descendant, il n'était pas difficile de passer ce cap miniature. Tandis qu'il s'en approchait, Ray fit remarquer que le courant pourrait se charger de faire pivoter l'avant et de pousser le bateau vers l'aval.

— Je pourrais me servir d'un aviron pour résister, s'écria Bony.

Il enfonça l'aviron extérieur dans le tolet. Sans la manœuvre de Bony, le courant aurait peut-être gagné. Ils remontèrent le fleuve jusqu'à l'endroit où ils voulaient le traverser et, pendant quelques instants, examinèrent la surface de l'eau, puis attendirent le passage de plusieurs horribles masses de débris et observèrent deux « sous-marins » à moitié immergés.

Ils effectuèrent la traversée et, de nouveau, Bony fut bien content de la présence du jeune homme. Enfin, ils furent accueillis par leur public.

Mme Cosgrove fusilla Bony du regard et morigéna son fils. Vickory demanda la raison de cette folie et renifla de mépris quand Bony raconta qu'ils avaient entendu un chien aboyer en face, qu'ils avaient vu son effroi devant la montée des eaux et avaient traversé tout simplement pour aller le sauver.

— C'est notre chienne, affirma un barbu que Bony savait être un des Frères. Elle a disparu trois ou quatre jours avant qu'on quitte le camp.

— Bon, débarrassez-vous des chiots, Silas. Dommage que vous les ayez ramenés, inspecteur.

— Nous ne pouvions pas les abandonner une fois que la chienne nous avait conduits à un trou dans une grosse branche, dit tranquillement Bony.

Les Cosgrove étaient repartis vers la maison d'habitation ; les frères attrapèrent leur chienne et ses petits et Bony ne posa jamais la moindre question à leur sujet.

Avant le déjeuner, Mme Cosgrove pria Bony de l'excuser pour lui avoir reproché la conduite de son fils, ce dernier ayant avoué qu'il avait joué un tour à l'inspecteur pour l'accompagner dans son expédition.

— En fait, je suis très heureux qu'il l'ait fait, madame Cosgrove, car je ne crois pas que je m'en serais sorti tout seul. J'étais furieux quand je l'ai trouvé dans le bateau, mais... A propos, avez-vous révélé la raison pour laquelle je voulais aller sur l'autre rive ?

— Non.

Elle sourit d'une manière pincée et il se demanda si elle lui en voulait toujours.

— Le prétexte que vous avez donné aux hommes était plutôt mince, vous ne trouvez pas ?

— Il me semblait assez bon, lui rétorqua Bony en riant. Il vaut mieux une mauvaise raison que pas de raison du tout. Et vous devriez être fière de Ray. Il n'a vraiment peur de rien.

— Je suis fière de lui. Comme vous dites, il n'a absolument peur de rien. Mais vous n'auriez dû ni l'un ni l'autre prendre de tels risques. Vous m'avez fait passer un mauvais moment. Enfin, j'espère que votre tentative n'aura pas été inutile.

— Elle ne l'a pas été, dit Bony en la regardant d'un air rayonnant. Nous avons sauvé les chiens.

— Bony, parfois, vous ressemblez à mon mari. Il avait la même façon exaspérante de s'exprimer. Mon Dieu ! nous devons aller déjeuner.

Avant que MacCurdle retourne au travail, Bony lui demanda une carte de la région et en obtint une à grande échelle du bassin du Darling. Toutes les exploitations y étaient indiquées, ainsi que les ponts et les endroits reliés par un bac. Près de Markham Downs, il inscrivit : « Jacko pendant période cruciale, jusqu'au lendemain. » Près de Murrimundi : « Harry M. F. et Mick le M. ». Puis il appela le gendarme.

— Quand vous verrez le facteur, demandez-lui s'il a livré quelque chose à ceux qu'on appelle les Frères. Quoi que ce soit. Au cours des quatre derniers mois. Ensuite, demandez au bazar à qui ils ont vendu des cartouches de calibre 32 durant la même période. Vous avez des informations pour moi ?

— Pas grand-chose pour l'instant. La nuit en question, Wally Watts est allé demander de quoi manger à la cuisine de Dunlop, et, la veille, le Cycliste du Paroo a été aperçu en train de camper au hangar à tonte, près de Crossing. Je n'ai pas encore pu reconstituer les faits et gestes de Dean le Bosco et de Champion, mais je vais continuer mes efforts.

— Merci, Lucas. Votre aide est précieuse.

— Comment se comporte le fleuve là-haut ? La pluie va le faire monter un peu plus. Combien d'eau est-il tombé ?

— Un peu plus de dix centimètres, répondit Bony.

— C'est la même chose ici. On peut dire que ça met fin à la période de sécheresse.

Là-dessus, ils coupèrent la communication. Sur sa carte, Bony écrivit « Wally Watts » près de l'exploitation de Dunlop et « le Cycliste du Paroo » près de Crossing. La localisation de ce dernier était intéressante. Crossing se trouvait à cent kilomètres en amont de Mira ; pour lui, cette distance n'était pas grand-chose et il aurait très bien pu être en personne à l'endroit du crime au moment décisif. L'exploitation de Dunlop se trouvait à une quarantaine de kilomètres en amont et il semblait improbable que Wally Watts ait couvert cette distance en un jour, même s'il était grand et robuste. Pour parcourir quarante kilomètres à pied en une journée, un homme avait besoin d'un objectif bien défini et aucun de ces « sans-espoir » ne paraissait doté d'une énergie suffisante.

Bony quitta le bureau, se dirigea vers les pompes et remarqua que l'eau s'écoulait plus rapidement dans le bras mort et qu'elle se teintait légèrement de rouge. Le fleuve semblait encombré de débris, probablement charriés par tous ses affluents alimentés par la pluie.

Le cuisinier préparait le casse-croûte de l'après-midi que quelqu'un emporterait en camionnette jusqu'à la digue où travaillaient les hommes.

— Entrez boire une tasse de thé, inspecteur, dit-il. Qu'est-ce que vous pensez de ce bon vieux Caniveau ? Demain matin, il sera rouge sang. Y a trois ans, il avait cette couleur, mais il n'était pas en crue. Il est clair comme de l'eau de pluie et, l'instant d'après, il est rouge.

— C'est l'eau du Red Creek, il paraît. Elle charrie beaucoup de détritus.

Le cuisinier, qui était en train de mettre un gâteau au chocolat dans un carton, s'interrompit dans sa tâche.

— Mince alors ! On peut dire que le jeune Ray et vous vous avez pris des risques. Moi, on m'offrirait un million de livres que j'irais pas ramer là-dedans. Rien qu'à vous regarder, j'en ai eu le mal de mer. C'est pas étonnant que la patronne ait engueulé son fils.

C'était un homme robuste et Bony savait qu'il s'appelait Fred. Quand il sortit de la cuisine pour frapper son triangle de fer, l'inspecteur remarqua les pieds plats dans les chaussons et la lourde tête chauve. Il revint, se versa un gobelet de thé et resservit Bony.

— Est-ce que Jacko est dans les parages ? demanda Bony.

— Je le libère l'après-midi de 3 à 5 heures. C'est un type correct. Bien sûr, presque tous ces « sans-espoir » sont des gens bien. J'ai pas mal marché sur les routes à une époque. Je suppose que tout le monde l'a fait. Il fallait que je voie ce qu'il y avait derrière chaque coude du fleuve.

— C'est bien vrai, dit Bony. Parfois, je me surprends moi-même à réagir comme ça. Bon, je voudrais vous poser une ou deux questions.

— Essayez toujours et je répondrai si j'en ai envie, d'accord ?

— Est-ce qu'il y avait des trimardeurs qui campaient près du hangar la nuit où Lush a abandonné sa camionnette ?

— Ça, j'peux pas vous dire. Tout ce que je sais, c'est que le vieux Peter Petersen a montré sa tête au milieu de l'après-midi, et j'étais furieux parce que j'étais en train de piquer un roupillon pendant cinq minutes. Je lui ai dit que c'était vraiment pas le moment et il m'a annoncé qu'il n'avait plus rien à manger depuis la veille. Je ne sais pas s'il avait campé là cette nuit ni de quel côté il se dirigeait.

Un moteur se fit entendre et Fred jeta du thé dans deux autres seaux, ajouta de l'eau bouillante et se posta sur le seuil. Le véhicule s'arrêta et un homme vint chercher les provisions. Puis la camionnette s'éloigna en rugissant. Le cuisinier se rassit et bourra sa pipe.

— Est-ce que les Frères ont tiré des coups de feu dans leur camp ? demanda Bony d'un ton décontracté.

— J'crois pas. J'en ai jamais entendu. Les trimardeurs ont rarement des fusils. Y a déjà assez de trucs à trimbaler sans ça. Mais ils ont des cannes à pêche. C'est pratique. Les seules fois où j'avais un fusil, c'est quand je poussais un vélo. On peut mettre un sacré chargement sur un vélo, vous savez. Je connaissais un type qui en avait un sans pédales.

— En tout cas, personne ne va pouvoir pêcher pendant un bon moment, à en juger d'après l'aspect du fleuve.

— Ça, c'est sûr, inspecteur. Mais quand les eaux vont baisser et que les coudes vont s'assécher, l'eau qui restera dans les bras morts va devenir plus limpide et les poissons ne demanderont qu'à mordre. Un jour, j'ai attrapé une perche de douze kilos dans un bras mort. Et Petersen est arrivé et on a mangé du poisson pendant une semaine. Je mourais d'envie de manger du mouton et j'ai pris un boulot de cuisinier à Netley.

Bony s'intéressa aux poissons pendant plusieurs minutes avant de ramener la conversation sur Petersen.

— Quel âge il a ? Oh ! à peu près la soixantaine. Il est moins vieux qu'il le paraît. C'est un assez bon forgeron. Il pourrait trouver du travail n'importe quand, n'importe où, mais ça fait dix ans qu'il est sur la route. C'est un vieil imbécile, mais tout c'qu'y a de plus brave. A une époque, il savait se défendre. J'ai entendu dire qu'il avait un revolver. J'l'ai jamais vu, mais des types m'ont dit qu'il en avait un. Il voyage toujours seul et c'est pas prudent, alors une arme peut être utile. Vous avez des individus plutôt coriaces le long de ce fleuve pendant la tonte.

— Des gens du coin ?

— Du coin ? Mince alors, non, les gens du coin sont corrects ! Pas comme les types des villes qui vont de hangar en hangar. Bien sûr, y a des coriaces qu'on pourrait qualifier de gens du coin, mais ils sont pas vraiment mauvais. La tonte étant tout juste terminée, ça pourrait être un vagabond de la ville qui a rectifié Lush.

TRÈS SUSPECTS

Bony inscrivit le nom de Peter Petersen sur sa carte. Il se trouvait encore dans le bureau quand le directeur d'exploitation entra, une fois la journée de travail terminée.

— Ma parole, j'aimerais bien être inspecteur de police ! dit-il sèchement. Je pourrais passer la matinée à me promener en bateau et l'après-midi à traînasser. Je doute que vous méritiez un petit verre. Pourquoi ne vous êtes-vous pas servi ?

— Je n'en ai pas eu envie, Mac. Comment s'est passée votre journée ?

— Elle a été dure. La terre est lourde tant elle est détrempée et le travail avance lentement.

— Est-ce qu'on a voulu vous commander ?

— Pas aujourd'hui. Hier, j'ai dû me montrer ferme.

L'Écossais sourit.

— J'aurais fait un bon mari, mais je ne l'ai jamais été. Hier, j'ai cru que les hommes allaient abandonner. Ce matin, elle a augmenté la prime. Mais elle s'en est prise à Ray pour vous avoir accompagné.

— Heureusement pour moi qu'il s'est embarqué clandestinement et a réussi à traverser. Sans lui, j'aurais pu être confronté à de sérieuses difficultés.

MacCurdle sirota son whisky avant de se risquer à demander :

— Est-ce que ça en valait le coup ?

— Oui, Mac. J'ai fait un ou deux pas en avant. A propos, avez-vous entendu les Frères tirer à l'endroit où ils campaient ou dans le coude ?

— Non, pas que je me souvienne. Pourquoi ?

— Est-ce que vous vendez des cartouches ici ?

— Non. Nous n'en stockons jamais.

— Et les autres maisons d'habitation ?

— Je ne crois pas. Voyez-vous, le magasin d'une exploitation ne vend pas de vêtements ni d'articles personnels, au bord du fleuve. A l'ouest, à la frontière de l'État, les gens ont peut-être envie de commercer avec les aborigènes et ils ont sans doute des cartouches. Pas pour les leur vendre, mais pour les vendre à des Blancs, gardiens de troupeaux ou autres.

Bony se retint de dire qu'il connaissait les conditions qui prévalaient dans l'Ouest et changea de sujet.

— Vous est-il arrivé de trouver dans votre boîte des lettres déposées, ou destinées à quelqu'un qui ne travaillait pas à Mira ?

— Oui, mais rarement. La dernière fois, c'était une lettre pour Silas Wishart. Quelques jours plus tard, il y avait une lettre qui attendait le facteur.

— Et qu'en est-il des colis ?

— Non, pas de colis.

— Merci de votre patience. Une dernière chose. Les Frères ont campé sur l'autre rive pendant plusieurs semaines. Je trouve ça curieux. Généralement, les trimardeurs se déplacent tout le temps. Pouvez-vous l'expliquer ?

— Il n'y a pas de raison particulière, à mon avis, dit MacCurdle. Ce sont des types particuliers en ceci que l'un ne travaille pas sans les deux autres. Ils ont travaillé à Mira pendant la tonte, puis ont passé deux ou trois jours au pub de White Bend et sont ensuite venus camper dans le coin. La rive d'en face appartient à Murrimundi, mais, ainsi que vous avez dû le constater, toute cette zone est inculte et, comme ces hommes ne se sont jamais montrés embêtants, nous ne nous opposons pas à ce qu'ils y campent.

Le téléphone sonna. MacCurdle dit à Bony que l'appel était pour lui et partit. Lucas expliqua que le propriétaire du magasin avait été très obligeant et lut la liste des gens qui avaient acheté des cartouches de calibre 32. On y trouvait les noms de William Lush et de Raymond Cosgrove. Le gendarme précisa qu'il connaissait tous les clients et qu'aucun n'avait posé de problème à la police.

En ce qui concernait les colis, il indiqua que le facteur avait deux fois livré un paquet aux Frères et que l'un d'eux l'avait attendu sur la piste, quinze cents mètres au sud de Mira. L'un était envoyé par le tenancier du bar, qui se rappelait avoir expédié une commande de six bouteilles de whisky, et l'autre contenait une paire de bottillons et trois chemises. Enfin, Lucas avait trois noms supplémentaires pour la carte de Bony. Dean le Bosco avait campé au hangar à tonte de Murrimundi, et Champion et un certain Smith le Mineur avaient été aperçus en train de pêcher dans le trou d'eau d'un coude, trois kilomètres au nord de Murrimundi, sur la rive opposée.

Après avoir ajouté ces noms sur sa carte, Bony ne vit rien qui aurait pu désigner l'assassin de William Lush. Tous, sauf Wally Watts — car seul Jacko affirmait qu'il était resté à Markham Downs —, pouvaient être soupçonnés. Raymond Cosgrove représentait toutefois lui aussi un suspect possible et Bony décida de le mettre à l'épreuve.

Après le dîner, il demanda au jeune homme de l'accompagner dans la pièce privée de MacCurdle.

Là, il ferma la porte et commença abruptement l'interrogatoire.

— Possédez-vous une carabine calibre 32 ?

— Oui. Vous voulez me l'emprunter ?

— Si vous n'y voyez pas d'inconvénient, dit Bony. J'aimerais tirer une demi-douzaine de balles que je soumettrai au labo.

— D'accord, camarade de bord.

Son sourire franc s'effaça bientôt et Ray écarquilla les yeux.

— Vous croyez que j'ai tué Lush ?

— Je crois que c'est une possibilité. Il y a plusieurs personnes qui auraient pu le tuer, mais, jusqu'à présent, je ne peux trouver aucun mobile. Vous, en revanche, pourriez en avoir un. Vous aviez également l'occasion de commettre ce meurtre. Et, comme vous possédez une carabine du même calibre que l'arme du crime, vous en aviez les moyens.

« Le mobile, tout d'abord. Vous êtes amoureux de Jill et elle vous aime. Apparemment, vous êtes le premier à avoir découvert la camionnette abandonnée. Vous auriez pu trouver Lush en train de la bricoler et, comme vous saviez qu'il se livrait à de violentes attaques sur sa femme et menaçait Jill, ça vous a peut-être incité à le tuer et à pousser son corps par-dessus la falaise. L'occasion était rêvée et vous aviez une arme pour commettre ce meurtre.

— Mais tout ça, c'est de la foutaise ! affirma Ray, les yeux flamboyants.

— Bien sûr, dit calmement Bony. C'est pour ça que je veux emprunter votre carabine et, le cas échéant, toutes les armes de calibre 32 que vous pourriez avoir ici. En avez-vous d'autres ?

— Non. Vickory en a une.

— Très bien. Demain, je tirerai des échantillons avec la vôtre. En attendant, avez-vous, à un moment ou à un autre, donné ou vendu des cartouches à quelqu'un ?

Ray secoua la tête.

— Vous en seriez-vous aperçu si on en avait prélevé une ou plusieurs sur votre stock ?

— Oui. J'ai été à court et j'en ai acheté une provision à White Bend il y a à peine quinze jours. Je n'ai pas encore ouvert une seule boîte.

— Apportez-les-moi ici, avec la carabine, s'il vous plaît.

Bony se roula une cigarette d'un air pensif. Il était certain d'aboutir à une nouvelle impasse car il ne décelait aucun blocage défensif, aucune opposition secrète chez ce jeune homme spontané. Ray lui apporta une carabine magnifiquement entretenue et trois boîtes de cartouches, ce qui correspondait exactement à la quantité achetée, selon Lucas.

— Personne n'a emprunté cette arme ? demanda l'inspecteur en connaissant d'avance la réponse. Dites-moi, avez-vous entendu les Frères tirer ? Ou quelqu'un d'autre ?

Ray répondit qu'il n'avait entendu personne tirer depuis des mois et, qu'à ce moment-là, c'était Lush qui chassait au méandre du Fou.

— Vous croyez que j'aurais pu le tuer ?

— C'est possible, mais improbable. Est-ce que vous savez que deux types ont campé avec les Frères ?

— Non. Mais, maintenant que vous en parlez, je me rappelle que vous avez mentionné cinq hommes, ce matin.

— J'ai commencé mon enquête trop tôt, dit Bony, les yeux fixés sur ses chaussures. Quand je suis allé voir ce camp, le jour où la crue a commencé, j'étais presque sûr que Lush était vivant parce que je me disais que la balle tirée par Jill à travers la porte ne l'avait pas tué. Je suis déconcerté, c'est vrai, je l'admets. Vous avez souvent été envisagé comme un assassin possible, je suis sûr que vous comprendrez pourquoi.

— Je comprends, Bony. Comme vous le disiez, j'avais un mobile, j'avais l'occasion et l'arme pour commettre ce crime. Tout compte fait, c'est votre boulot de me soupçonner. Je ne vous en veux pas.

— Je suis heureux de l'entendre, Ray. J'aurai peut-être besoin de vous redemander cette carabine, mais j'espère que non. Connaissez-vous quelqu'un à Mira qui possède un revolver ou un pistolet ?

— Je ne vois personne. Nous n'en avons pas besoin.

— Pouvez-vous me dire quoi que ce soit sur un certain Peter Petersen ? insista Bony.

Il sentit alors une odeur de pétrole, même si le filon était loin.

— Le vieux Petersen ! Oui, je le connais. Je lui ai parlé il y a quelques jours à peine.

— La veille de la disparition de Lush ? demanda brusquement Bony.

— Oui. C'était dans l'après-midi, répondit Ray. Il faisait bouillir de l'eau dans son pot au hangar à tonte. Il a parfois travaillé chez nous et je lui ai demandé ce qu'il devenait.

— Et il a répondu...

— Qu'il ne s'en tirait pas trop mal. Il m'a dit qu'il allait avoir du boulot. J'ai dû paraître un peu dubitatif et il a alors ajouté qu'il avait entendu dire que sa fille était malade à Adélaïde et se trouvait dans le pétrin. Elle a autrefois travaillé pour nous avec son mari, mais il est mort et Petersen était soucieux.

— A-t-il dit en quoi consistait ce travail ?

— Oui. C'était pour les Vosper. Ils ont une exploitation à treize ou quatorze kilomètres à l'ouest de chez les Madden. En fait, ce sont eux qui se sont chargés des moutons de Jill.

— Ces Vosper ont bien entendu le téléphone ?

Ray le confirma d'un signe de tête. Bony se leva et demanda au standard de White Bend de lui passer la communication. Ray l'entendit annoncer :

— Monsieur Vosper ? Je suis l'inspecteur Bonaparte. Je vous appelle de Mira. Est-ce que vous avez embauché un certain Petersen ? Oui. Quand ça ?

— Le 20 de ce mois, inspecteur.

— Il a dû arriver chez vous la veille, je présume ?

— C'est exact. Que pouvons-nous faire pour vous ?

— J'aurais bien voulu lui parler, mais le fleuve me bloque ici. Je pourrais me faire remplacer par le gendarme, mais je ne souhaite pas l'ennuyer. Je me demande si, à titre confidentiel, vous ne pourriez pas vous renseigner pour savoir si Petersen possède un pistolet ou un revolver et de quel calibre.

— Bien sûr, inspecteur. Ce serait assez embêtant pour lui s'il en avait un, c'est ça ?

— C'est pour cette raison que je ne veux pas déranger Lucas. Il va probablement vous appeler pour vous demander quels trimardeurs ont campé ou sont passés chez vous au moment où Lush a disparu, et vous n'aurez pas besoin de mentionner mon intérêt pour Petersen. Pourriez-vous m'obtenir ce renseignement ce soir ?

— Certainement. Je vous rappellerai.

Bony retourna dans la pièce du fond et dit au fils Cosgrove, qui attendait, l'air interrogateur :

— Puis-je compter sur vous pour oublier ce que vous venez d'entendre ?

— Je ne le répéterai pas, Bony. Ça ne me regarde pas.

— Bien ! Et maintenant, dites-moi une chose :

quel genre de type est ce Petersen ? Il a mauvais caractère, il cherche les disputes ?

— Non, ni l'un ni l'autre, je crois. Il est forgeron. Comme je le disais, il a travaillé pour nous des tas de fois. C'est un homme tranquille. Non, il ne s'est jamais disputé pour quoi que ce soit. Bien sûr, il prend de l'âge. Il doit avoir plus de soixante ans. Qu'est-ce que vous voulez qu'il fasse avec un pistolet ? Il est plutôt du genre inoffensif.

— Il risque pourtant de rencontrer sur les routes des gens qui, eux, ne le sont pas.

Bony se roula une cigarette, examina le jeune homme et jeta un coup d'œil à la pendule.

— Quelle heure était-il quand vous avez vu Petersen ?

— 3 heures de l'après-midi, à peu près.

— A-t-il dit où il avait l'intention de camper cette nuit-là ?

— Non. Il n'avait pas déroulé son balluchon, alors je ne peux pas vous aider.

— Très probablement, il a dû passer la nuit au hangar à tonte. Le lendemain, le jour où on a retrouvé la camionnette près des boîtes aux lettres, il est arrivé chez les Vosper. Parfois, je m'égare. J'énonce une supposition alors que je devrais être explicite. Si Petersen a passé la nuit là-bas, il a dû voir la camionnette le lendemain matin, puisqu'elle se trouvait sur la route qui relie Mira à la maison des Vosper. Pourquoi donc n'ai-je pas croisé ses traces à proximité du véhicule ?

— La réponse est simple, Bony. Parce qu'il portait des tennis à semelle en caoutchouc, comme toujours. Ils étaient usés. Le sol était dur et, près des boîtes aux lettres, le vent avait effacé les traces sur le sol plus meuble.

— Ça ne m'excuse pas.

Il se plongea dans ses pensées et Ray attrapa un journal destiné aux éleveurs. Trente minutes s'écoulèrent, puis le téléphone sonna. Vosper dit :

— J'ai sondé Petersen, inspecteur. Il reconnaît qu'il possède un pistolet calibre 32, mais il affirme n'avoir plus de cartouches depuis plus d'un an.

L'ENNEMI PESANT

Des nouvelles alarmantes du Darling arrivèrent le lendemain matin. Mme Cosgrove et MacCurdle tâchèrent d'évaluer les risques encourus à Mira. Le plus fort de la crue pouvait déferler dans les dix jours, et la pluie récente gonflerait encore le fleuve. Le seul espoir était que les eaux de ruissellement diminuent avant de jouer un rôle désastreux dans la crue principale. Si les deux phénomènes coïncidaient, la digue pourrait bien se révéler impuissante à les contenir.

— Ces trois hommes partis avec les troupeaux feraient mieux de revenir, suggéra le directeur d'exploitation. Les moutons ne craindront rien, puisqu'ils se trouvent loin des cours d'eau. D'ailleurs, nous pourrions demander aux gens de Wilga d'envoyer un de leurs employés jeter un coup d'œil si nous sommes bloqués plus de quinze jours.

— Très bien, qu'on aille chercher ces hommes, acquiesça la propriétaire.

— Bien ! Dans ce cas, Ray ferait mieux de partir tout de suite.

— Veillez-y, Mac. Je vais demander la dernière carte de la météo.

Mme Cosgrove contacta le commissaire Macey.

— Ah ! Bonjour, Betsy ! Comment se passe votre crue ?

— Elle va encore s'aggraver. Que dit le dernier graphique de la météo ?

— Je pensais bien que vous le voudriez, alors j'ai appelé Dubbo dès qu'ils ont reçu le journal, ce matin, très tôt. On prévoit un temps sec. Les précipitations sont concentrées autour de Kalgoorlie et il n'y a rien d'inquiétant. Elles pourraient arriver jusqu'à notre longitude dans quarante-huit heures.

— Est-ce que ce sera suivi par des basses pressions ?

— Non, les isobares indiquent des basses pressions à l'ouest de Port Hedland. C'est trop loin pour être inquiétant. Il y a plus de deux mille quatre cents kilomètres.

— Merci, Jim. Gardez l'œil sur ces lointaines basses pressions. Ça pourrait nous amener un fort vent d'ouest et Mac a peur que des vagues se forment dans la section rectiligne et viennent frapper la digue.

— C'est possible. Je demanderai la carte météo de Dubbo, demain à la première heure. Comment notre ami progresse-t-il ? J'espère qu'il vous remonte le moral.

— Je ne peux pas vous parler de ses progrès, avoua Mme Cosgrove. Hier, il a fait une promenade sur le fleuve dans le plus petit de nos bateaux. Il est allé prospecter sur l'autre rive. Cet idiot de Ray l'a accompagné. Je ne comprendrai jamais pourquoi le bateau ne s'est pas renversé et pourquoi ils ne se sont pas noyés. Mac lui a demandé si l'expédition avait été rentable et il a dit que oui. Rien de plus, Jim. Oh ! et puis ils ont rapporté une chienne bâtarde et ses cinq petits. Comme si nous n'avions pas assez de chiens à nourrir !

Macey pouffa et dit que si Bony s'amusait bien chez eux, tout le monde devrait être content.

— Betsy, dites-lui que son directeur commence à

l'avoir mauvaise et qu'il pourrait bien le virer une bonne fois pour toutes.

— Et vous, dites donc à son directeur qu'il est bloqué par les inondations et qu'il pourrait le rester un mois ou deux.

Pendant ce bavardage, Bony se tenait sur la digue et contemplait le Caniveau. Le fleuve avait une couleur rouge clair. Du côté de Mira, son niveau arrivait à un mètre cinquante ou un mètre quatre-vingts du rebord. La rive opposée avait disparu et les gommiers qui la bordaient étaient dans l'eau. Les eaux du coude situé en amont, juste en face, se déversaient dans le méandre du Fou. En fait, il n'y avait plus de coude et, libéré de ses chaînes, le fleuve coulait plutôt mollement. Son gonflement était également ralenti.

Les hommes travaillaient ce matin-là derrière le hangar et le bruit des machines se répercutait entre les gommiers rouges. Bony entendait également la camionnette que Ray conduisait pour aller chercher des renforts. La journée était de nouveau lumineuse, avec un froid vent du sud, et la terre, revivifiée, laissait échapper des senteurs douces et alléchantes. Qui pouvait bien vouloir être flic en ville ?

Bony commençait à se sentir inquiet dans cette affaire car son vieil allié, le temps, était vaincu par le Caniveau de l'Australie, qui faisait monter les eaux pour effacer tous les indices, toutes les pistes que le sol aurait pu renfermer.

Même les procédures habituelles étaient malmenées par la crue. L'inspecteur devrait se résoudre à demander aux Frères qui étaient les deux récents visiteurs qu'ils avaient accueillis dans leur camp, mais il doutait fort d'obtenir une réponse. Ces trimardeurs de l'intérieur des terres se serraient les coudes. Les interroger sans même espérer apprendre la vérité ne serait pas judicieux.

Il décida de changer de tactique en ce qui concernait Peter Petersen et se dirigea vers le bureau pour téléphoner à Lucas. Après lui avoir révélé où se trouvait Petersen, il demanda au gendarme s'il pouvait se rendre là-bas.

— Oui, la piste n'est pas inondée, répondit Lucas. Elle ne touche le fleuve à aucun endroit. Je pourrais y aller ce matin.

— J'ai besoin de savoir pourquoi Petersen a quitté le hangar de Mira et quel chemin précis il a suivi. Je veux savoir s'il a rencontré quelqu'un, s'il est passé devant la camionnette, et, dans ce cas, à quelle heure. Il possède un revolver calibre 32 et il a dit à Vosper qu'il manquait de cartouches depuis plus d'un an. Prenez son arme, tirez des balles et envoyez-les au labo par la meilleure route encore praticable. Mais ne l'inculpez pas de possession illicite d'arme. Dites-le-lui bien. Traitez-le avec douceur. Ça pourrait payer.

— D'accord, je vais m'en occuper, répondit Lucas. J'allais justement me renseigner auprès des Vosper. Il y a deux autres types pour votre liste, ou plutôt une correction. Hier, je vous ai dit qu'on avait aperçu Champion et Smith le Mineur en train de pêcher à trois kilomètres en amont de la maison d'habitation de Murrimundi. J'ai appris depuis que, pendant la nuit en question, ils campaient dans la cabane où on lave la laine.

— Attendez un instant, je vous prie, dit brusquement Bony.

Il consulta sa carte. Puis il reprit l'appareil et demanda :

— Où se trouve ce Smith en ce moment ?

— Ici, en ville, du moins il l'était il y a une heure.

— Parfait ! Posez-lui quelques questions avant d'aller chez les Vosper. Qui d'autre campait dans ce hangar ? Qui a-t-il vu ce jour-là ? Soyez adroit, Lucas.

Beaucoup de choses pourraient dépendre de ce qu'il vous apprendra.

— J'ai pigé, Bony. Je vous rappellerai.

Bony sortit sur la véranda et s'assit sur un vieux fauteuil d'où il apercevait la digue, derrière les pompes et les logements des employés. Le bulldozer repoussait la terre et, avec des pelles, les hommes la rejetaient sur le sommet, où d'autres types l'étalaient et la piétinaient pour la tasser.

Mme Cosgrove grimpa les marches et il lui céda son fauteuil.

— Je vous ai vu assis là, Bony, et je voulais vous dire que je viens de parler au commissaire Macey. Nous avons seulement échangé des potins, vous savez. Il m'a demandé si vous aviez progressé. Vous avez progressé ?

— Les progrès que j'ai accomplis sont comparables à la distance qui sépare l'endroit d'où part une fourmi volante et celui où elle arrive.

Il lui adressa un sourire un peu sévère.

— Macey vous a dit, je suppose, que mes supérieurs s'impatientaient.

— Il l'a laissé entendre et semblait résigné.

— Ce fleuve me pousse moi aussi à l'impatience, madame Cosgrove. Il m'a éloigné des lieux du crime. Il m'a frustré à plus d'un égard. Pourtant, l'homme que je recherche pourrait être en train de travailler à cette digue, ce matin.

— Oh ! Dans ce cas, vous allez l'arrêter ?

— Pas avant la décrue, quand Mira sera hors de danger. Vous avez besoin qu'il travaille, j'en suis sûr.

— C'est un fait. Mac a demandé à Ray d'aller chercher les employés partis sur l'exploitation. Aucun ne sera de trop.

— Vous pouvez donc compter sur moi, même si

j'ai les mains très délicates. Ah ! j'attendais un coup de téléphone.

C'était Lucas, prêt à faire son rapport.

— Smith dit que Champion et lui campaient au hangar la veille de la disparition de Lush, le jour même et le lendemain. Je n'ai aucune raison de ne pas le croire quand il affirme que durant leur séjour, ils n'ont vu personne. Au cas où vous l'ignoreriez, cet endroit se trouve dans un coude, à un kilomètre et demi de la route. Ça vous aide ?

— Ça me fournit une piste, Lucas. Merci. Et maintenant, occupez-vous de Petersen, s'il vous plaît.

Mme Cosgrove sourit quand il la rejoignit. Il s'assit sur le sol de la véranda et s'affaira avec du tabac et du papier à cigarettes.

— Ainsi donc, vous avez une piste ? dit-elle.

— Vous avez écouté aux portes ? dit-il en souriant.

— Oui, c'est une honte, Bony. Vous savez, à mon avis, les femmes feraient de meilleurs enquêteurs que les hommes. Elles ont moins de scrupules.

— Le ciel nous en préserve ! s'exclama-t-il. Je me retrouverais sans travail.

— Bon, venez prendre le thé de la matinée et nous pourrons en débattre. Oui ! Quand je suis arrivée d'Angleterre, je réprouvais fortement cette habitude de boire tout le temps du thé, mais j'en suis devenue esclave, comme tant d'autres. Des Américains sont venus nous voir et ont été horrifiés par le nombre de tasses que nous pouvions boire dans une journée. Mon mari leur a dit d'un ton taquin que nous n'avions plus de café et ils ont rétorqué que nous étions des sauvages. Nous n'avions même pas servi d'eau à table. C'était la faute de mon mari. De l'eau ! Un homme n'est ni un mouton ni un cheval pour boire de l'eau, disait-il.

— Ils ont dû trouver nos coutumes australiennes très déconcertantes, tout comme vous, quand vous êtes arrivée, remarqua Bony. Nous avons aussi nos points forts. Nous ne courons jamais, mais nous arrivons toujours à destination.

Jill Madden se trouvait dans la pièce du petit déjeuner et elle servit le thé. Ce matin-là, elle était presque enjouée.

— Je vous ai vus arriver et j'ai mis la table car Emma est occupée, dit-elle. Je suis descendue jusqu'au fleuve. C'est... c'est magnifique, je trouve. Je me demande si ma maison va être inondée.

— Elle ne l'a encore jamais été, dit Mme Cosgrove.

Bony eut l'impression que Jill ne s'en souciait pas. Il aborda le sujet de Petersen.

— Ce pauvre vieux a souvent travaillé ici, dit Mme Cosgrove. Entendre son marteau de forgeron taper sur l'enclume me rappelait mon pays natal. A une époque, je suis restée chez des parents, dans un petit village du Sussex. Ça fait des mois que je n'ai pas vu Petersen.

— Il travaille pour les Vosper en ce moment, dit Bony.

Mme Cosgrove haussa les sourcils.

— J'ai utilisé votre téléphone pendant que vous n'étiez pas installée sur la véranda, ajouta-t-il.

— Miséricorde ! Votre esprit ne se repose donc jamais !

— J'ai appris que sa fille était très malade et qu'il avait besoin d'argent. A-t-il réellement une fille ?

— Oui, bien sûr. Son mari et elle ont travaillé ici autrefois.

— Vous rappelez-vous quand vous avez vu Petersen pour la dernière fois, Jill ?

— Il n'est pas venu chez nous depuis des mois, répondit-elle.

— Pouvez-vous me dire quel genre d'homme c'est ? Sur le plan du comportement, pas de l'aspect physique.

— Oh ! Petersen n'est pas méchant. Toujours poli. Il était toujours reconnaissant quand maman lui donnait quelque chose.

— Est-ce que vous le soupçonnez, Bony ? demanda Mme Cosgrove.

Bony eut un sourire mystérieux.

— Ah, vous, les policiers ! Je suppose que c'est votre formation qui veut ça.

— On nous apprend très tôt à faire croire aux gens qu'on en sait très long. Tous les personnages marquants dissimulent leur ignorance sous un sourire facile. Et maintenant, si vous permettez, j'aimerais aller regarder le fleuve pour méditer.

— Et moi, j'ai des lettres à rédiger, déclara son hôtesse. Ray va emporter le courrier à Murrimundi ce après-midi.

— Dans ce cas, je vais écrire à ma femme. Elle s'inquiète si je ne lui donne pas régulièrement de mes nouvelles.

Bony écrivit :

Ma chérie,

Comme toujours, tu es rarement absente de me pensées et, si je devais être dans l'impossibilité d t'écrire pendant quelques semaines, sois assurée qu ce sera en raison d'une forte crue du Darling, qu coule abondamment et va devenir énorme. Malgr son nom, il n'est pas toujours affectueux. En c moment, c'est un Goliath pesant et c'est avec c géant que je me bats. Jusque-là, les force qui s'opposaient à moi étaient humaines, avec de faiblesses dont, le temps aidant, j'ai été capable de triompher.

A présent, le temps n'est plus à mes côtés et le fleuve a submergé les pièces innombrables de l'histoire que j'ai commencé à lire, sans être en mesure de dépasser le deuxième chapitre. Ce récit promettait d'ailleurs d'être très intéressant. Il a commencé par une balle tirée à travers une porte, cette porte brisée par une hache, et la hache posée par terre, dehors. L'homme qui, selon toute probabilité, a manié la hache, était considéré comme violent et tout le monde le détestait. Apparemment, il se serait retiré pour un temps dans le bush avec une réserve d'alcool. Ensuite, sa femme, qu'il avait attaquée, est morte, et cette affaire est devenue un homicide. Les efforts déployés par d'autres pour retrouver cet homme, pas plus que ma recherche de traces n'ont donné de résultat. Et voilà qu'on l'a retrouvé mort dans le fleuve en crue. Il avait reçu une balle dans la tête et on a pu prouver que la balle mortelle n'était pas celle qui avait été tirée à travers la porte.

Tu dois déjà être exaspérée, non pas parce que tu manques de patience, une qualité dont nous avons hérité, mais parce que je titille ta curiosité, un trait de caractère dont nous avons également hérité.

Chère Marie, ne te fais pas de souci pour moi. Cette maison d'habitation est confortable et occupe le centre d'un jardin luxuriant. La propriétaire est une certaine Mme Cosgrove, une Anglaise qui a de l'instruction et du charme, et fait preuve de discernement à mon égard. Son fils, Ray, ressemble beaucoup à notre petit Ed, qui doit avoir un ou deux ans de plus que lui. Il est amoureux de la fille de la défunte et j'aurais bien aimé avoir une fille qui lui ressemble.

Nous devons toutefois tous deux nous montrer reconnaissants pour les enfants que nous avons.

Quand le petit Ed voudra se marier, je prendrai peut-être ma retraite et nous pourrions faire construire une maison au bord de ce magnifique fleuve. Nous partirions en virée et nous nous remémorerions toutes les luttes et tous les petits triomphes que nous avons partagés depuis le jour où je t'ai pincé les fesses pour que tu dises oui au missionnaire qui nous a mariés. Je t'entends pouffer à la lecture de ces lignes, mais, à l'époque, tu avais bien trop peur pour rire. Avoue-le.

Je t'enverrai de mes nouvelles par l'intermédiaire du commissaire de Bourke et, si mes lettres sont arides, lis mon amour persistant entre les lignes, entre les mots, et même entre les lettres. Tu as été une femme de marin pendant quarante ans et c'est à toi que je dois tout ce que je suis devenu.

Au revoir[1], ma chérie

Ton dévoué Bony.

---

1. En français dans le texte. (*N.d.T.*)

Mme COSGROVE EST DÉCONCERTÉE

Quand Ray Cosgrove ramena les employés partis sur l'exploitation, d'autres comblaient la dernière brèche de la digue. Les trois gardiens de troupeaux étaient heureux car ils avaient connu la solitude et abordaient à présent une période de vie communautaire qui valait bien les efforts physiques qu'ils devraient fournir. On les raillait sans merci d'avoir été arrachés à leurs chevaux pour manier la pelle.

Bony emprunta un cheval et, avec Ray, longea la rive jusqu'à l'endroit qui faisait face à la maison d'habitation de Murrimundi. Là, l'eau était montée des deux côtés et le fleuve dévalait à toute allure. Ray tira un coup de carabine pour attirer l'attention. Un homme émergea du bosquet de dattiers qui abritaient la maison et ils entendirent qu'il leur criait quelque chose, même s'ils étaient incapables de comprendre ses paroles. Un autre homme le rejoignit et ils s'approchèrent tous deux d'un haut gommier relié par des câbles à celui sous lequel Bony et Ray attendaient.

Le premier grimpa à une échelle avec un sac bleu contenant le courrier. Il disparut dans les arbres et, un instant plus tard, le deuxième se mit à actionner une manivelle et son compagnon apparut, assis sur un siège en courroies. Il traversa ainsi le fleuve.

Quand il descendit, Ray le salua et lui présenta Bony. Sa première question fut :

— Comment est la crue, de votre côté ?

— Assez forte, John. Et chez vous ? dit Ray.

— Elle commence à être violente.

Il avait la trentaine. Le soleil l'avait tellement hâlé qu'il avait le teint plus foncé que Bony.

— Cette fois, ça va être quelque chose. Vous avez travaillé à votre digue, je parie ?

— Travaillé ? Trimé comme des esclaves, oui ! Vous avez de la chance.

— Quels trimardeurs avez-vous employés ?

Ray lui en donna la liste.

— Dans ce cas, vous avez de l'aide. Lucas nous a demandé si on avait embauché, mais on ne l'a pas fait, en ce moment, on n'en a pas besoin.

— Est-ce que beaucoup d'entre eux campent dans la cabane où vous laviez la laine ? demanda Bony.

On lui répondit que l'endroit n'était pas très convoité car il était situé loin de la route qui reliait deux cuisines d'exploitation.

— Les derniers qui y sont restés sont Smith le Mineur et Champion, qui campe maintenant à Mira.

— Smith dit qu'ils s'y trouvaient la veille, le jour et le lendemain de la disparition de Lush. Avez-vous des raisons d'en douter ?

— Non, pas précisément. Est-ce que Smith aurait des raisons de mentir ?

— Il affirme également que, pendant leur séjour, ils n'ont pas vu d'autres trimardeurs. Je suis venu le vérifier. La piste s'éloigne-t-elle beaucoup vers l'est, sur cette rive ?

— D'environ trois kilomètres. Vous l'avez empruntée pour venir. Je vais vous dire une chose. Le patron a envoyé deux hommes avec une charrette le jour où Lush a abandonné sa camionnette. Je pourrais me renseigner pour savoir qui était là. On verra alors si Smith raconte des bobards ou non.

— Ça, c'est un coup de chance ! Oui, faites-le, s'il vous plaît. Quand pourrez-vous me donner ce renseignement ?

— Un quart d'heure après avoir apporté votre courrier au bureau. Alors, à tout à l'heure. Mes amitiés à Jill et dites-lui bien, Ray, que nous sommes navrés pour sa mère et que nous espérons bougrement que le type qui l'a battue sera bientôt attrapé.

Il adressa un clin d'œil à Bony, grimpa à l'échelle et fut alors tiré sur l'autre rive.

— Quel est son boulot ? demanda Bony.

— Il tient la comptabilité et s'occupe du magasin. Murrimundi est six fois comme Mira, mais comprend beaucoup de terres incultes. Vous avez déjà fait de la comptabilité ? Moi, j'ai essayé, mais je n'ai pas pu le supporter.

Le jeune comptable réapparut, puis retraversa le fleuve.

— J'ai vu ces types, dit-il. D'après ce qu'ils m'ont dit, ils chargeaient des vieilles tôles, quand, vers 3 heures de l'après-midi, Champion et Smith le Mineur sont revenus de pêcher dans un trou d'eau, en amont. C'était le jour où Lush a abandonné sa camionnette. Nos employés disent tous les deux qu'ils n'ont vu aucun autre trimardeur et n'ont pas remarqué de traces signalant une présence éventuelle. Je leur ai demandé s'ils étaient entrés dans l'ancienne cabane. L'un a dit que oui et que même Smith et son copain n'avaient pas vraiment campé à l'intérieur. Alors Smith doit dire la vérité.

— Je vous remercie beaucoup, dit chaleureusement Bony. C'est gentil à vous de m'aider. C'était seulement une petite question que je voulais éclaircir.

— Pas de problème, inspecteur. N'hésitez pas à

nous solliciter. Je vais maintenant retourner au bureau car le patron y est, et vous savez comment sont les patrons.

Une fois à cheval, Bony se sentit moins abattu qu'au moment où il avait écrit à Marie. Métisse comme lui, sa femme lui était très proche. Quand ils arrivèrent à mi-chemin, Ray lui demanda si son enquête progressait et l'inspecteur lui répondit par le même sourire mystérieux qu'il avait adressé à Mme Cosgrove.

En se dirigeant vers l'aval, ils avaient traversé l'un des nombreux ruisseaux peu profonds qui, maintenant, se remplissaient de l'eau du fleuve. Le détour qu'ils durent faire rallongea leur trajet de plusieurs kilomètres.

— Notre propriété va être cernée dès demain matin, prédit Ray. Il y a un ruisseau qui grimpe sur la colline. Il va inonder une dépression de plus de six kilomètres de largeur avant que l'eau soit réacheminée vers le fleuve. Mon vieux père en parlait toujours. On a alors l'impression que le fleuve va atteindre la véranda du bureau et que deux millions de canards vont franchir la porte à la nage.

— C'était la même chose quand le Paroo a été en crue. Je m'y trouvais, dit Bony.

Le soleil se couchait derrière la boîte aux lettres de Mira quand ils arrivèrent au bureau avec le courrier. Le ciel promettait des journées sans vent et des nuits froides. Bony était content de trouver du feu dans la pièce de MacCurdle et, ce soir-là, ne refusa pas le verre qu'on lui offrait.

— Comment s'en sortent les hommes, Mac ? demanda Ray.

— Très bien, je crois, mais pas assez bien pour votre mère.

Le directeur d'exploitation regarda par-dessus l'allumette qu'il approchait de sa pipe.

— Les temps ont changé, même ici, en Australie. Personne ne travaille aussi dur et pour aussi peu d'argent que le faisaient nos grands-pères. Dans la situation que nous connaissons en ce moment, nous ne pouvons pas regarder un homme de travers quand il s'appuie sur sa pelle pour laisser passer le premier moment critique et, ensuite, lui augmenter sa prime. S'il est assez payé, il travaillera plus dur que son grand-père.

— Je suis d'accord, Mac, mais ma mère, c'est ma mère. Que diriez-vous de l'enchaîner à un mur pour qu'elle ne puisse pas aller voir les employés ?

— C'est pas le moment de plaisanter, rétorqua l'Écossais.

Bony s'engouffra dans la brèche.

— Permettez-moi de m'attaquer à Mme Cosgrove. Tiens, c'est peut-être Lucas qui veut me parler.

Ray, qui décrocha le téléphone, le confirma, et Lucas fit son rapport.

— J'ai parlé à Petersen, Bony, et j'ai emporté son revolver. Il n'a pas fait d'histoire. L'arme n'était pas chargée. J'ai fouillé Petersen et son balluchon sans trouver une seule cartouche. Je lui ai demandé pourquoi il transportait ce revolver et il m'a répondu que c'était seulement pour faire peur aux gens qui voudraient l'attaquer, comme ce jeune type qui lui a sauté dessus et l'a volé il y a quelques années. Je lui ai dit qu'il pourrait le récupérer une fois que j'aurai mis du plomb dedans, et il m'a rétorqué qu'il ne marchait pas, de toute façon. Et c'est vrai. La détente ne fonctionne plus. Apparemment, Petersen le trimbale uniquement pour faire peur à d'éventuels assaillants.

« Bon, cette nuit-là, il avait dormi devant le hangar de Mira, poursuivit Lucas. Il voulait absolument travailler chez les Vosper et il s'est mis en route avant le lever du soleil. Il n'a vu personne aux abords de la maison d'habitation, mais a aperçu un certain Alec le Bouvier qui remplissait un seau au trou d'eau qui se trouve en bas du camp des Frères. Il a traversé le fleuve et, au lieu de longer la rive, il s'est dirigé droit sur les boîtes aux lettres en passant par le méandre du Fou.

« Il était déjà bien engagé dans le coude quand la semelle d'un de ses vieux tennis a lâché. Il s'est arrêté pour la recoudre avec une grosse aiguille et de la ficelle. Il avait presque terminé quand il a entendu un coup de feu tiré à proximité des boîtes aux lettres. Je l'ai interrogé sur ce point. Il a eu l'impression d'entendre une carabine 22, mais il a reconnu que le vent se levait et avait pu amortir le bruit.

« Je lui ai alors demandé de préciser l'heure et la distance à laquelle il se trouvait. Il s'était alors dit que tant qu'il y était, il ferait aussi bien de s'occuper de l'autre tennis, en mauvais état, lui aussi. Il croit qu'il se trouvait à peu près au milieu du coude quand il a entendu tirer et que sa deuxième chaussure l'a retenu une demi-heure. Il aurait fallu environ une demi-heure pour sortir du coude et arriver jusqu'à la camionnette.

— Avez-vous vérifié si, d'après lui, le coup de feu aurait pu être tiré depuis la maison des Madden ? demanda Bony.

— Oui, et il paraît certain qu'il venait plutôt des boîtes aux lettres. Il estime qu'il devait être 7 h 30. Le vent violent a dû empêcher les gens de Mira d'entendre la détonation et, chez les Madden, il soufflait trop fort dans les arbres.

— Ça semble logique, Lucas. Continuez avec Petersen.

— D'après lui, il n'y avait personne dans la camionnette ni à proximité. Il ne savait pas à qui elle appartenait et il s'en fichait. Il a coupé pour rejoindre la piste qui relie la propriété des Madden à celle des Vosper, il a fait bouillir de l'eau près d'un puits qu'on appelle le Blackman, et il est arrivé à temps chez les Vosper pour qu'on lui donne de quoi déjeuner.

— Vous feriez mieux de demander au commissaire quoi faire de cette arme, Lucas, dit Bony. Et vous pourriez tirer en appuyant sur le percuteur. Dans ce cas, conservez des échantillons de balles pour les faire analyser. Merci beaucoup. Oh ! et puis vérifiez les faits et gestes du dénommé Alec le Bouvier. Ce n'est peut-être pas lui que Petersen a cru voir.

Comme l'avait prédit Cosgrove, le lendemain matin, les eaux cernaient la maison d'habitation. Pendant la nuit, le fleuve avait gonflé d'un mètre cinquante et, à présent, les arbres qui bordaient le méandre du Fou semblaient absurdement rabougris et honteux.

Bony accompagna MacCurdle en jeep pour aller inspecter le travail effectué sur la digue. Il regarda fixement l'eau rougeâtre qui couvrait les étendues plates au-delà de la zone protégée. La piste menant vers le fond de l'exploitation, celle que Ray et lui-même avaient empruntée pour aller chercher le courrier, et la route de Bourke étaient inondées ; l'endroit sec le plus proche était constitué par les dunes rose saumon qui délimitaient les plaines plus élevées.

Le directeur d'exploitation était d'humeur sombre et il grogna de réprobation quand il vit Mme Cosgrove en train de s'entretenir avec le régisseur, qui surveillait un groupe de travailleurs. Ce matin-là, elle portait un pantalon et des bottes de gardien de troupeau. Quand la jeep s'arrêta, elle vint parler à MacCurdle.

— Mac, je crois que les hommes font exprès de ralentir le rythme. Je n'arrive tout simplement pas à comprendre. Je leur ai dit que je doublerais leur prime. S'ils ne travaillent pas correctement, l'eau va s'engouffrer.

— La dignité du travail a peut-être quelque chose à voir avec leur comportement, dit tranquillement Bony. Tous ces hommes ne sont pas ici uniquement pour l'argent, sinon, ils vivraient dans une jolie ville côtière. Ils ont choisi de rester dans l'intérieur des terres pour la même raison que vous avez fini par le faire. Ils ont été modelés par cet environnement. Ils prennent leur balluchon et se déplacent sans cesse parce que le mouvement leur permet de retrouver des lieux connus et leur donne en outre l'assurance d'être libres et de ne pas être obligés d'obéir au sifflet d'une usine, d'attraper un train ou un bus à une minute près, de travailler ou de dormir dans un parc et d'être harcelés par la police.

Mme Cosgrove considéra Bony avec l'expression qu'elle avait eue quand il était revenu de sa traversée du fleuve.

Le directeur d'exploitation dit d'un ton acerbe :

— C'est la vérité, madame Cosgrove.

— Il y a également une autre chose, et elle est importante : ils n'aiment pas qu'une femme les observe pendant qu'ils sont à l'ouvrage, poursuivit Bony. En ralentissant le rythme, ils vous le laissent entendre. Si vous n'étiez pas là, ils pourraient très bien travailler normalement, parce que, une fois encore, ils ne ressemblent pas aux ouvriers des villes, qui surveillent la pendule et bossent sous le regard d'un contremaître. En ville, il y a une constante hostilité entre ouvrier et patron. Ici, elle n'existe pas.

— Vous formulez ça très bien, Bony, et vous me donnez envie de prendre en considération ce qu'ils me laissent entendre. Ce n'est pas la première fois que je m'aperçois que je ne parviens pas à vous comprendre.

vous, les Australiens. Je vais retourner à la maison avec vous.

— Voilà qui est sage, dit Bony en souriant. Et nous arriverons à temps pour le thé de la matinée.

— Vous autres Australiens ne pensez qu'à boire du thé, et vous m'avez pervertie, moi aussi.

Bony passa le reste de la matinée et une partie de l'après-midi à téléphoner aux exploitations voisines, de Bourke à Tilpa, situé au sud de White Bend, et à inscrire d'autres précisions sur sa carte. Il en ressortait que quatorze hommes avaient eu la possibilité d'assassiner William Lush et deux d'entre eux étaient les suspects les plus probables. Personne n'avait de mobile. N'importe lequel pouvait posséder l'arme du crime.

BONY ET SA PELLE

Bony emprunta un vieux pantalon et des bottes et se présenta devant Vickory pour se mettre au boulot le lendemain matin. Ses camarades de travail l'accueillirent avec un sourire sarcastique et lui proposèrent dix ou douze pelles.

— Ça va être impeccable, déclara l'homme solennel au manteau déchiré. Voir un fichu policier du bon côté de la pelle va me donner l'impression de retrouver ma jeunesse.

— Dans ce cas, l'inspecteur et vous, vous pouvez vous rapprocher du bulldozer, ordonna Vickory.

Tous deux s'exécutèrent. Au bout de vingt minutes d'un travail silencieux, mais assidu, Champion demanda si Bony avait été mis à contribution pour payer sa bouffe et, avec un sursaut d'indignation, Bony rétorqua qu'il ne bosserait pas pour un éleveur au-dessous du tarif syndical.

— Quelle est la prime qu'ils versent ? demanda-t-il.

— Ce matin, elle l'a fait grimper à la moitié du salaire. Ensuite, elle avait l'air en rogne parce qu'on allait pas vite. J'déteste me faire lorgner par une patronne.

Bony annonça qu'il était bien d'accord et la conversation se fit alors par à-coups. Ils discutèrent du fleuve et des chances qu'ils avaient de le battre. Puis Champion mentionna Lush et demanda si Bony arrivait à s'en sortir avec cette affaire.

— Je cale, Champion. Je n'ai pas pu repérer de traces avant la crue. A propos, où étiez-vous le jour où Lush a disparu ?

— Je campais avec un type qui s'appelle Smith le Mineur à l'ancienne cabane à laine de Murrimundi. Ne me mêlez pas à ça.

— N'empêche que vous n'avez que sa parole et lui la vôtre pour l'attester. A moins que je ne me trompe ?

— Non. Y avait pas d'autres trimardeurs. Mais on a un alibi, si c'est ce que vous cherchez. Le jour où on a retrouvé cette camionnette, y a deux types de la maison d'habitation qui sont venus charger des vieilles tôles. On avait pêché un peu plus haut et, quand on est revenus, ils étaient là. Demandez-leur.

— Je ne crois pas que je vais prendre cette peine. Je commence à me dire que Petersen est mon homme. Il campait ici la veille et il est parti très tôt pour aller travailler chez les Vosper. On m'a dit qu'il avait un revolver de calibre 32 et c'est ce calibre qui a tué Lush. Mais me voilà bloqué ici et il se trouvera peut-être à mille kilomètres quand je pourrai échapper à cette crue. Vous n'avez pas besoin de parler de ça aux autres.

— Sûr que non ! s'écria Champion, et Bony sut qu'il en serait question autour du feu de camp ce soir-là. Comment vous vous êtes aperçu que le vieux Pete avait un revolver ?

— Il me l'a dit.

— Il vous l'a dit ? Vous allez le boucler pour ça ?

— Certainement pas, répondit Bony. Ça ne me regarde pas tant que je ne lui ai pas collé le meurtre sur le dos. Je n'alpague pas les gens parce qu'ils cachent une arme. C'est le boulot de la police de Nouvelle-Galles du Sud. Moi, je suis inspecteur dans le Queensland. Vous l'ignoriez ?

— Non. Mais tous les policiers se serrent les coudes, pas vrai ?

— Dans de nombreux cas, oui. Mais pas dans d'autres. Nous avons nous aussi un syndicat. On s'en tient au règlement, comme les autres. On ne trahit pas les camarades d'un autre État. On ne s'occupe que des homicides. N'empêche que je serais bien embêté si tous les trimardeurs du Darling avaient une arme. J'ai une femme à nourrir.

Pendant le thé de l'après-midi, Bony commença à ressentir les effets de ce labeur inaccoutumé et, bien avant l'heure de cesser, il observait le soleil. Une douche chaude revigora ses muscles fatigués. Il se sentait heureux d'avoir vérifié les dires de Smith le Mineur, qui avait affirmé qu'aucun autre trimardeur n'était arrivé à la cabane pendant qu'il s'y trouvait avec Champion, et d'avoir concentré l'attention sur Petersen.

Tout de suite après le dîner, il chaussa des tennis teints en noir et remplaça son col par un foulard noir. Il nota la direction du vent léger et, dans l'obscurité, s'approcha suffisamment du feu de camp pour écouter la conversation des trimardeurs. Il n'était pas arrivé depuis longtemps quand Champion joua inconsciemment le rôle qu'il lui avait assigné.

— Le flic m'a dit qu'il en avait après Petersen. D'après lui, Petersen est parti d'ici pour aller travailler pour les Vosper le matin où Lush a été liquidé. Il croit que Lush se trouvait à côté de la camionnette, qu'il a menacé Petersen et que le vieux l'a tué.

— A mon avis, il en est bien capable, dit Silas Wishart. Même à son âge, Lush ne devait pas être trop fort pour lui.

Ils parlèrent de Petersen comme de l'assassin présumé et la majorité d'entre eux l'estimait innocent. Puis quelqu'un fit remarquer que la police devait de toute façon être sur son dos parce qu'il avait un revolver, et Champion reprit ce point en leur faisant part de l'aversion qu'éprouvait Bony à contrevenir aux règles syndicales. C'est alors que se révéla exact le dicton selon lequel en écoutant aux portes, on entend rarement des compliments sur soi.

— C'est un drôle de flic, fit Dean le Bosco, un homme trapu. Il dit peut-être la vérité. Ces métis sont assez malins. Ils parlent pas beaucoup et sont pas du genre à aller tout raconter au patron. Il est ici pour une affaire de meurtre, alors pourquoi est-ce qu'il devrait embêter les types qui ont un revolver ? Moi aussi, j'en ai un, comme j'ai pas de copain qui voyage avec moi.

— Moi non, dit le Cycliste du Paroo. J'ai assez d'emmerdes comme ça avec les flics. Un couteau ordinaire bien planté, ça me suffit. Mais c'est vrai que les métis sont culottés avec les patrons. On leur donne comme la main et ils prennent comme le bras.

Champion ne pouvait pas se résoudre à abandonner son sujet.

— Il paraissait assez certain que Petersen avait buté Lush. Il se plaignait de l'avoir compris seulement depuis hier soir et, maintenant, avec la crue, il est bloqué et peut pas se lancer à ses trousses. Je lui ai demandé pourquoi il en était aussi sûr et il a pris l'air entendu. Alors, je lui ai dit que c'était peut-être pas le vieux Petersen et vous savez quoi ? Quand j'ai dit que ça pouvait être quelqu'un qui campait ici, il a dit qu'il était sûr que l'assassin était pas là parce qu'il aurait filé depuis plusieurs jours et que personne n'a filé.

— C'est bien vu, dit Mick le Maton. Si j'avais liquidé Lush, je ne serais pas ici en ce moment, inspecteur ou pas inspecteur. Je ne resterais pas à proximité des lieux du crime.

— T'avais bien un revolver, Mick. Tu l'as toujours ? demanda un homme que Bony connaissait sous le nom de Bill Wishart.

— Je l'ai échangé contre une Winchester 44. Ça devait être il y a deux ans. Le type s'appelait Miles le Professeur. Vous l'avez déjà vu par ici ?

— J'ai entendu parler de lui, dit Wally Watts. Il est du Victoria, hein ? Il savait se débrouiller, d'après ce qu'on m'a dit.

— Ça oui, confirma Mick le Maton.

Harry Marche Funèbre dit :

— Le coup est parti. Boum... boum... boum...

— Oh ! arrête avec ça, protesta Mick. Tu ne peux pas continuer à prendre les choses au tragique et il ne reste pas beaucoup de comprimés. Tiens, tu ferais mieux d'en avaler un tout de suite. Je vais te chercher de l'eau.

Le grand type lugubre se leva et avait répété deux fois sa note solennelle quand son copain lui apporta de l'eau, l'obligea à avaler le comprimé et l'emmena se coucher.

Un silence prolongé suivit. Champion le brisa.

— Il s'occupe de lui comme si c'était son fils. J'crois pas que Harry aille plus mal, hein ?

La question s'adressait à Dean le Bosco, mais c'est Silas Wishart qui répondit.

— Si, il va plus mal. Ils campaient avec nous et Harry a déliré quatre fois en deux jours. Avant, ça lui arrivait pas plus d'une fois par semaine. Le moment viendra où Mick sera obligé de le faire enfermer. Et Mick le sait bien, d'ailleurs. C'est marrant ! J'aime pas plus les gardiens de prison que les flics, mais je serais prêt à lui rendre service n'importe quand.

— Ouais, c'est un bon bougre, le pauvre, reconnut

le Cycliste du Paroo en se levant. Bon, je vais m'enrouler dans mes couvertures. Je suis vanné.

Les Frères dirent qu'ils étaient vannés eux aussi et les autres hommes s'éloignèrent dans la nuit pour se diriger vers le hangar à tonte. Wally Watts se leva, s'étira et se rassit sur sa caisse.

— Les Frères parlaient de débrayer demain. Qu'est-ce que vous en pensez ?

— Moi, j'veux bien, dit Dean le Bosco.

Champion vota contre.

— Ça semble pas correct, dit-il. On est bien payés.

— C'est ce que j'en pense, dit Wally Watts. Il va falloir qu'on vote, de toute façon, et je me rangerai à l'avis de la majorité. Je vais me pieuter. Bonne nuit !

Les autres partirent avec lui et, l'air songeur, Bony alla rejoindre MacCurdle dans le bureau.

— Je crois que demain, nous aurons le plus fort de la crue, Mac. Le vent s'est orienté au nord et les étoiles ne sont pas bien nettes. Savez-vous ce que Macey a dit de la carte météo d'aujourd'hui ?

— Il y a des basses pressions qui approchent et un changement de temps est prévu. Peu après votre départ, ce soir, la radio a annoncé que le changement gagnerait notre État dans quarante-huit heures. Comme vous le disiez, si le vent d'ouest souffle fort, nous pourrions y avoir droit.

— Je vais me coucher, dit Bony. La journée de demain sera peut-être rude.

— Vous n'êtes pas obligé de travailler sur la digue. Bien que j'apprécie votre geste.

— Personne ne sera de trop, Mac.

Bony se leva à l'aube et fut consterné en voyant l'eau recouvrir la rive et atteindre le pied de la digue. A l'endroit où le fleuve s'engouffrait dans le coude, la surface bouillonnait légèrement et, sur la rive opposée, la rangée de gommiers s'enfonçait un peu plus dans l'eau. Après le petit déjeuner, il alla travailler et ne trouva pas un seul homme.

— Ils tiennent une réunion, lui dit le cuisinier des employés. Même Jacko y est allé.

— Où est-ce qu'ils la tiennent ?

— Dans le hangar à tonte. Les employés de l'exploitation sont avec eux. Tout comme le directeur et Vickory. Ils attendent de voir comment les choses vont évoluer.

— Et vous, qu'en pensez-vous ?

Les yeux du cuisinier flamboyèrent et le sourire qui flottait sur ses lèvres était amer.

— S'ils font grève, moi aussi, et ils n'auront rien à bouffer. C'est de bonne guerre, non ?

Bony l'approuva d'un signe de tête et se hâta de se rendre au hangar. Il trouva le régisseur et le directeur d'exploitation dehors, debout, près du tas de cendres du feu de camp. Un homme s'adressait à ses camarades. Bony salua Vickory et MacCurdle, entra dans le hangar et se plaça au fond de l'assemblée de travailleurs. Silas Wishart disait :

— Et voilà, les gars, Mme Cosgrove dit qu'elle veut pas augmenter la prime. Nous savons bien que le salaire d'un employé d'exploitation est inférieur à celui d'un ouvrier de la ville, même en comptant la prime. Je propose de faire grève jusqu'à ce que notre prime double la paye. Le travail est dur et vaut bien ça.

— D'accord, on va passer au vote, dit le Cycliste de Paroo. Si le vote est en faveur de la grève, les jaunes n'auront qu'à s'tenir à carreau.

La menace de se faire traiter de jaune retiendrait les hommes de poursuivre le travail si la majorité en décidait autrement. Certains se dévisagèrent en essayant de deviner l'issue du vote. D'autres trahissaient de la nervosité. Bony vit une table à laine, tout près. Il grimpa dessus pour s'adresser aux hommes stupéfaits.

— Si vous décidez de vous mettre en grève, il y aura des conséquences inévitables, commença-t-il, ses yeux bleus lançant des éclairs. Je vais vous dire lesquelles. La première, c'est que la propriétaire de Mira est une femme et une femme très têtue, qui déclare qu'elle n'augmentera pas la prime. Une grève aura presque certainement pour résultat la destruction de la digue par les eaux qui vont monter à cause du vent d'ouest. Ça ne sera pas une catastrophe aussi grande que certains d'entre vous le pensent. Non, pour Mme Cosgrove, ça n'en sera pas une, mais pour vous, ça oui, alors !

— Comment ça ? s'écria un homme.

— Descends de là, le flic ! hurla un autre.

Puis Wally Watts prit la parole.

— Attendez ! Laissez-le dire ce qu'il a à dire.

— Les choses vont mal tourner pour vous si vous vous mettez en grève maintenant, reprit Bony. Si la digue cède, vous savez ce qui va arriver à l'exploitation de Mira et je vais vous dire ce qui vous arrivera sûrement à vous. Vous allez être chassés de ce fleuve et la faim vous poursuivra, car aucune maison d'habitation ne vous donnera plus jamais à manger ni ne vous vendra quoi que ce soit. Votre liberté aura disparu, parce que pour l'instant, vous êtes libres d'aller où bon vous semble, quand vous l'avez décidé. Vous pourrez aller voir les cultivateurs de blé, ou partir pour les villes, et, là, vous aurez le choix tout simple de travailler ou de mourir de faim.

« Pendant des décennies, les maisons d'habitation ont eu pour coutume de donner de la nourriture à des hommes qui pourraient être embauchés en cas de besoin. C'est presque une loi de l'intérieur des terres et, si vous faites grève dans les circonstances présentes, vous mettrez fin à l'une des coutumes les plus belles qui soient.

Le soutien vint d'où il ne l'attendait pas.

— J'veux bien être pendu s'il a pas raison ! Y a quelqu'un qui ose me traiter de jaune ? demanda le Cycliste de Paroo avec une douceur sinistre.

Il fut soutenu par Wally Watts et Champion. Les autres les suivirent sans même prendre la peine de voter.

LA VICTOIRE ET LA DÉFAITE

Le vent du nord augmenta et cette forte brise ne changea ni d'orientation ni de vitesse pendant le reste de la journée. Son effet sur la digue située face à la section rectiligne de la rive fut négligeable, pourtant, le soir, le niveau de l'eau arrivait à soixante centimètres de sa base.

Mme Cosgrove n'aurait eu aucune raison de se plaindre si elle avait observé les travailleurs ce jour-là, mais, avec discrétion, elle ne se montra pas. Jill Madden avait très tôt insisté pour traire les quelques vaches à la place du garçon d'étable, puis pour emmener paître les moutons de boucherie sur la maigre prairie et, vers le soir, pour en abattre trois. MacCurdle attrapa une pelle et rejoignit Bony et Champion avec Silas Wishart et ses deux frères. Le lendemain, peu après 8 heures, le vent s'orienta à l'ouest et se mit à souffler en rafales.

Vers midi, la situation était alarmante. Le vent s'acharnait obstinément sur les deux lointaines boîtes aux lettres. Il soulevait de courtes vagues atteignant soixante-quinze centimètres de hauteur. Elles venaient frapper la digue et donnaient l'impression que l'eau était encore plus haute car elle tourbillonnait dans le coude et semblait plus élevée à l'extérieur qu'à l'intérieur, comme une route dans un grand virage.

Les hommes ne se reposaient plus sur leur pelle ; ils ne faisaient plus de pauses régulières près des engins ; car, à présent, il n'y avait plus d'hostilité entre capital et prolétariat ; ils étaient unis contre un ennemi commun. Le fleuve était devenu une personne à combattre et, si c'était humainement possible, à soumettre.

Durant la dernière partie de l'après-midi, les hommes étaient complètement absorbés par leur lutte et seul Bony remarqua que Harry Marche Funèbre lâchait sa pelle, se redressait et s'éloignait au pas cadencé. Mick le Maton travaillait à plusieurs centaines de mètres de là et Bony s'aperçut qu'il ignorait la dernière fantaisie de son copain.

Bony suivit Harry et lui prit le bras. Il avait l'intention de veiller à ce qu'il ne lui arrive rien de fâcheux et de le conduire jusqu'à Mick. Par-dessus le vent qui soufflait dans les arbres, il entendait les « boum... boum... », puis la phrase sans cesse répétée : « Je suis mort. »

— Vous n'êtes pas mort, Harry. Tout va bien. Allons par là.

— Mort ! Le coup est parti. C'était pas sa faute. Le salaud a menacé de me faire enfermer. Mort ! Je suis mort ! Boum ! Boum ! Boum !

Ils se dirigeaient vers la digue quand Mick les aperçut et arriva en courant. Son expression trahissait clairement son inquiétude. Il prit l'autre bras de Harry et dit :

— Merci, inspecteur. Je ne l'avais pas vu partir. Quel moment mal choisi pour faire son numéro ! Viens, mon vieux Harry. Tu vas prendre un comprimé et t'allonger un peu.

Bony retourna travailler. La tragédie de Harry lui trottait dans la tête et l'inquiétude de Mick éveillait sa pitié et lui donnait un sentiment d'humilité. Bientôt, il se consacra entièrement à manier la pelle et à tasser la terre, à demi aveuglé par les projections d'eau.

Le soleil se coucha et le vent se calma. A 18 heures, pas une seule vague ne venait rider la surface du fleuve maintenant lugubre qui se pressait contre la digue. Au dîner, les hommes fatigués parlèrent à peine.

MacCurdle apparut et, se postant au bout de la longue table, déclara :

— A partir de ce matin, la prime sera doublée et le restera tant que la digue sera menacée. J'espère que vous vous présenterez si on a besoin de vous pendant la nuit. Merci.

Trois nuits et deux jours s'écoulèrent avant le début de la décrue. Le directeur d'exploitation et Bony étaient tous deux éreintés. Par roulement, ils avaient patrouillé le long de la digue avec une lampe et une pelle. Durant cette période, Bony était la proie d'une lutte intérieure et, à la fin, fut aussi épuisé mentalement que physiquement.

Après avoir constaté que le niveau du fleuve baissait contre la digue, il retourna au bureau et appela le commissaire Macey.

— Ah, voilà notre rebelle ! s'écria Macey. Où en est la crue ? Et comment se comporte la digue ?

— La décrue s'amorce et la digue tient bon.

Bony s'assura que personne n'était là et poursuivit à mi-voix :

— Je voudrais procéder à l'arrestation d'un suspect. J'ai la preuve que le meurtre a pu être commis. Je tiens le mobile. Mais je ne peux pas encore prouver comment il a été commis. Je voudrais de l'aide.

— Très bien. Je vous envoie des renforts, probablement dans l'après-midi.

— Le plus vite possible, commissaire. C'est en

agissant au bon moment qu'on pourra maîtriser la situation.

— Je ne l'oublierai pas. Que suggérez-vous ?

Bony lui exposa son plan et Macey l'accepta.

A 15 heures, le cuisinier des employés frappa son triangle de fer et, à 15 h 5, tous les hommes étaient attablés. A 15 h 15, Ray Cosgrove conduisit une camionnette jusqu'à la piste d'atterrissage. Dix minutes plus tard, un avion léger se posa. Deux hommes au visage dur en descendirent et furent conduits auprès de Mick le Maton et de son copain pathétique.

— Michael Carmody, j'ai un mandat d'arrêt délivré contre vous. Vous êtes soupçonné d'avoir assassiné William Lush le 19 juillet de cette année, dit l'un. Vous pouvez rassembler vos affaires. Nous n'avons pas autorité pour emmener le dénommé Harry Marche Funèbre, mais on nous a demandé de vous dire qu'il pouvait nous accompagner à Bourke où il recevra des soins médicaux. Est-ce que vous êtes prêt à nous faciliter la tâche ou...

— Vous pouvez garder vos menottes, dit Mick le Maton. Viens, Harry.

Il se dirigea vers le logement des tondeurs tandis que Harry Marche Funèbre avançait entre les policiers, mais il s'immobilisa en voyant Bony et MacCurdle devant la porte.

— Nous avons procédé à l'arrestation, monsieur, dit l'un des policiers de Bourke. Le prisonnier désire rassembler ses effets personnels.

Bony ouvrit la porte. De chaque côté de l'allée centrale du long bâtiment, il y avait un box pour deux personnes et Bony demanda lequel était occupé par Mick le Maton et son camarade. On le lui indiqua.

Une fois les six hommes à l'intérieur, il ne restait plus de place.

— Lequel des deux est votre lit, Mick ? demanda Bony.

Il le lui montra. Seuls la paillasse et le lit proprement dit appartenaient à l'exploitation. Bony fouilla les couvertures, souleva le matelas, découvrit le revolver et soupira. A côté, il y avait une petite sacoche en peau contenant des cartouches. L'arme fut tendue à l'un des policiers qui en inscrivit le numéro de série dans son carnet, l'ouvrit, s'aperçut qu'elle n'était pas chargée et en mesura le canon sur l'ongle de son pouce. Le directeur d'exploitation fut prié de noter lui aussi le numéro.

— Avez-vous quelque chose à dire, Mick ? demanda Bony.

— C'est vous qui avez caché le revolver, inspecteur.

— Je ne savais même pas quel box vous occupiez. Je ne suis jamais entré dans ce bâtiment. Tout porte à croire que c'est cette arme qui a tué William Lush. Vous savez bien qu'il sera très facile de le confirmer ou de l'infirmer. Voulez-vous nous dire pourquoi vous avez tiré sur Lush ?

— Dites-moi d'abord ce que vous me reprochez.

— Très bien. Je vais le faire parce que ça vous laissera le temps de décider ce qu'il adviendra de Harry. Moi aussi, je m'inquiète de son sort. Pour commencer, je vous ai demandé où vous vous trouviez dans la nuit du 18 au 19 juillet, et vous m'avez répondu que vous campiez avec Harry dans l'ancienne cabane à laine de Murrimundi, en amont du fleuve. C'est faux. Champion et Smith le Mineur y étaient et ne vous ont vus ni l'un ni l'autre. En outre, deux employés de Murrimundi se sont rendus sur place et n'ont trouvé aucune trace de votre visite.

« Le 17 juillet, vous vous êtes présentés à la ferme des Madden pour demander de quoi manger. Ensuite, vous êtes descendus le long du fleuve et vous avez campé avec les Frères. Tôt, le matin du 19, vous avez quitté les Frères et vous êtes retournés en amont, dans quel but, je l'ignore et ça n'a aucune importance. Vous avez vu la camionnette de Lush immobilisée devant les boîtes aux lettres. Soit vous avez découvert Lush, soit il vous a vus. Une dispute est née et Lush a menacé de faire enfermer Harry. Vous vous êtes rendu compte qu'il appartenait à la classe des éleveurs alors que vous n'étiez que des trimardeurs et qu'il pouvait mettre sa menace à exécution. Vous l'avez donc tué et vous avez jeté son corps dans le trou d'eau.

« Ensuite, vous vous êtes partagé les bouteilles d'alcool qu'il y avait dans le carton et vous vous êtes réfugiés au méandre du Fou, où vous avez campé un moment pour décider ce que vous alliez faire ensuite. Vous avez ouvert une bouteille de whisky. A partir de là, je n'ai pas pu retrouver votre trace, mais vous vous êtes cachés jusqu'au lendemain. Le facteur vous a alors aperçus à plusieurs kilomètres au sud des boîtes aux lettres. Vous vous dirigiez vers le nord. Vous avez planifié cette rencontre parce que tout le monde, dans le coin, sait que les trimardeurs parcourent de longues distances au bord du fleuve, vers l'amont ou vers l'aval. Le facteur et les autres devaient ainsi croire tout naturellement que vous vous trouviez au sud des boîtes au moment de la disparition de Lush.

— Pas mal, inspecteur, reconnut Mick. Continuez.

— Si ça peut vous faire plaisir, Mick. Venons-en à ce Petersen. Le matin du 19, il faisait bouillir de l'eau au feu allumé près du hangar quand il a vu un homme descendre du camp des Frères jusqu'au trou d'eau et remplir un seau. Il n'a pas une très bonne vue mais il était sûr qu'il s'agissait d'un certain Alec le Bouvier.

Il s'est trompé car Alec se trouvait dans la geôle de Wilcannia ce jour-là. C'était vous qui preniez de l'eau et vous ressemblez beaucoup à Alec. Un homme qui a une mauvaise vue pouvait très bien vous confondre avec lui étant donné la distance qui sépare le hangar du trou d'eau situé au-dessous du camp des Frères. Ce n'est qu'un point de détail.

— Et comment ! confirma Mick. Le vieux Petersen a un revolver, lui aussi. Il a dû passer devant la camionnette de Lush en se rendant chez les Vosper, ce matin-là. Creusez un peu cette piste.

— Nous l'avons fait, dit Bony. Si seulement vous vous étiez débarrassé de l'arme que nous venons de retrouver sous votre matelas !

Mick le Maton s'assit sur le lit, à côté de Harry Marche Funèbre, qui avait les yeux fixés sur le sol. Il attrapa délicatement le bras de son copain et dit d'une voix douce et suppliante :

— Harry, tu as dit que Lush avait menacé de te faire enfermer ? Tu as dû le faire. Il n'y avait personne d'autre que toi et moi, là-bas.

Harry Marche Funèbre leva les yeux pour considérer Mick le Maton.

— J'me rappelle pas, Mick, dit-il et, dans son regard, Bony voyait la lutte intérieure qui l'animait. J'ai dû le faire. Je me souviens que Lush nous a bousculés et a hurlé qu'on lui volait sa gnôle. Il était furieux comme un serpent. Il a arraché un pied à une boîte aux lettres et il m'a visé. Il m'a blessé à l'épaule, ça, c'est sûr. Il a beuglé qu'il allait me faire enfermer. Il a recommencé à balancer son pieu, il m'a manqué et il a cogné sur sa camionnette. Le coup de feu est parti. Le coup de feu est parti. Le coup...

Ce fut Harry qui rompit le silence qui suivit. Il se leva, avança un pied et proféra sa rengaine :

— Boum !

— Comme ça, c'est réglé ! dit Mick avec un soupir. Oui, si seulement j'avais balancé le revolver dans un fossé. Donnez-lui un comprimé. Tenez, dans ce flacon.

Machinalement, Harry avala le comprimé que lui tendait Bony.

— Ça s'est passé comme il l'a raconté. On était allés pêcher là-bas, on a vu la camionnette et on y jetait un coup d'œil quand Lush a surgi tout d'un coup. Il s'est rué sur Harry avec le pied de la boîte aux lettres et l'a frappé. Harry s'est immobilisé et aurait eu droit aux autres coups. Je n'ai pas pu faire le tour de la camionnette à temps pour m'interposer. Je ne crois même pas que Lush m'ait vu tellement il était hors de lui. Il fallait que je l'arrête avec une balle. Et il n'y avait pas de whisky à voler. Lush devait l'avoir planqué. D'ailleurs, j'en aurais pas pris une bouteille parce que l'alcool ne vaut rien à Harry. Inspecteur, vous veillerez à ce qu'on s'occupe bien de lui ?

— Vous pouvez en être parfaitement sûr, Mick. Parfaitement sûr.

— Je suis mort ! déclara Harry Marche Funèbre.

— Tu parles comme t'es mort ! lui dit Mick avant de le secouer. Allez, viens, maintenant, fais ton balluchon. On va aller en ville pour passer quelques jours de vacances. Juste quelques jours de vacances, et ensuite, on reviendra se balader au bord du Caniveau. Ça, je te le parie !

IMPRIMÉ EN FRANCE PAR BRODARD ET TAUPIN
6099V - La Flèche (Sarthe).
N° d'édition : 2981
Dépôt légal : février 1999